Gerha

GERHARD MICHAEL ARTMANN wurde 1951 in Uder im Eichsfeld geboren, studierte Physik in Dresden, wurde 1983 wegen Verweigerung des Dienstes an der Waffe inhaftiert und lebt seit 1985 im Westen. Nach Promotion und Habilitation ist er als Professor für Biophysik an einer deutschen Hochschule tätig. Er veröffentlichte Fachbücher und zahlreiche wissenschaftliche Publikationen, aber während mehr als zwei Jahrzehnten Forschungsarbeit keine Literatur. Diese war ihm nie ein Hobby. Er schreibt ab 1980 Kurzgeschichten (z. B. in: Die Horen), ein Hörspiel (1988), einen Roman (1991), das Gedicht »Abschließende Worte eines Deutschen an seinen Herrn« (2010) und »Hàllo Ànn« (2014). Seine Texte versteht er nie als harmlose Gesellschaft von Worten. Er trägt sie, stehend, seinem Herrn vor, also sich selbst, und jetzt Ihnen. Er wünscht Ihnen Kraft für Glück, Liebe und Fülle.

Gerhard M. Artmann

Hàllo Ànn

Roman

Der Autor hat die konventionelle Rechtschreibung einzelner Worte bewusst gewählt und nur wenige unkonventionell chiffriert, so wahr ihm Gott dabei geholfen hat. Die erzählten Begebenheiten und vorkommende Personen, Sachverhalte oder Namen sind Fiktion und beruhen auf Unwahrheit. Textstellen mit sexuellem Bezug und Schweinereien sind für Leser über achtzehn Jahren freigegeben. Von Nachahmungen, insbesondere der Errichtung von Dicktaturen, der Entfellung von Hasen oder der fotografischen Dokumentation der hinteren Uterusinnenwand, sollte abgesehen werden.

Die Geschichte, insbesondere Deutschlands, wurde gefellscht. Die angegebenen Jahreszahlen stimmen, stimmen annähernd oder stimmen gar nicht. Einen Prof. Dr. h.c. mult. Dr. med. habil. Gotthilf Fürchtegoth-Nöthinger hat es nie gegeben, er war auch kein Proktologe und trug keine Penisprothese russischer Bauart …

Ànn, den jungen Mann, Aysha, die Anderen und die Freiheit gibt es wirklich.

Gerhard M. Artmann

© 2014 Gerhard M. Artmann
Satz und Layout: Buch&media GmbH, München
Umschlaggestaltung: Thomas Artmann
unter Verwendung eines Bilds von photocase.com © Marieanne
Herstellung und Verlag: BoD – Books on Demand
Printed in Germany · ISBN 978-3-7357-1364-3

Für Ays, unsere Kinder und Enkel. In Liebe. Immer.

Inhalt

Wolga, 1413 · *11*
Zu Fürchtegoth, Rheinhessen, 1618 · *21*
Long Island, 1619 · *27*
Der Notar, 1623 · *30*
Verdun, Weltkrieg Hinrunde, 1916 · *34*
Karl Heinrich, 1916 · *37*
Birkenfeld, 1917 · *40*
Narration, 1933 · *46*
Mississippi River, Weltkrieg Rückrunde, 1942 · *52*
Pendelastigmatismus, 1943 · *58*
Hölige Offenbarung des Hermann Josef, 1945 · *62*
Nennen Sie mich Rostov, 1956 · *67*
Kubakrise, 1962 · *70*
Großvergebigung, 1963 · *74*
Landvermessigung, 1963 · *77*
Verödete Nationen, 1963 · *82*
Hàllo Ànn · *91*
Mein Name sei Barnie, 1963 · *95*
Fred Firestone, 1967 · *102*
Blockwart, 1967 · *107*
Universidad Eduardo del Pinto, Leipzig, 1968 · *112*
Penn School of Jieszusz Kraist, 1968 · *116*
In memoriam Frau Heinrich, 1968 · *120*

»Bestehjew« von Eduardo del Pinto, 1974 · *123*
Paternoster der du bist im Hammel, 1975 · *133*
Feldeffekt Panzer Abwehr Manager, F-PAM I, 1976 · *136*
Stille, 1984 · *139*
Chief, 1987 · *145*
Die Hübigen, die Drübigen sowie die Rossen, 1988 · *148*
Ana, 12. August 1989 · *156*
GehoamDienst-Bezirkshauptquartier, 7. November 1989 · *162*
Oh oui je t'aime. Moi non plus. Oh mon amour.
9. November 1989 · *171*
»Die Wände« von Eduardo del Pinto, 1990 · *174*
Jynx torquilla torquilla Germanica, 1991 · *176*
Die Zauberin, 1992 · *178*
Reality TV, 2000 · *182*
Brief an das Ministeriom für Vertriebene, 2007 · *189*
Hausschlachtung, 2008 · *194*
Hüft-OP, 2011 · *196*
Physiotherapie, 2011 · *199*
Noch ein Häppchen und ein Schlückchen, 2011 · *201*
Knut, 2011 · *207*
Die Berufung, 2011 · *219*
Natasha, 2011 · *229*
Der Musiker und seine Sängerin, 2014 · *238*
Let your mind go, let yourself be free. Freedom. 2014 · *240*

»Freedom's just another word for nothing left to lose.«

Wolga, 1413

Ignaz Ludogowitsch Rostov war Nachkomme deutscher Siedler, die in der Jungsteinzeit mit bloßen Händen gen Osten vorgedrungen waren. Sie siedelten sich seinerzeit in den frei gewordenen Gebieten entlang der Wolga an und warteten über Jahrhunderte auf die geordnete Übergabe ihrer eroberten Territorien an Deutschland. Ignaz vertrieb nebenberuflich aus China importierte Feuerwaffen an Kriegsherren und -damen, die zu seinen Zeiten noch mit Steinen oder Büffelknochen Touristen bewarfen oder den Kopf ihrer Feinde in den Wüstensand steckten, bis diese Fieber bekamen und mit der rechten Hand in den Sand schlugen.

Ignaz, ein freier deutscher Siedler, Bauer und Jäger vor dem Herrn, war eines Tages von der Jagd heimgekommen und hatte geäußert, kaum, dass er die Haustür zugeknallt hatte: »Wir gehen nach Hause, na Börlin, Tscheloveki, das hier wird nichts mehr!«

Er warf den schlaff über seinen Schultern hängenden Bauernjungen in der Mitte der Stube ab, klopfte sich das Blut von der Jacke und forderte seine Frau auf, den Burschen wieder zuzunähen und dem Fürsten zurückzusenden.

»Und lass ihm ausrichten, dass ich dem nächsten ein richtiges Loch mache.«

»Das war der letzte Bauer,« erwiderte seine Frau, »er sollte dir Suppe bringen.«

Ignaz trat mit dem Fuß nach dem Burschen.

»Lass ihn, Ignaz, er ist Gottes Kind. Die Dörfer sind leer. Alle Bauern sind abgehauen! Sie wollen lieber in Sibirien erfrieren, als von dir beim Pinkeln im Wald erschossen werden.«

Ignaz' Frau, Natalja Sergejewna Rostov, beendete die Arbeit an ihrem Winterrock und begann die Nadel stattdessen durch das Fleisch des Bauern zu ziehen, welches dieser, an Kummer gewöhnt, klaglos über sich ergehen ließ. Schon seit zwei Jahren brachte ihr Mann kaum noch Wildbret ins Haus, sondern angeschossene Bauern.

Sie war es leid.

Er behauptete jedes Mal, dass er bloß daneben getroffen habe, aber in Wirklichkeit wollte er seinen Grafen darauf hinweisen, dass das zwischen ihm und ihm getroffene Abkommen – Jagdrecht für Ignaz – Ignaz' Frau für den Fürsten – nicht mehr galt. Ignaz hatte ehrlichen Herzens an den guten Tausch geglaubt, aber er fühlte sich fürstlich getäuscht. Sie war den Fürsten auch leid. Er war über die Jahre fett geworden und hatte an Manneskraft allzudeutlich verloren.

Heute Mittag waren Ignaz und der Fürst sich im Wald begegnet. Ignaz war über seiner Schrotflinte eingedöst, riss aber den Kopf hoch, als es im Geäst knackte. Er wusste sofort, wer da angetrampelt kam. Kein gescheiter Jäger machte solchen Lärm. Das bescheuertste Rebhuhn wäre in seinem Versteck geblieben, geschweige denn wäre ein erfahrener Keiler über die Lichtung getürmt. Es war er, der Fürst, wer sonst. Die Gelegenheit zur Zwiesprache kommen sehend, raunzte Ignaz ihn an, kaum dass der aus dem Gebüsch tretend und die Spinnweben von sich abklopfend sichtbar geworden war.

»Meine letzten drei Kinder haben alle dein Pfannkuchengesicht, deine mongolischen Schlitzaugen und es sind alles Mädchen, verteidige dich!«

Der Fürst, als Offizier des russischen Zaren gewohnt, in feindliche Gewehröffnungen zu blicken und dabei nicht zu blinzeln, erwiderte: »Das war die meinige Seite der Erfüllung unseres Vertrags.«

»Unser Vertrag war, meine Frau kannst du haben, meine Kinder mache ich selbst.«

Ignaz bebte bei dem Satz, denn das hier war nicht allein eine persönliche Frage, die seine Beziehung zum Fürsten anging, sondern eine Frage der Durchmischung seiner Gene mit asiatischen Bio-Molekülen, von denen kaum einer wusste, was diese mit einer anständigen deutschstämmigen DNS-Kette erbgutmäßig eines Tages anstellen würden. Der Fürst kniff nun doch nervös das rechte Auge, denn was da zwischen den Bäumen winkte, war nicht Gutes. Wenn der Kerl nichts gesoffen hatte, dann konnte dessen rechter Zeigefinger ganz leicht ausrutschen. Auf die Weise war auch sein Koch letztes Jahr plötzlich verstorben. Er versuchte zu beschwichtigen

»Versetz dich mal in meine Lage, Ignaz. Die drei Mädchen waren Ausrutscher. Deine Frau, das weißt du, ist, bevor sie kommt, immer dermaßen wild, dass du es manchmal nicht rechtzeitig rausschaffst! Punkt und aus.«

Ignaz wusste, wovon der Fürst sprach. Um so aggresiver wurde er.

Dem Fürsten schwante Schlimmes. Er hätte jetzt lieber einen Keiler gegen sich gehabt. Da konnte man wenigstens auf einen Baum abhauen, aber hier gab es kein Entkommen. Ignaz drückte ab. Der Fürst sah noch, wie er den Rauch des verbrannten Pulvers wegblies, um besser sehen zu können. Er wollte sich eben tot umfallen lassen, als es hinter ihm rumste. Der letzte seiner fürstlichen Eber, ein Riese namens Siegfried, stürzte seufzend ins Gras und biss hinein. Er war nur elf Jahre alt und der einzige Überlebende seiner ehemals zu Hunderten zählenden Sippe von Don-Wolga-Schweinen, herrlichen schwarz-braunen Tieren mit leicht asiatischem Gesichtsausdruck und gelblichem Teint. Er gehörte nach Humboldt zur Familie der Sus scrofa, also den altweltlichen oder den echten Schweinen, den Suidae, aus der Ordnung der Paarhufer. Seit aber Ignaz mit dem Fürsten dieses Abkommen hatte, war einer seiner Verwandten nach dem anderen gefallen. Einer von Siegfrieds Cousins hatte sogar seinerzeit Selbstmord begangen, um der Tötung durch Ignaz zu entgehen.

Siegfried, das wusste der Fürst, war in friedlicher Absicht auf die Lichtung gegangen, um zu grasen. Er speiste nach dem grausamen Tod so vieler seiner Verwandten vegan und verkörperte den Geist der Don-Wolga-Armour-Friedensbewegung aus der russischen Jungsteinzeit stolz bis in seine letzte Borste und die heutigen Tage. Das Tier, das nun tot im Grase lag, war unschuldig und bis auf die beiden zwanzig Zentimeter langen Hauer unbewaffnet. Der Fürst wusste, dieser Mord würde Ignaz vor Gericht das Genick brechen. Siegfried gemeuchelt, der letzte Don-Wolga-Eber, der Winnetou der Wildschweine, der letzte seiner Gattung ... so würde man Recht sprechen.

Aber zählte das heute? Es gab sowieso keine Weiber mehr und

Wildschweine auch nicht. Zwar hatte er als Fürst und Landesherr sich für seinen Wildsaubestand verantwortlich gefühlt und seinerzeit zwei Säue aus dem Moskauer Raum kommen lassen, aber die waren beide versoffen, korrupt und total verhurt. Sie kassierten Geld für Fotoshootings, damals noch handgemalt, und für schweinischen Sex. Das stelle man sich mal vor: Für einmal Draufspringenlassen nahmen sie den Kerlen einen Monatslohn ab. Eber, die damals noch lebten, verarmten binnen Wochen. Ihnen ging das Geld aus, so als hätten sie am Tag der Entladung der Säue aus der transsibirischen Eisenbahn ein Loch in den Geldsack geritzt bekommen.

Als katholisch-orthodoxer Christ saß Siegfried für die Bauern der Umgebung seit geraumer Zeit im Gemeinderat und war dabei, sich für die Bürgermeisterwahl zu stellen. Er war ein weiser Mann, aber wenn's um was ging, auch ein Hauer und Stecher. Alles in allem war er jedoch in seinem Schweinsleben ein kulturgewohnter zivilisierter Bürger geworden. Hätte er sich nur niemals mit den Moskauer Säuen eingelassen.

Die späte Reue änderte nun nichts mehr – denn er war mausetot.

Das kümmerte Ignaz Ludogowitsch Rostov wenig. Erstens hatte er einen Zeugen weniger, zweitens, was trieb sich das Vieh hier herum, wo er mit dem Grafen abrechnete; und drittens, Gefangene machte er prinzipiell nicht, schon gar nicht, wenn sie Wildschweine waren. Darin zeigte sich, welch dynastischer Zug die Gene der Rostovs durchzog. Ignaz hatte tatsächlich Siegfried durch die Beine des Fürsten hindurch erlegt. Nun lag dieser da, achselzuckend dahinscheidend auf der Seite, Gras im Maul; und streckte die Beine weg, so hingebungsvoll echt, als hätte er das lange geübt. Der Fürst hielt sich die Hände vor das Geschlecht.

»Zwei Zentimeter höher«, rief er jammernd »– nur zwei Zentimeter … schon der Luftzug hätte sie mir abreißen können!« Der Fürst nahm vorsichtshalber seine Hände über den Kopf.

Um den folgenden Dialog würdigen zu können, muss man wissen, dass Ignaz' Gesicht von vorn aussah wie ein Flachbildschirm und von der Seite, als hätte einer beim Abhobeln einer Holzbohle vergessen, ein Aststück wegzuhobeln, und zwar da, wo andere die Nase haben.

Des Fürsten Gesicht dagegen war ebenso platt, das war vermutlich eine Besonderheit der Gegend, wahrscheinlich lag das am Wasser, aber kreisrund wie der Vollmond im August. Nun waren die Gesichter von Ignaz' Kindern nicht nur platt, sondern ebenso rund wie sämtliche Vollmonde im Jahreskreis – deren Augen waren auch schlitzförmig wie die des Fürsten und durchweg von schwarz-dunkelbrauner Farbe, eindeutig asiatisch. Ignaz hingegen vererbte »blau«, »quadratisch«und »deutsch«. Am liebsten hätte Ignaz dem Kerl nun doch die Dinger weggeballert. Er hielt sich hingegen im Zaum.

»Meine drei letzten Kinder sehen aus wie du, das sind deine und nicht meine, gib es zu! Ich mache, seit ich wichsen kann, nur Jungs!«, schrie Ignaz. Er zog blind durch und drückte ab.

Siegfried, obwohl mausetot, seufzte noch einmal kleinlaut auf, machte einen halben Meter hohen Satz in die Luft und ließ sich auf die andere Seite fallen. Er unterstrich und bestätigte mit bewusst gewählter und eindeutiger Körpersprache die Wucht des Einschlags von Ignaz' Schrotladung. Ignaz grunzte zufrieden. Er wusste zu dem Zeitpunkt noch nicht, dass Siegfried unter den Borsten eine schusssichere Weste trug, weil die russischen Säue, wenn sie besoffen waren, auch manchmal wahllos zwischen die Birken geballert hatten. Im Angesicht seines nahen Todes reagierte der Fürst mutig. Er beschirmte sich nicht weiter, hielt seine Arme seitlich halb hoch und wies mit den flachen Händen dramatisch gen Ignaz, als hielte er die Bergpredigt.

»Schieß. Ich habe nichts gesagt, all die Jahre. Vor dreizehn Jahren hast du meinen letzten Zwölfender geschossen.«

Ignaz nahm das Gewehr halb herunter, sodass er es sich jederzeit anders überlegen konnte, und ging auf den Fürsten zu. Er gab ihm eine Ohrfeige.

»Die war für Ludowika!«

Dann noch eine.

»Die war für Joanna! Und wie hieß die Dritte gleich?«

»Henriette.«

»Und die war für Henriette. Dann ist die Sache jetzt für mich erledigt.«

»Eine Rechnung ist dennoch meinerseits offen. Du hast meinen Koch umgelegt – von hinten.« Der Fürst war wütend.

Ignaz erinnerte sich mühelos. Er war leidenschaftlicher Pilzsammler und der Koch des Fürsten auch. Das Unglück geschah, als sie im vorvorletzten Herbst beide fast gleichzeitig einen makellosen Steinpilz erblickt hatten. Ignaz ließ dem Koch, höflich wie er war, den Vortritt. Dieser bückte sich mit einem Messerchen dem Pilz entgegen und *paff* – Schuss in den Rücken aus nächster Nähe. Ignaz legte den Pilz in seinen Korb und ging heim. Er hatte damals wie heute nicht eingesehen, dass er irgendetwas zu dem Vorfall sagen sollte, nicht seiner Frau und nicht dem Fürsten. Erstaunlich war für ihn aber doch, dass der Fürst ihn verdächtigte.

»Wie hast du das rausgekriegt?«, fragte Ignaz.

»Benno hat angeschlagen ... Du hast am Tatort gepinkelt.«

Nicht ganz unbeeindruckt vom Scharfsinn des Fürsten erwiderte Rostov: »Nur instinktlose Penner pinkeln auf der Jagd oder denkst du, irgendein normales Viech kommt noch auf die Lichtung, wenn alles weit und breit nach Mensch stinkt. Du erzählst Lügen – meine Frau ist übrigens schon wieder schwanger, damit du mir nicht vom Thema abweichst.«

»Dafür kann ich nichts, Ignaz! Das war Schuld deiner Frau. Sie hat Heu gemacht und als sie mich sah, hat sie mich vom Pferd gezogen. Ich konnte nichts machen, ich bin auch bloß ein Mann. Wenn du lange auf dem Pferd gesessen hast ... Ich kam aus Moskau, denk mal, wie weit das ist, da schuckelt sich was zusammen ... Als sie fertig war, hat sie sich den Rock geklopft und mich nicht mehr angeguckt, ich schwöre es. Sie liebt dich durch und durch.«

Ignaz trat zwei Schritte zurück und drückte erneut ab. Sein Move war nicht gänzlich überzeugend, sodass der Fürst erst gar nicht zusammenzuckte. Tatsächlich verriss Ignaz nach links unten und traf den Fliegenpilz neben dem Fürsten. Es stoben ursächlich zusammenhängend neben Pilz, Pilzmyzel und Eichenwurzel außerdem auf: die rechte Sohle des Fürstenstiefels, das Laub von fünf dahinter in Reihe stehende Buchenbäumchen, das Fell eines Nagehamsters und die Lesebrille von dessen Frau, die ihn zum Essen rief. Besagten angeschossenen Bauern, der die Konversation für das gerichtliche Nachspiel im Auftrag des Fürsten, in den Büschen versteckt, mitstenografierte, traf es zufällig. Der Fürst trat einen Schritt zur Seite, damit Ignaz seinen Schuss beurteilen konnte.

»Nicht den da!«, schrie der Fürst nun doch entsetzt, »das ist ein Riesenbovist, der ist essbar. Da essen wir 'ne ganze Woche dran, Du Blutreizker!«

Paff, der Bovist zerstob zu Dunst.

»Da hast du, was dich erwartet, wenn du nicht sofort in deine Pfalz abhaust. Ich zerschieße dein Schlosstor zu Sägespänen, damit du was zu fressen hast, Mondkarte.«

Der Fürst, tief beleidigt, kehrte um und entfernte sich grußlos.

Ignaz' Frau war mit dem Bauern fertig. Sie wischte sich die Hände und schälte nun Kartoffeln für das Abendessen. Ignaz saß am Küchentisch und rechnete: Ein Zwölfender reichte gepökelt oder geräuchert maximal für ein Jahr als Fleischvorrat für die Familie. Ein Kind dagegen gerechnet lag ihm fünfzehn, zwanzig Jahre auf der Tasche. Ihm! Und nicht dem Fürsten. Hasen gab es keine mehr, Rehe, Rebhühner, Tauben auch nicht. Keinen Bauern, der Mehl machte, keinen, der Kartoffeln pflanzte. Nur noch seine Familie, der Fürst und der Wald waren geblieben. Alle Eber waren so gut wie erledigt.

»Alles weg, lieber Fürst.« sinnierte er, »alles sehr limitierte Zahlungen deinerseits, die du da noch machen kannst. Und mir dreieinhalb Kinder aufhalsen und meine Frau kostenlos bumsen, dass sie kaum noch das Nachtgebet sprechen kann.« Ignaz pfiff durch die Zähne. Jetzt sah er klar. Jagdvieh ist keines mehr da, aber mit den Bälgern bei ihm daheim ginge es noch jahrelang so weiter. Der Fürst würde höchstwahrscheinlich weiter um Ignaz' Haus herumschleichen, denn Ignaz' Frau alterte nur langsam. Ignaz brauchte praktisch bloß mal, grob gesprochen, ums Haus nach den Kaninchen sehen gehen und schon war er wieder Vater! Er hatte in diesem Moment nicht mehr und nicht weniger als den Feudalismus begriffen. Die Fürsten gaben dir was zu essen und du Bauer warst froh, was zu beißen zu haben. Dafür schwängerten sie deine Frau und legten dir ihre Bälger ins Nest. Du teilst, gibst den Bälgern als Christ, was du hast, und ziehst sie groß. Aber auch wenn die Bastarde anständige Christen werden, die Schlitzaugen kriegst du nicht weg, den Rundschädel auch nicht und schon gar nicht deren Kamelaugen. Du kannst beim Bier nicht mal behaupten, das wären nicht deine Kinder, sondern musst mitlachen und zugeben, dass du besoffen und völlig rund gewesen sein musst, als du auf deine Frau gefallen bist. Von wegen – wachset und mehret euch, lieber Herr Fürst Ludwig von Steinhausen, der du uns seinerzeit zu den Rossen ausgewandert hast. Ihr seid alle gleich. Bälger ziehen wir auf, Mongolenbälger. Missbraucht werden wir Deutschen in fremdem Land zur Züchtung und Aufzucht von Aliens! Unsere Gene werden verdünnt, unser deutsches Blut wird dünn wie Regenwasser! Ignaz bezweifelte plötzlich sehr die Mission Ludwigs von Steinhausen, der seine Ahnen einst mit gesalbten Worten nach Rossland gesandt hatte. Von wegen – wachset und mehret euch in fremden Land. Worte, Worte, die der Kerl seinen auswandernden Untertanen gesagt haben soll am Schlagbaum zu Polen. Von wegen! Leihmütter sind unsere deutschen Frauen geworden, Austräger fremder Brut, Mittäter am Fortbestand einer Rasse Mensch, zu denen wir nicht mal mit dem Zug in Urlaub fahren könnten, weil die keine Eisenbahn haben. Die fressen Jogurt und saugen an Yakeutern bei dreißig Grad minus und rammeln unsere deutschen Frauen beim Pilze sammeln ohne Vorwarnung von hinten. Und jetzt hielten diese Mondgesichte, diese körperbehinderten Dschingis Khane, an Wolga und Don Hof und spielten Fürsten. Die Deutschen gaben den Bauern und spielten Darwin mit mongolischen Genen.

Ignaz ging nach draußen. Seine Biohühner kannten das Spiel. Sie flüchteten ins Hühnerhaus, als sich auch nur die Türklinke regte. Ignaz erschoss zunächst die zugelaufene Katze. Wie ein Terroristenjäger feuerte er dann auf jeden Riesenschirmpilz im nahen Wald. Er schritt zur Lichtung aus, dem Entstehungsort seiner Nachkommen. Dort traf er erneut auf den Fürsten, wenn dieser auch im Gebüsch halbversteckt hockte und ganz offensichtlich auf Ignaz' Frau wartete. Ignaz auf der freien Lichtung Schritt greifend und ganz der Jäger griff sich mit links ins Gehänge und rückte es zurecht. Gerade noch schaffte der Fürst es hinter die nächste Eiche. Denn nun knallte es ohne jene letzten

Worte der Abrechnung, jene drohenden, auf die Zukunft weisenden Äußerungen des Schlächters dem zu Schlachtenden gegenüber. Nein, es knallte. Der Eiche fehlten fortan die unteren Äste und dem Fürsten fürderhin der Grund für Ignaz' Eifersucht. Der Fürst winselte um die Eichenwurzeln herum. Ignaz aber wandte sich heldisch ab und kehrte ins Haus zurück. »Wir gehen nach Hause, na Börlin, Tscheloveki, das hier wird nichts mehr!«

Im Spätherbst 1413 betrat die Dynastie Rostov den Boden Deutschlands. Sie siedelten zunächst in einer waldreichen Gegend Thüringes, wo ein Onkel von Ignaz eingeheiratet hatte, und stieg in das Raubritterwesen ein.

Eine Merkwürdigkeit im Zusammenhang mit dieser Eindeutschung war, dass viel weiter im Westen etwa zu jener Zeit ein Eber, der sich Siegfried nannte, in Köln am Dom aufgegriffen wurde. Der Polizei gegenüber soll er sich zur Begründung seines Daseins geäußert haben, dass er im Auftrag des großen Siegfried und seiner Frau Brunhilde aus dem Burgenland bei Moskau nach Köln gereist sei, um Karl dem Großen eine persönliche Botschaft zu überbringen. Wahrscheinlich unter Folter soll das Subjekt sich geäußert haben, dass es sicher Krieg gäbe, und zwar zwischen West-Deutschland und Südafrika. Die beiden Polizisten konnten diese Nachrichten und das sprechende Wildschwein nicht komplett verarbeiten und gerieten traumatisiert in die lokale Irrenanstalt, das Hedwigsstift. Sie blieben sieben Jahre dort, von denen sie die letzen fünf unter der Aufsicht eines gewissen Siegfried verbrachten. Dieser tat als Keiler verkleidet seinen Dienst, den ihm die Einbürgerungsbehörde aufs Auge gedrückt hatte, sehr gründlich und machte seine »Bullen« jeden Morgen zur Sau. Sie blieben kinderlos. Das Trio ist bis heute als Denkmal auf dem Kölner Neumarkt zu betrachten. Ein lokaler Künstler soll sie in Stein gemeißelt haben, nachdem sie aus der Irrenanstalt entlassen worden waren.

Im rheinhessischen Raum waren etwa zur gleichen Zeit zwei Wildsäue aufgetaucht, die gebrochenes Deutsch mit stark russischem Akzent sprachen. Sie sollen sich in der dortigen Gegend sehr vermehrt und eine reichliche Nachkommenschaft gezeugt haben. Diese war so brutal, dass sich weder in der Hin- noch in der Rückrunde des Weltkrieges ein Soldat in jene Wälder gewagt hätte.

Die Dynastie Rostov entwickelte so viele Linien und Seitenlinien, wie ein Ölbaum Blätter trägt. Über die Eintragungen in Standesämter und geheime Kirchenbücher war einiges an den Tag gekommen, sodass man heute nach vorsichtigen Schätzungen davon ausgehen kann, dass halb Mecklenburg-Vorpommern, ganz Polen, Tschechien, die Sorbei, Ungarn aus irgendeinem komischen Grunde nicht, die Mainzer Region und auch Ostfriesland direkt oder über Ecken Besitzungen jener Herrscherdynastie wurden.

Zu Fürchtegoth, Rheinhessen, 1618

Der Landsitz derer von und zu Fürchtegoth lag hoch an den Ufern des Rheins, bot von da einen göttlichen Blick auf den Fluss. Das Leben hier oben geschah seit Generationen gut und reichlich. Mit Feinden war nicht viel. Vom Rhein her kam keiner hoch. Und wenn dann doch einer oben war, dann zog man dem Geschwächten den Helm vom Kopf und fragte ihn: »Voujevou sterben? Oder voujevou bei uns Bauer werden und Deutsch lernen?«

Kamen Feinde von landauswärts, von Westen her, waren es die Franzosen. Sie waren leicht zu schlagen, denn es gab klare Anweisungen an die rheinischen Ritter. Wenn man als ordentlich eingetragener Herrensitz im Verzeichnis »Herrensitze«, Greater Deutschland, London Library, 1603, beispielsweise von denen Von und Zu Nantes überfallen werden sollte, mussten diese zunächst einen Emissär schicken mit einer Kriegserklärung. Diese war in drei Sprachen abzufassen, Lateinisch, Deutsch und Französisch. Sie musste förmlich unterzeichnet werden, was gewöhnlich nach dem Dinner geschah, das zum Empfang der Emissäre ausgerichtet werden musste. Gegen Ende jenes Dinners musste dann der Emissär gegen sein Weinglas schlagen und für alle hörbar rufen:»Seine Majestät der Kaiser von Nantes erklären euch den Krieg, Inschallah.«

Ohne ein weiteres Wort der Erkärung wurde nun dem meist gegenübersitzenden Gastgeber der Fehdehandschuh ins Gesicht geworfen. Der Emissär wurde dann in die Folterkammer gebracht und gesundheitlich versorgt. In der Zwischenzeit brachte ein Bote die Kopie des Kriegsvertrages nach Rom zum Höligen Stuhl. Dieser bestätigte, dass die geplante kriegerische Handlung rein privater Natur sei und Gott und die Kirche sich von dem Akt lossagten. Der Sieger möge bitte den Sieg postwendend mitteilen, damit die Eintragung im Grundbuch geändert werden konnte. Auf diesen Eintrag wurden zehn Prozent Kirchensteuer erhoben. Wechselte im Verlaufe der Keilereien der Sieger alternierend, war jedesmal eine solche Steuer erforderlich. Außerdem wurde in besonders hartnäckigen Auseinandersetzungen, wo täglich die Sieger wechselten, die Kosten für das Papier, den Schreiber und die Krankenhauskosten für den Dompropst in Rechnung gestellt.

Nun konnten die Handlungen beginnen. Gott war mit allen fertig. Die Emissäre wurden mehr schlecht als recht, oft blind oder mindestens gehbehindert zurückgesandt, um das Dokument zu überbringen. Sie waren von beiden Parteien gehalten, im Angesicht ihres Auftraggebers beim Überreichen der Nachricht dahinzuscheiden. Dies war aus Gründen des Staatsschutzes notwendig und ein letzter Beweis ihrer Loyalität gegenüber ihren Herren.

Die rheinischen Kriege im beginnenden siebzehnten Jahrhundert fingen meist samstags nach dem Mittagsschlaf an. So auch am Nachmittag des zweiundzwanzigsten Mai, 1618. Gegen fünfzehn Uhr wurden vom Hochsitz derer von und zu Fürchtegoth Franzosen gesichtet. Zunächst glaubte man an Wildschweine. Dann aber erkannte man die blauen Hosen. Die Kerle kletterten lustlos den Burgberg von Westen her hoch. Zur Verteidigung der Burg wurden zunächst teergetränkte brennende Strohballen den Berg hinab gerollt. Das erschien manchem Franzosen zu beängstigend – einige kehrten sofort um. Der Rest kletterte weiter bergan. Etwa eine Stunde später folgten seitens der Burg Ein-Tonnen-Kugeln aus Sandstein. In der Ein-Tonnen-Technologie waren die Fürchtegoths Meister, denn sie hatten sie erfunden und sogar an die Amerikaner eine Lizenz verkauft. Es blieben dennoch auch dann noch Franzosen dabei, den Berg anzuklettern, so als hätten die keine Familie und nichts Besseres zu tun.

Der Fürst befahl in solchen Fällen, Fässer billigen Rieslings an Stricken vorsichtig den Berg hinunterzulassen. Man lauschte nun seitens der Fürchtegoth-Burg mit deutschen Hörgeräten auf Trinkgeräusche. Waren diese schließlich und endlich abgeebbt, schickte man den Nachtwächter der Burg auf das Schlachtfeld. Der haute mit einem Hämmerchen, mit dem er an sich seine Schuhe besohlte, einen jeden zum Garaus, der noch ein Glas mehr haben wollte. Es verloren immer die Franzosen.

Fürst von und zu Fürchtegoth hatte angesichts solch zahloser Siege seiner Gattin Edelgart ein Siegesschloss auf der anderen Rheinseite bauen lassen. Er hatte damit die innige Verbundenheit zwischen ihm und ihr in Gestalt zweier Trutzburgen demonstrieren wollen. Zwar waren sie durch einen reißenden Strom getrennt, die beiden Liebenden aber trennte er nimmermehr. Jeden Abend nach den Fernsehnachrichten sang der Fürst Minne gen Osten.

»Oh Edelgart, oh Edelgart, why du bist so hart. Voujevou une menage a trois?«

Seine Frau Edelgart erwartete den Anruf hinter den Zinnen der Burg und sang.

»Du kannst mich mal, du kannst mich mal, du kannst mich mal besuchen.«

Der Fürst blies daraufhin in sein Hirschhorn.

»Oh Edelgart, oh Edelgart, wie gern ich kommen würd – ich darf es nicht, ich darf es nicht. Ich bin der Herre hier – es is mei Pflicht.«

Damit war für Fürstin Edelgart klar, der Kerl kam heute Abend nicht überraschend rüber, und sie machte weiter mit ihren beiden Reitlehrern.

Fürst Fürchtegoth ging indes in seine Kapelle zum Beten. Dort probte abendlich der Knabenchor. Die Jungs sangen göttlich; Pimmel für Pimmel für Pimmel ein eigener Klang. Jeder so rein und so klar. Fürst Fürchtegoth setzte sich in die erste Reihe und spannte den Regenschirm vor sich auf. Nicht zu seiner Überraschung, denn er war schließlich Fürst und verfügte über Informanten, setzte sich sein Sohn namens »Boy« kurz darauf in die Reihe hinter ihm und grüßte:

»Hi Dad.«

»Hi Junior, wie geht es dir?«

»Mir ging es gut, bevor ich dich sah.«

»Boy, das könnten wir bald ändern.«

»Dad, ich will den Dritten in der zweiten Reihe oben rechts.«

»Das ist meiner und der war schon immer meiner, alles klar.«

»Nicht ganz, Dad, der hat neulich gesagt, er würde sich deine Faltenprimel nicht mehr lange 'reinziehn.«

»Hat er?«

»Hat er!«

Der Fürst stand daraufhin auf und unterbrach den Chor. Er winkte besagten Jungen in die Sakristei zum Vorsingen. Der Junge, bereits in jungen Jahren erfahren, war nach zwei Minuten fertig. Der Fürst zog seine Lederhose hoch und schickte den Jungen zurück, nicht aber ohne ihn zu ermahnen, dass er ihn nach der Vesper nochmal in seinem Schlafzimmer bräuchte. Der Junge nickte.

»So viel dazu«, sagte der Fürst später zu »Boy« und kniete sich nun neben ihn zum Beten, denn die Vesper war noch nicht beendet.

»… von wegen Faltenprimel!«

Während des »Vaterunser« beugte der Fürst sich zu seinem Spross hinüber und flüsterte: »Dein Boy kann heute nicht, morgen nicht und auch die restliche Zeit nicht, such dir ein Mädchen und heirate, da kannst du deinen Pimmel so oft du willst wegstecken und du störst keinen dabei.«

Der Fürstensohn lief hochrot an und griff zum Schwertknauf.

»Das würde ich nicht tun, Boy, denn als Erstes würde ich dir den Schwanz abschneiden.«

Bekniffen schlich daraufhin der Thronfolger durch einen Nebeneingang aus der Kirche hinaus. Das hölige Gemäuer war von einem Friedhof umgeben, auf dem hauptsächlich adelige Chorknaben sowie fürstliche Thronfolger begraben lagen, die alle in sehr jungen Jahren verstorben worden waren. Ein besonderer Fall, der für die moderne Gerichtsmedizin bis heute ein Rätsel blieb, war der Tod eines elfjährigen Jungen, der sich beim »Vaterunser« zu Ostersonntag im Jahr des Herrn 1612 an einer höligen Hostie verschluckt haben soll und erstickt war.

Von und zu Fürchtegoth war die Sache mit seinem Thronfolger schon lange zu bunt geworden, nicht nur, weil das besagte Chorkerlchen abtrünnig zu werden beabsichtigte, sondern weil ihn selbst die anderen Knaben seit Monaten komisch ansahen. Also hatte man über den

Rhein hinweg beschlossen, den Spross zum Aufbau einer amerikanischen Fürchtegoth-Dynastie nach Amerika zu verschiffen. Die Fürstin auf der anderen Rheinseite wollte nämlich Söhnchen auch nicht haben, denn sie fürchtete um ihre Männer.

Der Fürst brachte seinen Sohn persönlich zum Rheinhafen. Er händigte ihm zwei Jutesäcke voll Mark Ost-Deutschlands in Hundertertmarkscheinen aus. »Damit hast du von Anfang an da drüben ausgesorgt, Boy, bedanke dich! Und schicke uns eine SMS, denn Mutti macht sich auch Sorgen um dich.« Die SMS wurde zwar erst knapp vierhundert Jahre später erfunden, das interessierte den trauernden Vater aber in diesem Moment des Abschieds überhaupt nicht. Der Fürchtegoth-Spross hängte seinen Beutel mit Essen für die nächsten zwei Tage an den Gürtel und schwang die Geldsäcke über. Als er fast an Bord des Rheinschiffes war, rief der Fürst ihm nach: »Arive derci, Boy, und mach dich nicht an die Indianerjungs ran, die verstehen keinen Spaß.«

Prinz von und zu Fürchtegoth ging, als sein Essen nach zwei Tagen zur Neige gegangen war, zum Kapitän des Rheinschiffes und bestellte das Menue für den kommenden Tag. Der Kapitän gab ihm eine Ohrfeige.

»Ich bin Prinz derer von und zu Fürchtegoth!«

Der Kapitän feuerte ihm noch eine.

»Ich habe Geld!«

»Zeig.«

Nach kurzem Blick in den Sack mit den Mark Ost-Deutschlands knallte er dem Jungchen noch eine und als Zugabe noch eine von der anderen Seite, denn die linke Backe war bereits dunkelrot.

»Das Klopapier da teilst du an meine Jungs aus zum Arsch abwischen. Dafür darfst du morgen mit dem Koch essen. Ab übermorgen arbeitest du in der Kombüse. Wo willst du denn weiter hin?«

»Nach Amerika.«

»Zeig mal deine Fahrkarte.«

»Da.«

»Das ist keine Fahrkarte nach Amerika, das ist ein Gutschein für den Puff in Antwerpen. Da, hast du noch eine!«

»Ich rufe jetzt meinen Vater an, das lasse ich mir nicht gefallen«, sagte Boy. Er zog sein geschnitztes Vokia I-phone aus der Tasche und wählte. Er hatte noch nicht zu Ende gewählt, da bekam er die nächste Ohrfeige. Das war sein einziges Gespräch mit dem Kapitän, jemals. Ab da hatte er jeden abend Besuch von jedem einzelnen Matrosen des Schiffes, bis auf Klaus.

Long Island, 1619

In New York, wo Prinz von und zu Fürchtegoth, völlig durch den Wind geschossen, dann doch klapperdürr und mit Syphillis befallen ankam, verlangte der Offizier der Einwanderungsbehörde dessen Pass.
»Was für einen Pass? Ich bin Prinz derer von und zu Fürchtegoth, Rheinhessen, Deutschland. Mich kennt da jeder.«
»Wachmann, abführen, schon der zwanzigste Prinz aus Deutschland heute, wie viele Königreiche haben die eigentlich?«
Der Wachmann, Armbrust lässig, aber geladen nach unten haltend: »In Deutschland, Sir, Sir, ist jeder ein König, jedes Arschloch, Sir, Sir, sei es auch noch so winzig und zu nix zu gebrauchen.«
»Was meinen Sie, Wachmann, mit ›zu nix zu gebrauchen‹? – Ich bin Ire, Sie Arschloch.«
»Sir, Sir, ich meine, die können nicht mal normal scheißen, die kriegen bei jedem Risiko, das sie eingehen sollen, Dünnschiss und wenn sie's doch mal eingegangen sind, sitzen sie danach stundenlang auf dem Klo wegen Verstopfung. Und wenn einer wie wir einfach so gemütlich vor sich hinscheißt und nach fünf Minuten fertig ist und fröhlich aufsteht, werden die neidisch und bekämpfen einen bis zum Rest ihrer Tage – Sir, Sir, das sind Waldmenschen. Sir, Sir. Der Senat in Washington hat kürzlich im Teuteburger Wald, wo wir schon vor tausendsechshundert Jahren das erste Mal gegen die verloren haben, amerikanische Marines stationiert. Bei der Gelegenheit haben wir auch zwei Einheiten Indianer mit verschifft und sie im teutonischen Wald ausgesetzt. Seitdem ist Ruhe in Deutschland. Die trauen sich nicht mal mehr zum Scheißen in den Wald, auch nicht zum Pilze sammeln, Sir, Sir.«
»Woher wissen Sie das mit den Indianern, das ist Staatsgeheimnis!«
»Ich war da, Sir, Sir, im Wald, ich hatte Durchfall. Da flog ein Tomahawk an meinem Ding vorbei. Ein Indianer mit nur einer Feder am Kopf rief aus dem Busch: ›Das eine Warnung, Yankee, nächste Mal ab.‹«

»Und wo waren die Deutschen?«

»Versteckten sich draußen in den Wiesen, Sir, Sir. Ich musste ja doch weiter scheißen. Einen Durchfallanfall abzubrechen, Sir, Sir, das geht nicht ohne Weiteres, Sir, Sir, da bin ich raus in die Wiesen …«

»Mich interessiert Ihr Durchfall einen Scheißdreck – was haben die Deutschen gemacht?«

»Ich habe mich natürlich auf den Durchfall konzentriert, deswegen erwähne ich ihn ja Ihnen gegenüber, damit Sie verstehen, Sir, Sir, die haben sich angeschlichen, Sir, Sir.«

»Und?«

»Sir, Sir.«

Der Wachmann öffnete seinen Hosenlatz, wohinter nichts zu sehen war.

Der Officer blickte den Wachmann fragend an.

»Abgebissen, Sir, Sir, ich hatte mich auf hinten konzentriert und nach vorn nicht, Sir, Sir. Passen Sie auf, wenn Sie zu denen fahren. Im Dunkeln verstehen die Indianer kein Englisch und hacken einem den Pimmel am Schambein ab.«

»… und die Deutschen … die Deutschen?«

»Krabbeln in den Wiesen 'rum, wie ich sagte, Sir, Sir, sprechen aus Prinzip kein Englisch, schämen sich wegen ihres TieÄtsch. Dann aber – *happ* – weg sind die Eier. Danach konnte ich meine Mistress vergessen, Sir, Sir, die zu Hause gewartet hat. Sie hat einen Klempner aus Kansas City geheiratet. Mit Geld konnte ich sie auch nicht halten, Sir, Sir, die Versicherung hat nichts gezahlt. Sie zahlt nur bei Kriegsverletzungen, nicht für Freizeitunfälle. Außerdem haben sie was von Sado Maso gefaselt. Ich weiß nicht mal, was das ist, Sir, Sir, wissen Sie das vielleicht?«

»Ich bin Ire, Sie Arschloch!«

Boy, Prinz derer von und zu Fürchtegoth, hatte alles mitgehört. Es gab für ihn nur eine Schlussfolgerung. Inzwischen ausgestattet mit Englischkenntnissen, erkannte er sogleich, dass dem Kerl keine andere Möglichkeit blieb, als sich hinzuknien. Er intervenierte bei dem Wachmann:

»Do you like to knee down and come-on?«

»Jess, Jess, off course.«

»Senn let's go to se toilet right away.«
»Aber nur fünf Minuten«, rief der Officer hinterher.
»Sir, Sir, was denken Sie von uns?«
»Dann kommen Sie sofort mit dem Kerlchen hierher zurück, ›Boy von Fürchtegoth‹ ist echt. Mir liegt ein Brief seines Vaters vor. Er schreibt, wenn jemand einreisen will und sich als ›Boy von Fürchtegoth‹ ausgibt und der nicht sofort den Wachmann vögeln wollte, dass der nicht echt sei. Sein Sohn würde das zumindest versuchen. Sein Vater hat ihm hundert Goldtaler geschickt, ein ungeheures Vermögen, fast zehn Kilo reines Gold. er soll danach zu mir kommen.«

»Siehste«, sagte Boy zum Wachmann, »das ändert alles – was zahlste»?

Der Wachmann zog fünf Dollar raus, übergab sie pikiert, weil augenscheinlich auch in dieser sich anbahnenden zarten Beziehung die Liebe fehlte, und ging schon mal voran.

Vom Geld des Vaters kaufte Prinz von und zu Fürchtegoth sich einen schwarzen Boy zum Servieren, einen Indianer als Bodyguard, eine Nögerin zum Kochen und für den Fall, dass Not am Mann war, weil einer der Boys seine Tage hatte, einen Pianisten aus Paris sowie einen Gärtner aus Sri Lanka. Er erwarb Long Island und Immobilien in benachbarten Bundesstaaten fast umsonst, das Grundstück, auf dem das NIT und die Howard University heute stehen, auch. Arizona, Nevada und Kalifornien bekam er hinterhergeworfen, weil die damals nix kosteten.

Der Notar, 1623

Boy von Fürchtegoth erwies sich als Typ, zu einer besonders resistenten und verständigen Rasse gehörend, die im Laufe der kommenden Geschichte im letzten Moment immer in der Lage gewesen war, den Ernst einer Lage zu erkennen und auch immer gleich gewusst hatte, wer an ihrer Statt ins Gras beißen sollte. Boy wurde schnell wohlhabend und sein Leben geschah gut und reichlich.

Vier Jahre nach Boys erstem Landgang in Long Island bekam er Post von einem angesehenen Notar. Boy war leger gekleidet und setzte sich erst nach höflicher Aufforderung dem Notar gegenüber. Der trug Frack, eine Fliege und einen schwarzen Zylinder, der nach links nicht ganz ausfaltbar war. Gute Zylinder waren auch für gut betuchte Bewohner Long Islands kaum zu haben.

»Um gleich zum Punkt zu kommen, Eure Hochlaucht«, begann der Notar. Er sei über alles unterrichtet. Man brauche sich nicht in der Vergangenheit verstricken. Persönlich sei ihm das Gender eines Klienten gleichgültig. Den Vornamen »Boy« könne er als für den Distrikt verantwortlicher irischstämmiger Notar allerdings nicht länger akzeptieren. Er werde ihn in »Bestehjev« umschreiben lassen. Beides beginne mit »B«. Da brauche er die Initialen auf Servietten, Besteck und Krawattennadel nicht ändern lassen. Boy setzte den Kaffee ab und protestierte.

»Wie soll sich das denn anhören – Bestehjev von Fürchtegoth.«

Der Notar blieb freundlich, aber unerbittlich: »Das ›von Fürchtegoth‹ brauchen Sie hier auch nicht, Hauptsache, Sie haben Geld. Die Amerikaner reden sich stets mit Vornamen an. Alle Nach- oder Vorsätze zu einem Namen deuten sie, als hätte man Armut zu verbergen. Der Titel Doktor steht allerdings hoch im Kurs. Da kann ich Ihnen eine Adresse nennen, die sind nicht gar so unverschämt bei den Preisen. Welchen Titel möchten Sie tragen?«

Boy zögerte nicht einmal: »Doktor der Politik.«

»Das wäre dann *Dr. pol.*, ich trage das in Ihre Unterlagen ein. Ich gratuliere Ihnen für Ihren exzellenten politischen Instinkt. Das tun alle, die Präsident werden wollen. Ich muss leider noch einmal auf des gnädigen Herrn Geschlecht zurückkommen. Ist der Fall bei Ihnen sehr ernst?«

»Welcher Fall?«

»Äh, hmm, ich meine ...«

»Ob ich *bi* bin? Was denken Sie von mir?«

»Nun gut, ich sagte ja, ich verstehe, nur dann hätte noch Hoffnung bestanden, Jungs also, nun gut, dann trage ich bei Ihnen unter Religion nichts ein. Nun«, er hob den Kopf und blickte Boy sehr ernst an, »ich sagte bereits, obwohl mein Mandant von hohem Geschlecht ist und nicht geringen Reichtum vorweisen kann, verbietet es mir meine irische Herkunft, und sei es auch nur im Vornamen, jede Andeutung auf das Geschlecht des Klienten anzuerkennen. Das kann zu peinlichen Missverständnissen führen – stellen Sie sich vor, Sie annoncierten im ›Nju Jork Independent‹: ›Boy sucht Boy zum Silber putzen‹ – was dächten Sie denn, was dann passierte. Halb New York bewürbe sich um die Stelle und noch Monate später kämen die Kutschen aus San Franzisco von den Indianern gebeutelt am Times Square an und fragten nach Ihnen. Wollten Sie die alle abweisen? Wie wollten Sie das machen? Die den Weg von Kalifornien überlebt hätten, fingen bei Ihrem ersten Wort, Eure Hochlaucht, an zu ballern, ob sie Indianer sind oder nicht. Nachgucken tun die erst, wenn Sie erledigt sind.«

»Bestehjev«, wiederholte Boy zögernd und gab klein bei. So weit hatte er nicht gedacht.

»Und wenn wir schon mal dabei sind – wem wollen Sie denn Ihr Eigentum vererben? – dem Staat etwa? Dann lasse ich Sie einsperren. Bei unserem Einkommen zahlt man noch nicht mal Steuern. *Keinen Cent dem Government!* Ist hier die Grundregel im Geldverkehr. Wenn Sie mit Ihrem Besitz und Ihrem Einkommen aus Versehen Steuern zahlten, dann denkt das Finanzamt zu recht, mit Ihnen sei etwas nicht in Ordnung, und fordert alles nach, auch die Vergnügungssteuer, die Sie bei Ihrem hohen Geschlecht und Ihren Neigungen auch nicht abdrücken sollten. Oder? Sehen Sie. Nein, nein, nein. Ihr Name sei Bestehjev und Sie leben aus der Mülltonne, zweiundfünfzigste Straße, Ecke Broadway. Wo Sie hingehen, nachdem die Polizei Sie gefilmt hat, interessiert keinen, aber an die Regeln müssen Sie sich halten. Hummer essen, zehn echte boys abschleppen in Ihr zweiundzwanzig-Bett-Ruhm-Appartment am Hydepark, alles drin, aber ...«

»... Central Park.«

»Was?«

»Das ist der Central Park, Sir.«

»Sehen Sie, Sie machen mich ganz nervös ... Also wer soll jetzt erben? Sie brauchen einen Erben. Staat geht nicht, bei denen beantragen sie nur Sozialhilfe und Kindergeld. Aber nun, woher Kinder nehmen? Männer wollen keine Kinder und die unbefleckte Empfängnis hat es bisher nur einmal gegeben. Ich empfehle eine Sqaw. Ich kenne eine, die hat schon wieder ein Baby, einen hübschen blonden Jungen, zwei Monate alt. Der ist von einem Army Officer, ich meine sogar einem Deutschen aus Hessen. Kennen Sie Hessen?«

»Natürlich kenne ich Hessen, aber mein Vater war es nicht.«

»Woher wissen Sie das? Die Touristen fliegen auf Squaws. Noch zwei Generationen so weiter und die Indianer sind alle blond, blauäugig und fahren BMW, wenn der Alte gut zahlt.«

»Mein Vater reitet einen Hengst aus dem Gestüt Hadschi ben Jussuv.«

»Um so besser, dann kann er es nicht gewesen sein, denn sie meinte, er sei aus einem BMW gestiegen und sie wäre ausgerutscht und auf die Rückbank gefallen.«

Boy begann an der Echtheit des Notars zu zweifeln.

»Den BMW erfinden unsere Leute erst in dreihundert Jahren.«

»In dreihundert Jahren, wenn Sie da heute Ihr Geld in einen soliden Erben anlegen, können sie in dreihundert Jahren die halbe Welt kaufen. Also lass mal sehen ...«

Er blätterte in seinen Unterlagen. »... nein, nur den einen, die Übrigen sind alle andersfarbig oder haben rote Haare.«

»Und was mache ich mit einem Kind?«

»Lieben, Vaterliebe! Erziehen, groß und stark und schön werden lassen. Das können Sie, das sieht man Ihnen an, da habe ich keine Sorge, also im Hydepark spazieren gehen« (Boy gab es auf) »viel frische Luft. Ziehen Sie Ihrer Reinigungskraft ein schönes Sommerkleid an. Dann denken alle, Sie seien die glücklichste Familie der Welt. Wir stehen hier auf Familie.«

»Ich stehe auf Jungs und Männer und nichts anderes.«

»Das steht alles in Ihren Unterlagen, Eure Hochlaucht, ich weiß das. Sie hat man als Säugling wahrscheinlich oft in der Besenkammer abgestellt und Sie haben immer nur die Besenstile abgenuckelt, armes Kind Sie. Vor allem aber Kind nicht verziehen. Pistolen kaufen, reiten lassen, Texashut und girls, girls, girls, von klein auf dran gewöhnen, auch, wenn Sie später für die ersten fünf vorehelichen Kinder Ihres Sohnes Alimente blechen müssen. Sie haben mehr zu verlieren, sonst hat Ihre Dynastie bald ausregiert. Die Unterlagen sende ich Ihnen zur Unterschrift zu, Sir.«

Verdun, Weltkrieg Hinrunde, 1916

Fritz Ludogowitsch Rostov aus dem Dorf Birkenfeld kehrte pfeifend heim vom Pilze sammeln und stellte den Korb auf den Tisch. Er hielt eine Marone ins Gegenlicht und musterte über den schwarzbraunen Hut hinweg ihren verbliebenen Glanz, ein Zeichen exzellenter Frische bei Maronen, ja den meisten Pilzen überhaupt. Die Nagelprobe war aber, wenn man die Marone von unten betrachtete. Der Schwamm musste gelb und dicht sein, mit einem Schimmer von grün und durfte gerne, aber nicht zu viele, blaue Druckflecken aufweisen.

Verschwommen im Hintergrund sah er den Brief auf der Fensterbank. Dieser sowie die frisch gewaschenen Blümchengardinen links und rechts lenkten seinen Blick ab. Der Brief war länglich und passte nicht zum Gardinenmuster. Fritz fiel eine Ziegenlippe ein, die er neulich gefunden hatte, eine mit grünbraunem Schwamm, hässlich zerrissenem Hut und dazwischen in schmutzigem Braun der krumme Stiel. Er glich das Schriftstück mit der Marone ab und pfiff.

Seine Mutter kam aus der Tür zur Speisekammer und wischte sich fortwährend die Hände an der Schürze von oben nach unten.

»Du sollst in den Krieg, ich denke nach Verdun in Frankreich, wo sie nicht vorankommen.«

»Steht das in dem Brief, hast du ihn aufgemacht?«

»Den Heinrichs ihren Ältesten, den Karl, haben sie letzte Woche ohne Kopf zurückgeschickt, im Sarg, im Kühlwagen, mit denen sie in Friedenszeiten die Schweine und Rinder fahren, damit sie sich halten. Mir kam der Graus, als ich zufällig die vielen Särge sah. Junge, dass willst du nicht wissen ...«

»Karl hatte keinen Kopf mehr?«

»Der Friedhofswärter wusste nichts Genaues, nur dass der Sarg kopfseitig so leicht war, aber was der genau gemacht hat, als er mit dem Sarg allein war, weiß kein Mensch. Er war sich ziemlich sicher.«

Fritz ging zum Fenster und sagte: »Karl hatte einen Schädel wie ein Ochse! Bei dem gab's zur Kirmes nur, ihm schnell eins in die Fresse geben und dann abhauen, bevor er was gemerkt hat. Wo der seinen Schädel hingehalten hat, Mutter, war Ende, da gab's danach nur noch was für die anderen.«

»Haben die Franzosen bestimmt nichts von geahnt, wie stark Karl war.«

»Karl hätte sich nie von vorn umbringen lassen. Wahrscheinlich sind die von hinten gekommen oder sie haben feige eine Granate aus dem Unterholz geworfen.«

»Wenn du da hingehst – du kommst zurück, das weiß ich. Sie wollen ein Kriegerdenkmal bauen und Karl einmeißeln, seinen Rang, alle Vornamen, Geburtstag wie auch seinen Todestag und den Ort, wo es war. Die Blaskapelle will spielen. In zwei Wochen. Der Gemeinderat muß es noch beschließen, vor allem die Kosten, die Kosten. Sowas kostet was. Wenn die Kosten stimmen, braucht der Steinmetz höchstens eine Woche. Er legt den Namen mit Gold aus, hat er gesagt, aus eigener Tasche. Karls Mutter habe ich besucht. Sie hat immer nur geweint, aber das Denkmal, das Denkmal hat sie mittendrin auch zum Lachen gebracht. War gut, dass ich da war, da war sie hinterher getröstet und hat sogar zu Gott gebetet und ihm vergeben.«

Fritz nahm einen Apfel, biss einen Teil ab und machte eine dicke Backe.

»Wenn ich Pech hab' ...«

»Du kommst heil zurück, du hattest immer einen Schutzengel. Wenn du nicht gehst, Junge, bist du heimatlos, wohin du auch gehst. Man traut dir nicht. Du bist für die Menschen unberechenbar, auch für die Franzosen. Dann bleibst du besser in der Stadt, wo dich keiner kennt, sonst erschießt dich noch einer aus dem Dorf wegen Feigheit vor dem Feind.«

»Wer, meinst du?«

»Heinrich hat nicht verstanden, dass sein Karl nun tot sein soll. Der hat seit Karls Tod nur noch das letzte Wort, überall, sogar beim Bäcker. Sie diskutieren schwer über das das Kriegerdenkmal.«

»Und wenn ich nicht hingehe?«

»Dann wirst du an die Wand gestellt. Dann kommst du nicht aufs Denkmal und wirst aus dem Kirchenbuch ausgetragen. Tu mir das nicht an, Junge, geh hin. Es ist schon mancher Held heil wiedergekommen. Du bist ein Rostov, die überleben alles. Der Einzige war dein Großonkel. Der ist gestorben ganz ohne Krieg, im Urlaub auf seiner Hochzeitsreise nach Italien, als der Zug scharf bremsen musste wegen einem Selbstmörder auf den Schienen. Beim Rasieren ist ihm das Messer abgerutscht. Kein schönes Sterben, am Anfang merkt man noch alles. Ich stell mir vor, dass, wenn der ganze Kopf auf einmal ab ist, wie beim Karl, dann fühlst du von weiter unten gar keinen Schmerz mehr. Dann kommt oben nichts mehr an. Karl hatte noch Glück, wenn das stimmt, was der Friedhofswärter sagt. Im Grunde konnten die Franzosen ihm, als der Kopf schon ab war, unten alles kaputt schießen, er hat auf keinen Fall noch was gemerkt, weil der Kopf schon weg war. Dein Großonkel hat noch gezappelt und geröchelt, als sie ihn gefunden haben. Er war mit der Wade beim Stürzen auch noch in die Schere gefallen und hat sich im Fallen, stell dir das bloß vor, seinen Stielkamm ins Auge gespießt. Kannst du dir die Schmerzen vorstellen, Junge?«

»Bei den Tannen gibt's Knollenblätterpilze, Mutter.«

»Tu das deiner Mutter nicht an, Junge, sag sowas nie wieder. Dann kommst du in die ewige Verdammnis. Gott sieht alles, auch wenn du Maronen untermischst und kein Hiesiger merkt, woran du wirklich gestorben bist. Er sieht alles, alles.«

Karl Heinrich, 1916

Das Meer« von Karl Heinrich. Fritz las nach Jahren wieder einen Text, der weder aus der Zeitung noch aus einem Pilzbuch stammte. Von Karl Heinrich. »Das Manuskript.« Der Steinschädel hatte ein Buch gemacht, ein Gedicht. Fritz pfiff beim Lesen durch die Zähne, indem er durch die gespitzten Lippen Luft einsog.
»Das Meer« von Karl Heinrich.

Es herrschte immer noch an
in Himmeln gegen uns Ahnen.
Wir haben endlich Wasser und es hat sich gelohnt.
Nie mehr Dürre, kein weiteres Darben.
Das Meer. Wir spielen den Flügel
und plätschern mit den Finnen.
Ja, wir haben gelernt, keine Haie im Meer
mehr vielmehr mehr wir zu sein.
Gebärt euch doch an Land lebend Menschen unter Menschen.
Wir wollen nun auch hingehen, es ist endlich Stunde Null.
Wer geht. Wer geht?
Herrscht oben noch die dürre Erde? Wer geht?

Fritz sah aus dem Fenster und dachte an Karls zu großen Schädel. Der Zug hielt vor Verdun. Auf dem Bahnsteig blies eine Kapelle Marschmusik. Fritz ließ Karls Buch liegen und stieg aus. Er meldete einem frisch in rot gestrichenen Hydranten mit französischer Aufschrift, von dem ein durchlöcherter Löschschlauch schlaff herabhing: »Gefreiter Fritz Rostov aus Birkenfeld in Deutschland meldet sich zum Einsatz.«
Der Direktor der Kapelle unterbrach und bat ihn in aller Form und mit Schärfe: »… bitte im Angesicht des Todes keine Blasphemie zu betreiben.« Dafür gäbe es Kriegsgericht. Er spiele hier nicht zum Spaß

Trauermärsche. Er verabschiede schließlich die heute Morgen vor dem Frühstück bei einem Ausfallversuch der Franzosen gefallenen, deutschen Helden. Einem unserer Besten habe man die Spiegeleier aus der Pfanne geschossen, jedoch hat der Abpraller seinen besten Kameraden getötet.

»Einen anderen der Unsrigen haben sie in die Latrine hinein halbiert, wo sein Kopf neben den Füßen stecken blieb.«

Dann raunzte der Kapell-Direktor: »Und er macht sich lustig im Angesicht des Todes seiner Kameraden!«

Fritz entschuldigte sich und erklärte, er habe lediglich Meldung üben wollen, denn schließlich sei in Birkenfeld, wo er herkomme, kein Krieg, sondern Herbst und es gäbe Pilze in Massen. Da machte keiner Meldung, aber dann sei der Brief gekommen und er sei sofort hergeeilt. Er, Fritz Ludogowitsch Rostov, habe sich lediglich pflichtgemäß verhalten und ordentlich Meldung üben wollen.

Der Kapell-Direktor reagierte mild. Eben wurde ein weiterer Held vorübergetragen. Der Kapell-Direktor hob die Arme für die Bläser. Fritz blickte in den offenen Sarg und erblickte einen Hintern, an dem ein Stück Unterhose hing, keine Beine, keine Brust, Kopf auch nicht. Ihm wurde übel.

»Kotz nur«, sagte ein Träger, »solange du noch kannst, Anfänger.«

Fritz musste dann auch pinkeln. Dabei bewässerte er auch französischen Boden. Als er fast fertig und dabei war, die letzten Tropfen abzuschütteln, pfiff eine einzelne Kugel scharf unter seinen Eiern durch die Beine hindurch.

»Hinlegen! Die greifen an!«, schrie einer.

Fritz warf sich in den Dreck. Neben ihm starb der Kapell-Direktor. Eine halbe Arschbacke des bereits toten Helden landete neben zwei Sargbrettern zwanzig Meter vor Fritz im Graben. Die Träger waren tot und lächelten ihm zu, als wollten sie noch was zu dem eben Gesagten hinzufügen. Dann barsten vor Fritz' Augen deutsche Granaten. Nicht sehr weit weg vor ihm flogen Franzosen und Teile davon zusammen mit Dreck und Splittern durch die Luft.

»Kannst aufstehen. Es ist vorbei. Das war nur eine versprengte Vorhut der Franzosen. Wir hatten die schon eingekesselt, aber die wollten

durchbrechen, ausgerechnet hier bei uns. Sind alle erledigt. Steh auf.«
Fritz hörte kaum was. Er wollte aufstehen, fiel aber wieder hin und spürte nun einen reißenden Schmerz. Hinter ihm schrie einer: »Holt den hier raus, schnell, dem hat es das Bein zerfetzt.«

Fritz Ludogowitsch Rostov kehrte vor Weihnachten heim. Zwischen zwei Krücken tackte er vom Bahnhof her die Dorfstraße hoch. Man beobachtete ihn hinter Gardinen; Herr Heinrich, der Frisör sowie die Nachbarn. Seine Mutter sah ihn kommen und sprang ihm entgegen. Sie umarmte ihn und wollte ihn nicht mehr loslassen. »Dass du da bist, dass du zurück bist – ich mach' dir gleich eine Suppe mit Kartoffeln und Fleisch und deinen Pilzen. Ich habe sie getrocknet, damit du dich freust, wenn du zurück bist. – Du sagst ja nichts. Was macht denn dein Bein, Junge?«

»Welches Bein, Mutter?«

Im Frühsommer darauf wurde der Obergefreite Fitz Ludogowitsch-Rostov ins Wehrhauptamt der Kreisstadt einbestellt. Ein hoher Offizier der kaiserlichen Armee, der wegen seiner Kriegsverletzungen zwei schwarze Augenklappen sowie zwei Ritterkreuze trug, erwartete ihn. Nach dem Eintreten machte Rostov Meldung und schlug die Hack...

»Macht nichts, Soldat, wir haben alle Opfer gebracht. Treten Sie vor, damit ich Sie seh...«

Der Offizier sagte nach einem Hüsteln zu seinem kriegstauben Sekretär: »Ins Protokoll – Begrüßung, das Übliche –.«

Dann nahm er den Orden vom Tablett und hängte ihn Rostov um. Rostov hinkte ihm an der Krücke entgegen in die ausgestreckten Arme, zwischen denen das Ritterkreuz baumelte.

»Ich gratuliere. Die Ehre wird allein unseren Helden zuteil. Das linke oder das rechte Bein?«

»Das linke.«

»Besser das linke. Besser als das Sprungbein. Gehen Sie mit Gott, Mann.«

»Auf Wiesers...«

Der Offizier kehrte an den Schreibtisch zurück, setzte sich neben seinen Stuhl und fiel hin. Heute bereits zum dritten Mal.

Birkenfeld, 1917

Noch während Rostovs Auszeichnung in der Kreisstadt andauerte, tagte abschließend in Birkenfeld der Gemeinderat in außerplanmäßiger Sitzung zu zwei Punkten:
TOP 1: Anrecht auf namentliche Nennung auf dem Gemeindekriegerdenkmal
TOP 2: Sonstiges
Die Sondersitzung war von dem vorschlagsberechtigten Gemeinderatsmitglied Heinrich anberäumt worden. Nachdem hauptsächlich aus Frankreich kreisweit immer mehr tote Helden heimkehrten, fürchtete er, ohne es aus Pietätsgründen öffentlich zu machen, um die Alleinstellung seines Sohnes auf dem Gemeindekriegerdenkmal – in diesem Bericht kurz »Denkmal«. Die seelische Bürde der Thematik wurde einträchtig geschultert. Jeder Ratsherr trug eine schwarze Trauerfliege am Revers. Die Diskussion verlief neben zum Teil wüsten und lauten Debatten in getragener Würde. Sogar der Frisör, einziges Mitglied der kommunistischen Fraktion der Gemeinde, die ansonsten katholisch war, schrie für seine Verhältnisse selten dazwischen.
Im Rat unangefochten war das Anrecht gefallener Helden des Dorfes auf einen Schriftzug auf der Vorderseite des Denkmales, und zwar, wie sollte es anders gehen, dem Tag des Heldentodes für das Vaterland nach geordnet. Der aus Bayern zugereiste Bäcker namens Aabcheldinger bestand für eine Weile ziemlich erfolgreich auf alphabetischer Reihenfolge. Er musste sich jedoch Heinrichs Argument geschlagen geben, der einwarf, dass man dann bis zum Kriegsende würde warten müssen, bis das Denkmal gemeißelt werden könne.
»Bei dem Tempo, mit dem die da in Frankreich hinmachen«, sagte Heinrich wörtlich, »kann unser Kampf noch Jahrzehnte dauern. Ich glaube nicht, dass ich noch zu meinen Lebzeiten im ›Muhlong Ruusch‹ Sekt trinken werde, um meinen Sohn zu rächen. Wenn wir einst

gesiegt haben werden, dann sind vielleicht unsere ersten Heldentoten, wie mein Karl, schon verjährt und ein Kerl wie Karl, Ihr kennt ihn ja alle, wäre ganz umsonst gefallen.«

Dieser Satz bestimmte zwar den Ausgang der Diskussion, kam aber nicht ins Protokoll. Stattdessen stand im Protokoll: »… in der Reihenfolge Jahr, Tag, Stunde und Minute des Heldentodes. Bei gleichzeitigem Heldentod entscheidet das Los.«

Auch bei dem letzten Punkt kam Aabcheldinger nicht durch. Dies war nicht sein Tag, zumal sein braver Sohn immer noch Briefe schrieb. Er hatte sich seinerzeit für den Posten des Stabskalfaktors in der Großwäscherei des Kaiserreiches für Offizierskleidung im Emsland als Bügler eintragen lassen. Beim Militär ging es streng nach Alphabeth, alle Rekruten, deren Vorname mit A begann, kamen an die vorderste Front usw. Deswegen hatte sein Vater es eingerichtet, dass sein Sohn unter dem Namen seiner Mutter gemustert wurde, eine geborene Zywohl. Denn »Aabcheldingers« waren bis ins letzte Jahrhundert hinein Franzosen, bevor sie in die Schweiz und später nach Deutschland gegangen waren. Er jedenfalls wolle nicht, dass sein Sohn wegen des Nachnamens Aabcheldinger bei der Vergabe der ehrenvollsten Plätze im Krieg bevorzugt werde.

Der Verjährungsgedanke, wann genau ein Heldentod verjährt war oder gar ungültig geworden war, beziehungsweise widerrufen wurde wegen Verfahrensfehlern, beschäftigte den Rat eine Weile. Man einigte sich schließlich darauf, dass für den unwahrscheinlichen Fall, dass die Franzosen eine Wunderwaffe einsetzten, die zu viele unserer Krieger in kurzer Zeit dahinraffen könnte, selbst in einem solchen Fall dürfte ein einziges Denkmal reichen, zur Not würde es aufgestockt. Dies war der Vorschlag Heinrichs. Es war ein gut gesetzter Tiefschlag gegen den örtlichen Steinmetz, dessen Sohn erst fünf Jahre alt war und für den Krieg nicht infrage kam. Der Steinmetz hatte bereits Denkmalrohlinge auf Vorrat gemetzt, die brauchte dann keiner.

Die Finanzierung des Denkmals war das Hauptproblem.

»Hat von wegen der Finanzierung einer eine Meinung?«, fragte Heinrich.

»Also ich geb nichts, das steht schon mal fest. Ich habe den Krieg nicht angefangen, also zahle ich auch nichts und von mir liegt auch niemand da drüben auf dem Friedhof, nich wahr.« So sprach der Küster, der sein Leben lang ledig gewesen war. Heinrich blickte ins Rund.

Der Schmiedegeselle, der nur mit knappester Stimmenzahl in den Rat gekommen war und sonst nie was sagte, äußerte:

»Ich meine, es sollte der Verursacher zur Kasse hergebeten werden, der Franzose, der Russe, oder wer sonst noch einige von den Unsrigen auf dem Gewissen hat. Ich habe jedenfalls keinen der Unsrigen hingeschlachtet. Ich lege nichts darzu.«

Heinrich darauf: »Siegst wie blöd du bischt, deshalb habbe i di auch meine Stimme nicht gegeben und der wirst du auch nimmer kriegen.«

Heinrich war aufgestanden und ging um den Tisch. Er war jetzt beim Frisör und schaute ihm von hinten oben in die Weste.

»Und wenn du einen beim Rasiere schneide tust, zahlst demme was?«

»Wie sollte ich, Herr Vorsitzender.«

»Immer der den Kopf hinhält, ist schuld bei mir. Ein jeder hat bei mir die Wahl, zu einem anderen Frisör zu gehen. Ich bin deshalb dafür, dass die Familien der Gefallenen einen festen Satz für die Gravur und den Stein zahlen und die Versehrten anteilig zum Grad der Versehrtheit ihren Teil bei der Gemeinde abarbeiten oder aber die Familien zahlen den Obulus. Und die Familien unserer gefallenen Helden, die kein Geld haben, schicken einen Ersatzmann an das Heer.«

Heinrich sprang auf den Tisch und trat mit voller Wucht in den Teller mit Pflaumenkuchen, der fast vollständig den Frisör traf. Es bildete sich eine Keilerei, wie es sie sonst nur noch bei der Kirmes gab, bis der Gendarm kam und »Ruhe!« schrie.

»Das Denkmal soll von den Gemeindesteuern finanziert werden.«, rief er.

Heinrich ließ die Fliege des Gemeindeorganisten los, der schon dunkelrot war im Gesicht vor Wut. Gegen den Vorschlag hatte niemand etwas einzuwenden. Der Frisör wischte sich mit dem Ärmel das Gröbste an Pflaumen aus dem Hemd. »Kommt nicht infrage. Das Denkmal kommt auf das Grundstück beim Dorfteich«, rief einer. »Das Grundstück muss gespendet werden.« »… das erfordert der Anstand, meine Herren«, ein Dritter. Es klang wie abgesprochen. Aabcheldinger sprang auf und schrie wütend: »Nicht auf meinem Grund und Boden!«

»Das Denkmal wird da gebaut«, warf Heinrich ein, »wo die Ehreneiche schon heute steht, die, wie du wissen solltest, an unsere gefallenen Gemeindeglieder im Spartakusaufstand erinnert.«

»Spartakistenaufstand! Im Jahre Neun unserer Zeitrechnung«, warf der Frisör namens Eduardo del Pinto ein und fügte noch einen Satz zur Klarstellung von Tatsachen an »Mit der Eiche sind in Wahrheit hiesige Nachtwächter geehrt worden, die anno dazumal besoffen im Teich ertrunken waren, und nicht tote Spartakisten, die von ihnen meuchlings ermordet worden waren.«

»Was hat das jetzt damit zu tun?«, schrie ein Bauer wütend, der schon lange nicht mehr zum Frisör ging, was man ihm auch ansah.

»Nicht auf meinem Grund!«, schrie Aabcheldinger.

Heinrich stand auf, noch bevor sich erneut ein Tumult ausbreiten konnte, wischte eine sich andeutende Träne aus dem rechten Auge und sagte zu Aabcheldinger: »Wenn du dich heute gegenüber unseren Helden knauserig zeigst, dann verspreche ich dir, ich verspreche dir, dass ich von heute an von dir kein einziges Ferkel mehr abnehmen werde. Lieber kaufe ich meine Ferkel bei Huber in Steinbach und schleppe sie zehn Kilometer überland her.«

»Hört, wir auch nicht.«

»Und wir auch nicht.«

Aabcheldinger blickte in die Runde, stutzte und rechnete. »Dann spende ich den Grund dann doch, auch für deinen Sohn, Heinrich, und euren und euren«, er wischte jetzt seinerseits eine Träne weg, »unterstützt mich aber dann auch bei meiner Schweinefarm. Die ist mein ein und alles, wo ich schon keine Kinder haben darf und auf Helden in der Familie verzichten muss – wäre das ein Wort?«

Heinrich entgegnete fast feierlich in die Runde: »Aabcheldinger, die Gemeinde garantiert dir, deinen Kindern und Kindeskindern die Abnahme von einhundertfünfzig Schweinen pro Jahr auf neunundneunzig Jahre, ist das ein Wort?«

Aabcheldinger schlug ein. Damit war der Punkt erledigt.

Die weitere Diskussion ging um die Berücksichtigung »in die

Gemeinde rückgekehrter, kriegsfriseurter Helden« auf dem Denkmal. Für friseurte Heimkehrer, im Weiteren »Versorgungsfälle« genannt, wurden Anwartschaften in Prozentpunkten vergeben. Mit nur einer Enthaltung wurde einstimmig eine Liste verabschiedet. Vereinbart wurde, dass der Bürgermeister ein Schreiben an den Kaiser selbst aufsetzte und beantragte, dass diese Liste, selbstverständlich, wenn seine Majestät dies befürwortete, als »Birkenfeld-Liste« in allen Folgekriegen, also dem Zweiten, dem Dritten, dem Vierten Weltkrieg und so weiter als Vorlage dienen möchte. Der Rat habe bei deren Aufstellung weder Kosten noch Mühe gescheut und, obwohl der Krieg noch nicht zu Ende sei, bereits einen toten Helden sowie einen Kriegsversehrten zum Heldenkontingent Deutschlands beigesteuert. Die Bezeichnung »Versorgungsfall« sollte in diesem Schreiben vermieden werden, weil Seine Majestät dann an seine Rentenkasse dächte und sicher zorneswütig werden würde.

Auf das Denkmal, und zwar aus Respekt den toten Helden gegenüber auf die Rückseite, kam, wer gleich oder mehr als fünfzig Prozentpunkte erhielt. Einer Kriegsbeschädigung von gleich fünfzig Prozent entsprach zum Beispiel der Verlust eines ganzen rechten Armes. Linke Arme zählten fünfundvierzig Prozent, es sei denn der zu Versorgende konnte nachweisen, dass er vor seinem Dienst für das Vaterland bereits Linkshänder gewesen war, ein Nachweis, der meist dem Dorfschullehrer oblag, wenn der kein Kommunist war. Der Verlust eines ganzen Beines bis zum Hüftgelenk zählte sechzig Prozent. Dies unabhängig davon, ob es sich dabei um das linke oder das rechte Bein handelte. Zertrümmerte Kniescheibe und Unterbeinverlust entsprachen zum Vergleich etwa dreißig Prozent. Kriegstaube bekamen zwanzig Prozent und zehn Rabattmarken zum Erwerb einer Hörtuba. Zum Vergleich: Für ein Stück Butter gab es eine Rabattmarke für die Mutter, wenn das Kind jünger als ein Jahr und ein Junge war. Um den Friseur, den jeder brauchte, nicht zu toupieren, bekamen taube Versorgungsfälle zusätzlich lebenslang kostenlos Zutritt zu Gemeindetanzabenden, aber nur dreißig Prozentpunkte. Kinn-weg zählte fünfzig, sofern mindestens fünfzig Prozent der Zähne des Oberkiefers ebenfalls fehlten. Allerdings musste der Versorgungsfall nachweisen können, dass

Kinn-weg und Oberkieferzähne-weg ursächlich zusammenhingen, die verursachenden Einwirkungen also gleichzeitig stattgefunden hätten. Blinde bekamen vierzig Prozent, was ein Murren im Rat hervorrief. Erst als der Frieseur vorschlug, dass alle Platanen an der Hauptstraße des Ortes Birkenfeld gefällt werden sollten, sobald ein Blinder heimkehrte, einigte man sich auf die Prozente.

TOP 2 wurde unter allgemeinem Geschrei vertagt, nachdem der Frisör die Frage gestellt hatte, wohin unsere gefallenen Krieger kämen, wenn sie durch einen Heiden, zum Beispiel einen Kommunisten oder Muslimen, zu Tode gekommen oder versehrt worden seien. Ob es bei dem versehrten Personenkreis Punktabzüge gäbe, ob Ersatz geleistet werden müsse und wer das denn bezahlte. »Bei mir kommen keine Kommunisten und Muslime rein, basta.«, rief Aabcheldinger vorsichtshalber sofort.

Narration, 1933

Wir schreiben den Todestag von Jieszusz Kraist, anno dreiunddreißig, ein Beitrag zum deutschen Geschichtsunterricht:

Der Wächter vor den Privatgemächern des Pilatus schlug sein Schwert gegen den Schild, als Kaiphas Einlass erbat. Kaiphas war der Hohe Priester in Jerusalem (wiki/Königreich_Jerusalem) in dreiunddreißig nach Christi Geburt. Es war sich kurz vor Ostern, genauer gesagt am Pessach-Freitag. Kaiphas war noch im Morgenrock, als er zu Pilatus ins Schlafzimmer schritt. Pilatus wusch sich bereits zum fünften Mal die Hände.

»Wasche dich, wasche dich nur«, rief Kaiphas ohne Gruß, »ich brauche dich.«

Pilatus war pikiert. »Wie oft habe ich dir gesagt, du sollst mich nicht während meiner Toilette aufsuchen, während ich mich frisch und rein wasche und versuche, mich auf den Tag zu konzentrieren!«

»Sir, die Sache ist von historischer Relevanz.«

»Womit muss ich dir schon vor dem Frühstück helfen?«

»Unterschreib!«, verlangte Kaiphas forsch. Mit »forsch«, das hatte er schon lange bemerkt, konnte Pilatus nichts anfangen; er reagierte dann unsicher. Kaiphas hielt ihm ein Papier hin, auf dem im Wesentlichen das Todesurteil von Jesu Christo gegenzuzeichnen war und, daß dies heute um DreiPeeEmm durch das Kreuz vollstreckt würde, und zwar »Genagelt« und nicht »Am Bande«, wie es sich für einen der Söhne Gottes gehörte.

»Und komm nicht zu spät, Pilatus, die Bibelschreiber kennen kein Pardon. Das sind gebildete Leute. Die ticken anders als du und ich.«

Kaiphas bekreuzigte sich.

»Diese Fuzzis der Höli-Baibel-Redaktion!« – Pilatus lief unkontrolliert der Speichel vermischt mit schaumiger Zahnputzcreme aus dem Mund. »Du glaubst nicht, was das für Dreckskerle sind. Kaum hatten sie die Übertragungsrechte für die Hinrichtung von Jesu Christo, oder wie der Kerl hieß, gekauft, begannen sie, die Geschichte zu fälschen. Sie rückten den großen Pilatus in ein schlechtes Licht.«

Kaiphas unterbrach ihn.

»Keiner wird dich in ein schlechtes Licht rücken, wenn du nur pünktlich da bist. Die Bibelschreiber errechnen aus der Uhrzeit der Hinrichtung mal Anzahl der Stunden deiner Verspätung den korrigierten Termin des Weltuntergangs. Wenn der dann nicht stimmt, fällt es auf dich, aber vor allem auf mich zurück. Schon eine halbe Stunde lässt das Ganze um Etliches früher eintreten, genauer gesagt um Nullkommafünf mal sieben mal Wurzel drei, durch zwei Schächer, der ›rechte‹ mit der Wichtung einskommazwei und der linke Schächer mit der Wichtung fünfzehn, weil der Kommunist ist, mal dreihundertachtundzwanzigtausend Jungfrauen macht genau fünfunddreißigmillionenunddreihunderteinundzwanzig Jahre. Runden wir ab, sind es immer noch fünfunddreißigmillionen Jahre, ab heute gerechnet, die der Weltuntergang früher einträte. Es könnte passieren, dass der wahre Messias der Juden zu spät erschiene, wenn die Welt schon weg wäre. Also sei auch um meinetwillen pünktlich, lieber Freund. Außerdem haben deine Männer um vier Uhr Feierabend. Es ist Freitag! Wie lange willst du die denn noch arbeiten lassen? Da solltest du Rücksicht nehmen und es gibt Feierabendverkehr. Und im Übrigen, wir kreuzigen heute nicht irgendjemanden, sondern den Sohn Gottes, einen Katholiken, den der Alte als einzigen Sohn in die Bibel eintragen ließ, als hätten nicht genug Jungfrauen von morgens bis abends um ihn herumgeschwänzelt. Das Protokoll muss penibel eingehalten werden. Der Alte will dabei sein.«

Pilatus war beeindruckt. Dieser jüdische Banker dachten viel weiter als er, der sich immer als benachteiligten römisch-katholischen Krieger sah. Kaum hatte Pilatus sein Zeichen hingekreuzelt, schob Kaiphas ihm die Unterschriftenseite für das Kleingedruckte zu. Es enthielte unwesentliche Ausführungsbestimmungen, erklärte der, die nicht in die Kirchengeschichte eingehen würden. Pilatus mochte kein Kleingedrucktes und unterschrieb schnell. Dass Kaiphas mit dieser Unterschrift alleiniger Nachlassverwalter von Pilatus' Besitztümern einschließlich der Überseeischen werden würde, erfuhren erst dessen Erben. Dieser Vertrag führte zum ersten Phallischen Krieg im Zweiten Jahrhundert nach Jesus. Dieser dauerte bekanntlich sechshundert Jahre und endete unter Karl dem Großen mit dem Schwertschlag zu Aachen, Germanien.

Kaiphas faltete die Papiere zusammen und verabschiedete sich. Er hatte bekommen, was er wollte, und Respekt hatte er sowieso nur vor Gott. Eroberer kamen und gingen. Er aber blieb und seine Enkel und Urenkel würden immer noch da sein in Jerusalem, der Stadt aller Städte. Die Urenkel von Pilatus, falls dieser je welche haben sollte, denn man sagte ihm Beziehungen zu Jungen nach, wären in jenen fernen Tagen längst zu Palästinensern degeneriert. Sie würden mit Steinen werfen, zum Beten im Keller hocken und lehmbeschmiert unterirdisch Waffen nach Jerusalem schmuggeln. Er sah es kommen. Kaiphas wollte eben gehen, als Pilatus ihn am Ärmel zog.

»Vielleicht hilfst du mir, einen Traum deuten?«

»Erzähl! Mach aber schnell.«

»Mich träumte, ich wachte auf und mein Land war weg.«

»Weg, einfach weg, mir nichts dir nichts, weg? Das geht nicht. Wir leben doch nicht in Rossland.«

Kaiphas kullerte die Augen. Er machte sich Sorgen um den Kerl aber hauptsächlich wegen des Termins am Nachmittag. Das Kapitel für die Bibel war längst geschrieben und wenn nun alles umgeschrieben werden musste, nur weil der Kerl hier einen schlechten Traum hatte... Kaiphas tat, was er immer tat in solchen Situationen, er beschwichtigte:

»Pilatus, mein Lieber, es ist noch da, dein Land. Siehe da mein Tempel, siehe da meine Stadt – alles noch da ... Schau nur. Ich komme ja eben von draußen.«

Kaiphas wies mit breiter Geste aus dem Fenster.

»Du verstehst den Ernst nicht, Kaiphas, nicht den Ernst. Mich träumte, ich wurde Gefangener bei den Germanen! Mein Sklave weckte mich wie jeden Morgen und sprach zu mir: ›Steh auf mein Herr, tritt hinaus, denn siehe dein Land‹. Ich wischte mir den Schlaf aus den Augen und trat ans Fenster und auf die Terrasse hinaus. Ich trat jedoch ins Leere. Die Terrasse war weg. Ich fiel tief, denn mein Land vor meinem Haus war auch weg. Dann fand ich mich in einem Erdbeerbeet wieder. Es roch nach Schwein. Ich hörte die Tiere grunzen. Dann sah ich sie in einem Pferch, hunderte Schweine, sag ich dir. Ich versuchte zu verstehen, wo ich war, aber da kamen die Barbaren schon mit Mistgabeln und Sensen und behaupteten, dass der Fleck, auf dem ich lag, ihr Land sei und dass ich nur gekommen wäre, um Erdbeeren zu klauen. Sie hauten mich fast kaputt, auch wenn es nur um Erdbeeren ging. Dabei mag ich gar keine, das weißt du. Die kannten da nichts. Dann haben sie mich zu den Schweinen gesperrt, den ganzen Sabbath lang, weil die frei hatten und saufen wollten anstatt sich mit mir abzugeben. Die Schweine waren nicht unfreundlich, kann man nicht sagen, kann man wirklich nicht behaupten. Aber sie haben gestunken, Kaiphas. So war das. Mein Land war an die Germanen gegangen und ich lag zwischen den Schweinen. Da guckst du aber Kaiphas, Land weg. So einfach war mein Traum. Das kann dir auch passieren, kann dir passieren. Ist zumindest in Germanien und auch bei den Rossen keine Seltenheit, wahrlich ich sage euch, keine Seltenheit.«

Pilatus' Gesicht zuckte.

Kaiphas war nachdenklich. Er faltete den Vertrag zusammen und sagte: »Da kann ich dir nicht helfen, Bruder. Besser dass du dein Land bald jemandem überschreibst. Um drei heute bist du jedenfalls pünktlich da, mit oder ohne Land.«

Pilatus bedauerte seine Offenheit. Wie konnte er diesem Barbaren von einem jüdischen Hohen Priester nur anvertraut haben, wie es sich als landloser römischer Grundbesitzer anfühlte zu leben.

Kaiphas trat auf dem Rückweg über den Markt wütend in eine Staude äthiopischer Krummbananen. Als der Händler sich über den Verlust beschwerte, ließ er ihn verhaften. Er brauchte ohnehin Ersatz für den »Rechten Schächer«, der heute Nachmittag rechts neben dem Christengott hängen sollte. Der ursprüngliche Kandidat, ein Frauenmörder, hatte sich für den exklusiven Platz qualifiziert und war vom Hohen Rat für wert befunden worden, rechts neben dem Christengott, allerdings am Bande, zu sterben und damit in die Bibel einzugehen. Er hatte aber am Morgen eine E-Mail bekommen, dass seine Frau in Rom erneut schwanger geworden war. Es musste sich dabei um einen Irrtum handeln, denn er war seit zwei Jahren im fernen Jerusalem stationiert und konnte es nicht gewesen sein. Und eine Schwangerschaft dauerte auch damals schon neun Monate. Er beantragte Urlaub und machte sich auf zum Flughafen, um seinen Jahresurlaub in Rom anzutreten.

Des Weiteren kaufte Kaiphas einen Beutel Mandarinen aus Ephesos, die heute Morgen zusammen mit einem »Brief der Epheser an Paulus« im Hafen eingetroffen waren. Als Hohem Priester in Jerusalem entging Kaiphas keine Nachricht, kam sie auch von noch so fern. Wie er erfahren hatte, waren die Epheser sauer, weil Paulus ihnen in seinem letzten Brief das ewige Leben versprochen hatte. Stattdessen waren aber die Türken gekommen und hatten etlichen der Ihren das Leben sogar noch verkürzt – wie er sich das denn erklären könne?

Paulus war offensichtlich in Verlegenheit, denn er saß zu dieser Morgenzeit normalerweise im Kaffeehaus rum, aber heute trank er Bier beim Griechen gegenüber.

Auf dem weiteren Weg gedachte Kaiphas der »Groupies« des Christengottes, die heute Nachmittag ihren Guru verlieren würden. Er strich sich durch den Bart. Er machte einen kleinen Umweg am »Turm der höligen Wärter« vorbei, hinter dem es einen kleinen versteckten Markt gab und die besten Sklaven weit und breit. Er kaufte drei Granatäpfel, einen Kopf Weißkohl und zwei Germanen. Einen dritten Germanen, einen Vegetarierer, bekam er als Bonus dazu. Kaum waren die drei vor ihm angetreten, gab sich ausgerechnet der Bonus als »Der Föhrer« aus. Er hatte einen starken jüdischen Akzent und trug einen Schnauzer, der aussah, als sei er von Hunden zurechtgebissen worden. Ihm fehlten zwei Zähne vorn oben rechts und er sabberte, auch, wenn er nicht sprach. Kaiphas nahm ihn mit. Das hätte er lassen sollen, denn kaum, dass sie den Markt verlassen hatten, sabberte das Männchen hinter Kaiphas herblickend: »Du stöhst auf meinerr Liste, Jode.«

Kaiphas kehrte um und schlug ihm eins aufs Maul, worauf der andere einen weiteren Zahn ausspuckte.

»Auch dön, mein Herrr, werrden Sie zu büsssen haben.«

Leider hatte Kaiphas den Ernst der Worte nicht verstanden, sonst hätte er richtig hingelangt. Seine Milde war verständlich. Es war schließlich Pessach, der Tag des Opfers, da wollte er großzügig sein. Er lieferte die zwei ordentlichen Sklaven bei seinen Nebenfrauen ab, den Bonus gab er in die Wäscherei, wo dieser, kaum das Kaiphas weg war, die Ortsgruppe »Jerusalem« bildete.

Mississippi River, Weltkrieg Rückrunde, 1942

Bestehjew lehnte sich zurück in seinen Sessel. Er richtete die Augen gegen die Decke. Er saß ganz hinten in einer geheimen Sitzung des Pentagun. Sein Land war im Krieg, dem bedeutendsten der Geschichte, Weltkrieg Rückrunde, ausgerechnet auch noch gegen Deutschland, den verbissensten Autobauern der Welt. In einer solchen Situation Berater der amerikanischen Regierung zu sein, war ein Knochenjob, aber er brauchte das Geld, was wollte er machen. Zu Hause auf dem Nachttisch neben seinem Bett stapelten sich die Rechnungen.

Heute ging es sich einzig und allein um eine Frage, wie beschaffte die Regierung Kohlenstoff für die Panzerstahlproduktion? Stahl besteht aus Eisen und Kohlenstoff, das weiß jeder, aber erstmal haben? Eisen gab es genug. Zur Not konnten alle Autos Amerikas konfisziert werden. Aber wo kriegte man den Kohlenstoff her? Der hatte sich auch damals schon in die Luft verflüchtigt als ZehOhhZwei.

Alle Ansätze zur Lösung der Kohlenstoffproblematik waren durch die Angestellten des Pentagun ausgeschöpft worden. Die Wälder waren abgeholzt und zu Holzkohle verarbeitet, die Kohleminen brachen immer öfter infolge von Raubbau ein. Alles Organische außer Menchen und lebensnotwendigem Tiermaterial wurde infolge von Regierungsbeschlüssen verkohlt. Aber es half nichts. Der Kohlenstoff reichte nicht; nicht hinten und nicht vorne. Immer, wenn der Regierung nichts mehr einfiel, rief die ihn, Bestehjew, den Zauberer. Sie zahlten lausig und meckerten ständig rum, er sollte sich gefälligst beeilen, es ginge um die nationale Sicherheit, um Arbeitsplätze und Investitionen in Amerika.

Bestehjews Problem war nun, dass er nicht wusste, wie viel ZehOhhZwei in fester Form gebraucht wurde. Keiner wusste außerdem, ob es nach der Weltkrieg-Rückrunde gegen Deutschland eins zu eins oder zwei zu null stehen würde. Bei eins zu eins käme es zu einem Elfmeterschießen in der Schweiz, was zwar auch Arbeitsplätze schaffte, aber eben nicht in Amerika. Das Schießen würde mit Panzern ausgetragen werden müssen, von denen keiner aber wüsste, welches Land das preiswerteste Angebot abgeben würde und zum Zuge kam. Der ZehOhhZwei-Bedarf war dann also niedrig. Bei zwei zu null wäre das etwas anderes. Da müsste man im Anschluss an den Sieg über Deutschland denen wenigstens so viele Panzer liefern, damit das Land eine faire Chance bekäme, in Weltkrieg drei, vier und fünf insgesamt drei zu zwei gegen die Rossen gewinnen zu können. In dem Fall würde Amerika für die kommenden fünfzig Jahre keine Beschäftigungsprobleme haben, aber das Kohlenstoffproblem würde erheblich werden.

Bestehjew hatte dem Pentagun als erste Maßnahme bereits vorgeschlagen, den Verödeten Nationen eine internationale Normierung der Panzerherstellung zu empfehlen, um die Frage zu entspannen. Alle Panzer der freien sowie der unterdrückten Welt aus einer Hand, so kohlenstoffarm wie möglich hergestellt! Ginge es nach Bestehjew, konnten die Panzerkanonen dann auch gern nach dem zweiten Schuss nach vorne wegknicken. Denn dann würden das alle Panzer der Welt ebenfalls tun und die Chancen wären gleich verteilt. Das würde dann zwar dem Szenario eines Swingerclubs ähneln, aber wen störte das. Das war sein Argument. Und wenn dann alle Panzer der Welt amerikanischer Herstellung wären, brauchte man im Weltkriegsfall drei, vier und fünf nur die Soldaten rausziehen und die Panzer gegen Rossland umdrehen. Sogar die Munition wäre weiter verwendbar. Selbstverständlich müsste man zuvor das Blut wegwischen, damit kein amerikanischer Soldat ausrutsche und sich verletzte. Im Übrigen, sinnierte Bestehjew weiter, besser wäre eine internationale Normung aller Kriegswaffen und Soldaten ohnehin, und zwar bis zum Haarschnitt. Dabei würde es im Detail nicht allein um einheitliche Panzer und einheitliche Munition gehen. Die Festlegungen würden tiefer greifen, sogar kleinste Details würden zu beachten sein, zum Beispiel, wie groß das Austrittsloch am hinterwärtigen Schädel des Gegners sein müsste, damit der auch mit an Sicherheit grenzender Wahrscheinlichkeit zeitnah verendete. Schließlich und endlich würde auch genormt werden können: »Wie viele hast du von uns abgeschossen – so viele schieße ich von euch ab.«

Um nicht gänzlich in Depression zu verfallen, verließ Bestehjew am frühen Nachmittag die Abrüstungskonferenz und ging angeln. Masturbiert, um sich glücklich zu machen, hatte er heute an einem Samstag, seinem freien Tag, schon zweimal, einmal vor dem Frühstück und einmal nach der Begrüßungsrede des amerikanischen Präsidenten. Als er nach dem zweiten Mal vom Klo kam und sich gerade die Hände wusch, drehte sich der Sicherheitsbeauftragte für Zentralafrika nach ihm um und meinte: »Ich bemerke das Weiße in Ihren Augen. Das kenne ich aus Afrika. Wenn die Nöger so gucken wie Sie, dann bringen sie vorsichtshalber alles um, was sich bewegt, sogar Fliegen. Ich kann Ihnen ein Mittel dagegen geben.«

Bestehjew hatte gedankt.

Er traf gegen fünf an seinem Angelplatz ein. Dort und zu der Zeit bissen die Fische am besten. An seinem Stammplatz am River saß aber bereits ein harmlos aussehender Indianer und angelte. Er hatte die langen Haare zu einem Zopf gebunden und ließ ihn fröhlich zur Seite baumeln. Neben sich hatte er ein Bild seiner Familie und seiner acht Kinder aufgestellt, die er dieses Wochenende nicht sehen würde. Bestehjew hockte sich mit seinem Klappstuhl neben ihn, stellte den Eimer ab, warf die Leine aus und begrüßte das Mitglied der amerikanischen Minderheit mit: »How are you?«

Der Indianer warf seinen Zopf auf die andere Seite und antwortete: »Da drüben beißen sie nicht. Sie haben auch die falschen Köder. Auf Ihre Pfauenfederfliegenimitationen fliegt in diesem Fluss kein Fisch mehr rein.«

»So?«

Der Indianer zog einen Hecht aufs Trockene. Der zappelte um sein Leben.

»Gute Nacht, Henri, genug für heute«, sagte der Indianer. Er löste den Haken sorgfältig und warf den Fisch zurück.

»Aber warum machen Sie das? Wissen Sie, wie viele Hechte der Größe ich in meinem Leben gefangen habe? Maximal zwei, vielleicht sogar nur einen!«

»Er heißt Henri und er beißt jeden Abend an die fünf Mal an. Das genügt ihm. Ich habe ihm eine Diät verpasst. Er hat Diabetes und ist über zwanzig Jahre alt.«

Bestehjew schielte seitlich auf das Rotgesicht.

»Wohl zu viel Eisen im Blut?«

Der Indianer ruckelte seinen Stuhl zurecht und legte seinen Tomahawk zwischen sich und den Yankee.

»Wir müssen still sein, sonst beißen sie nicht. Seien Sie still!«

»Seien Sie still! Wissen Sie denn, welche Probleme ich habe? Bei meinen Problemen geht es nicht um einen Alzheimerhecht. Da geht es sich um die Zukunft Amerikas!«

»Ja, aber Henri ist die Zukunft Amerikas wirklich egal. Er hat Diabetes. Er ist froh, wenn er noch zwei drei Jahre hat. Vielleicht droht ihm auch noch ein Raucherbein, denn er neigt zur Ausschweifung.«

»Ja, und wir?«

»Das ist mir jetzt auch egal. Da ist er wieder. Er hat heute wieder Hochzeit. Er fragt, ob er noch was haben kann. Sein Gaumen tut ihm aber weh. Ob ich den Köder nicht einfach ins Wasser werfen könne?«

Blaff, ein halbes Pfund Köder flog in den Fluss und trieb nicht lange davon, gar nicht sehr lange, denn alle Hechte aus hundert Kilometern Umkreis waren zur Feier eingeladen.

Bestehjew stand nun förmlich auf, zeigte seine Dienstmarke und fragte den Indianer von Angesicht zu Angesicht: »Sind sie als beglaubigter Bürger Amerikas bereit, sich für den Kampf gegen Deutschland, Weltkrieg Rückrunde, zusammen mit einem Drittel Eisenerz, einem Drittel Eisenschrott und Ihnen zu Panzerstahl einschmelzen zu lassen?«

Der Indianer griff neben sich.

»Warum denn ich?«

Bestehjew erklärte, dass einer, der dunkelrot aussehe wie rostiges Eisen und zehnmal mehr Kohlenstoff als jeder Weiße enthielte, auch wenn jeder Indianer noch so viel Staublunge aus den Steinkohleminen der Appalachen zur Tarnung mit sich schleppe, grundsätzlich kriegstauglich sei. Dieser Indianer, sechs Klassen, kannte natürlich die Appalachen nicht. Die waren in der siebten dran, da hatte er schon in einer Dönerbude am Mississippi River gearbeitet. Bestehjew beschloss, ihm keine aufs Maul zu geben. Er beobachtete dessen Angel und lobte ihn, wenn er einen Fisch zog, auch wenn der noch so klein war. Der Indianer hielt den Tomahawk sowie Besthejew im Auge. Indianer können sehr groß werden und verbrauchen viel mehr Futter als Weiße, aber es gibt auch eine Menge Kleinwüchsiger unter ihnen, besonders, wenn sich ihre Väter mit den Inkatöchtern eingelassen hatten. Dieser hier, konnte Bestehjew sich vorstellen, würde im Falle der Totalverweigerung nur ein mittleres Problem für ihn werden. Nur schnell musste man sein. Wenn der Kerl entkam, konnte Bestehjew nur noch das Land verlassen. Indianer können sehr nachtragend sein. Sie schleppen manchem Menschen lebenslang den Tomahawk hinterher.

Nachdem der Indianer zwei Sprotteneimer fast gefüllt hatte, erklärte Bestehjew ihm, was die Appalachen sind, wo sie lagen und was die Rossen dort mit ihm, einer Rothaut, machen würden, wenn er sich jetzt weigerte, mit der amerikanischen Regierung zu kooperieren.

»Ich registriere Sie schon mal, wie heißen Sie?«

»Sam, und Sie?«

»Was geht geht Sie das an, Sie Panzerkette – ich bin Commander bei der amerikanischen Armee.«

»Und was kommandieren Sie?«

»Das Universe.«

Der Hecht Henri riss *just in this moment* sein Maul aus dem Wasser und rief: »Was ist mit dem Nachtisch, meine Leute meckern. Die gehen nie ohne Nachtisch ins Bett.«

Der Indianer goss einen Eimer Sprotten zurück ins Wasser.

»Dann gibts heute abend bei Ihnen zu Hause nicht viel zu essen.«

»Meine Squaw findet immer einen Weg, unsere Kinder zu ernähren, denn wir sind aus diesem Land gemacht. Aber wenn die Hechte sich nicht vermehren, dann haben wir auch nichts mehr zu beißen.«

Ein Indianer hat im Durchschnitt acht Kinder, wenn er geschieden war, sechzehn. Sie müssen zweihundertfünfzig Gramm Fisch pro Person rechnen – verschätzen Sie sich nicht, wenn Sie den Fang beurteilen. Dieser Kerl hatte höchstens Sprotten genug für sechs Leute. Bestehjew fürchtete, der Kerl könnte sehr schnell brutal werden und ihn beißen. Er liebt sicher seine Kinder, und zwar zur Not alle sechzehn. Bestehjew wartete ab und erzählte ihm weiter von den Appalachen. Er berichtete über blutrünstige Indianer anderer Stämme, alles Gastarbeiter aus Mexiko, die sogenannten Apatschen. Der Indianer hörte interessiert zu. Bestehjew erklärte ihm, dass es dort große Kohleabbaugebiete gäbe, aber da war kein Rankommen für die amerikanische Regierung. Deswegen versuchte er es hier im Süden. Die Apatschen verteidigten Brikett für Brikett. Für Stahl brauche man jede Menge Kohlenstoff. Kohlenstoffhaltige Nöger gäbe es zwar genug in Amerika, genug sogar für Weltkrieg Rückrunde plus Elfmeterschießen, aber die würden als Soldaten gebraucht, damit sie nachts mit zugekniffenen Augen auf Börlin zuschleichen konnten. Es blieben also folglich nur die Indianer übrig, wenn man ernsthaft an die Stahlgewinnung dachte. Das wäre ja nur ein Gedankenspiel, meinte Bestehjew laut. Der Indianer guckte etwas dümmlich in Richtung Bestehjew und fragte, was denn ein Gedankenspiel sei.

»Für den, der sich Gedanken macht, ein Spiel mit Gedanken, nichts Ernstes.«

»Und für den anderen?«

»So können Sie das nicht sehen. Sie sind Amerikaner und das hat seinen Preis.«

»Aha«, sagte der Indianer. »Sie meinen mich, ein Brikett?«

Bestehjew hatte immer noch seine Dienstmarke in der Hand.

»So ist es.«

Das Angeln, das Angeln hatte sowas Direktes, so etwas Konkretes! Der Indianer faltete seinen Stuhl zusammen. Er winkte Henri zu, der gerade flussaufwärts in die Hochzeitsnacht schwamm.

»Wenn Sie eine Lebensversicherung haben, kommen Sie durch einen Verkehrsunfall ums Leben und Ihre Frau kassiert die Versicherung.«

»Aha, aber ich bin meine Lebensversicherung.«

»Dann hat sie eben Pech gehabt.«

Der Indianer, ohne sich umzudrehen, rief jetzt: »Mäcäffie, kommst du mal. Bring deinen Onkel mit.«

Seitlich aus dem Gebüsch erschienen zwei Grizzlies. Der Linke war dunkelbraun und sah ganz gewöhnlich gefährlich aus. Der Rechte war augenscheinlich älter und verkörperte das Grauen schlechthin. Er trug einen Vollbart und war ganz grau. Dieser schritt auf Bestehjew zu und sagte: »Jetzt singst du uns deine Nationalhymne vor, Yankee, und dann verschwinde, bevor ich grausam werde.«

Pendelastigmatismus, 1943

Walther wurde Landvermesser. An sich hatte er Seevermesser werden sollen. Er war aber bei den strengen Prüfungen wegen seines Astigmatismus, Rechtsknick in beiden Pupillen, für den Dienst zur See ausgemustert worden. Der musternde, früher kaiserliche Stabsarzt, ein enger Freund der Familie, hatte ihm zur Landvermessung geraten, zumal Walther nicht schwimmen kann.

»Fehler bei der Landvermessung«, hatte der Arzt bereits Neunzehnhundertsiebenunddreißig bei Walthers Musterung gemeint, »sind weniger schwerwiegend als Fehler bei der Seevermessung. Wer sich auf See nur um eine Zehntelsekunde vertut, kann um viele Seemeilen am weit entfernten Feind vorbeischießen und womöglich Alliierte treffen. An Land aber ist es gehuppt wie gesprungen, ob du den linken oder den rechten Herzbeutel des Rossen im Straßengraben gegenüber erwischst, Hauptsache der ist hin. Und wenn du dennoch daneben schießen solltest, dann triffst du in der zweiten Reihe wieder einen Rossen, der bloß darauf wartet, dich mit bloßen Händen zu erwürgen. Und wenn du den dann weder am linken noch am rechten Herzbeutel erwischen solltest, dann ist das mehr als verständlich, sofern du ihn überhaupt irgendwo erwischst. Bevor der sich nämlich dann darüber im Klaren ist, was mit ihm passiert, hast du den längst mit deinem Schweizer Taschenmesser entsorgt, denn über die Straße ist es nicht weit. Stell dir sowas mal auf See vor, Walther. Schwimm mal eine Seemeile in drei Sekunden, weißt du denn, wie viel Zeit du dafür brauchst? Abgesehen davon, dass du nicht schwimmen kannst, stell dir nur mal vor, du hast dem, sagen wir der Einfachheit halber mal, die rechte obere Schädelpartie von deinem Zerstörer aus weggeschossen. Was macht der Kerl denn dann, was denkst du? – Na ganz einfach, der springt vor deinen Augen ins Wasser, taucht ab und schwimmt nach Hause. Da hättest du gar nichts erreicht, denn der taucht nach zwei

Wochen in einer anderen russischen Einheit wieder auf und erschießt zuvor aus Rache deine Schwiegermutter. Das kannst du natürlich nicht zulassen, dann musst du nämlich, ob du willst oder nicht, denn du bist Soldat, hinter dem hertauchen, obwohl du nicht gerade ausgucken und auch nicht schwimmen kannst – interessiert keinen. Auch wenn du den dann zufällig noch bei seinem Schal erwischen solltest, den ihm seine Oma mit in den Krieg gegeben hat, damit er es warm hat, und du ihn daran konsequent zu dich heranziehen solltest! – denkst du, dass der sich von dir und deinem Schweizer Taschenmesser kalt machen lässt? Der kann schwimmen, du nicht. Walther, glaub mir, in so einer Situation hat der die besseren Karten.«

Der gleiche Arzt musterte Walther neunzehnhundertdreiundvierzig für den Rosslandfeldzug, Weltkrieg Rückrunde, aus, als nachgemustert wurde, weil jeder Mann notwendig war. Kein Soldat, der an einem Astigmatismus litt, war aber auch dort von Nutzen. Walthers Augen hatten im Laufe der letzten Jahre zudem den sehr seltenen Pendelastigmatismus entwickelt, bei dem das Bild nicht wie bei einer Fernsehbildstörung von oben nach unten, sondern von links nach rechts lief, und zwar in unregelmäßigen zeitlichen Abständen. Das hatte nicht nur zur Folge, dass er fortwährend mit dem Kopf schüttelte, als würde er die ganze Welt rundum verneinen. Nein, sein Blick fokussierte beim Scharfstellen nur in einer einzigen Position, und zwar, wenn er den Kopf nach links unten vorne zog, freilich schüttelnd. Nur dann schaute er scharf nach geradeaus vorn, was kaum einer wusste und manchem befremdlich vorkam.

Deswegen wäre Walther beinahe Jungfrau geblieben. Nur einer Verquickung von Umständen und Irmgard war es zu verdanken, dass Walther trotz anscheinend dissidenter Gene seiner Vorfahren seinen Samen einem Sohn als Faustpfand mit auf den Weg geben konnte. Kein Geringerer als Trutz Ludogowitsch Rostov würde diese Gene zu Walthers Vollendung führen. Dies aber fiel aus. Trutz wurde ein Mädchen, welche im Heldenepos der Rostov Saga nicht vorkamen. Noch aber schlummerte das Sperma in Walthers Hoden und kotzte seit Einsetzen der Pubertät fortwährend, denn es konnte sich nicht an das Kopfschütteln gewöhnen, das bis in die Zehnägel hinunter zu spüren war.

In dreiundvierzig nach der Christkindelkirmes schlief Walther wie alle Männer des Dorfes seinen Rausch aus. Der Tag danach hatte nicht nur gegraut, nein, er war bereits vergangen und die Abendsonne stand tief am Himmel, als Irmgard durch die Scheune stapfte und nach Walther suchte. Der lag weiter hinten in der Ecke, halb verdeckt von einem Strohbündel. Die Christkindelkirmes war stets besonders hart für die Männer, sodass fast die halbe Gemeinde hier schnarchend herumlag. Als Irmgard ihren Rock anhob, um Walther zu besteigen, fokussierte er so erregt, dass sein Kopf heftig nach links oben vorne schüttelte. Er sah schlicht gar nichts. Irmgard nahm zunächst an, er wollte ihr nur unten rein gucken, ohne ernsthafte Absichten zu hegen, und reagierte ungehalten.

»Wenn du schon meine Sachen sehen willst, dann gucke gefälligst direkt gerade rein, wie's die andern auch machen.«

Eine Ohrfeige traf Walthers Kopf, der bereits zum Rückzug schüttelte. Sie traf so heftig, dass er kaum wahrnahm, wie sie ihren Rock glatt strich und zum Strohhaufen nebenan ging, auf dem Erich lag. Erich war Mittelverteidiger des FC Birkenfeld und an rasche Wendungen von Spielverläufen gewöhnt. Eben hatte er noch von einer Profikarriere als Rechtsaußen geträumt und jetzt kam Irmgard von oben. Er fackelte nicht lange, knüpfte seinen Latz auf. Sein Gugerl platzte hervor, was Irmgard zu sehr gefiel. Sie brachte sich über ihm in Position und setzte sich hin. An die zwei Minuten später seufzte Erich auf, was Irmgard als Zeichen sah, dass seine Verteidigung zusammengebrochen war. Sie stand auf, strich ihren Rock glatt und stapfte Richtung Walther zurück. Der aber, Kerl, der er war und obwohl wieder halb im Schlaf, schnauzte sie an, ob sie nicht ihren Rock zuknöpfen könne, bevor sie ginge, oder ob sie wollte, dass sich ihr Schnurzerl verkühlte? Walther staunte sehr, als er sah, wie fromm Irmgard gehorchte. Er begriff schnell, wie die Weiber zu behandeln waren, und reagierte. »Irmgard, nicht, dass du denkst, du kannst mich im Regen sitzen lassen. Setz dich bitte jetzt da hin!« Sie gehorchte ohne Widerrede und wartete. bis Walthers Stirnadern dunkelrot hervorquollen.

Walther diente seinem Land den lieben Rest des Weltkrieges Rückrunde tagsüber als Oberpostwart und, seit der Oberhauptpostrat des

Ortes in vierundvierzig gefallen war, als »Oberhauptpostwart und stellvertretender Zweigstellenleiter«. Abends agierte er zudem als Blockwart. Bei beiden Berufen war ihm sein Astigmatismus von Nutzen. Nach anfänglichen Schwierigkeiten mit dem Zuordnen der Hausnummern baten ihn die jungen Witwen der frisch gefallenen Helden häufig zu sich herein, um sich bei ihm mit Kaffee und Kuchen für seine pietätvolle Haltung bei Überbringung jener Nachricht zu bedanken.

Wenn Walther dann fokussierte, hatte nicht selten eine der Damen dies, im Gegensatz zu Irmgard, als Zeichen seiner übergroßen Scheu gesehen und ihn einfach zu weiteren Gesprächen ins Bett gezogen. Als Blockwart wurde sein Astigmatismus von den Nazis zudem schamlos ausgenutzt. Immer wenn ein Zeuge gebraucht wurde, der je nachdem »alles mit angesehen« oder »nichts gesehen haben konnte«, war Walther bei Gericht gefragt. Allein mit der »Aufwandsentschädigung für Zeugenaussagen zu Gericht« hatte er ein gutes Auskommen. Ja, er konnte sogar den einen oder anderen Notgroschen sparen.

Hölige Offenbarung des Hermann Josef, 1945

Hermann Josef, der berühmte Autobiograf des Höligen Römischen Reiches Deutscher Nation, befasste sich ungeachtet vieler anders lautender Auslegungen manchen Historikers in den Jahren nach der Himmelfahrt Gandolf Gitlers mit dem »Allerletzten«. Dies war sein seligster Wunsch: ein eigenes Kapitel in der Höligen Schrift als Fünfter Evangelist, Neues Testament, der Bibel hinzufügen, »Die Offenbarung des Hermann Josef«, und zwar hinter der Apokalypse des Johannes.

Er, Hermann Josef, fühlte sich als der wahre, der einzig wahre Fünfte Evangelist der höligen Bibel. Matthäus, Markus, Lukas, Johannes, Hermann Josef. Somit lautete Hermanns Kernaussage in einem Bittschreiben an den Höligen Stuhl, ihn als Fünften Evangelisten ein eigenes Evangelium schreiben lassen zu dürfen. Insgeheim hoffte er, ordnete dann der Stuhl die fünf Evangelisten der Höligen Bibel in korrekter alphabetischer Reihenfolge an, dann würde es in alle Ewigkeit heißen: Hermann Josef, Johannes, Lukas, Markus und Matthäus. Und diese Priester würden eines nicht sehr fernen »dereinst« von ihren Kanzeln kanzeln:

»Lesung aus dem Zweiten Brief des Hermann Josef an die Nürrenberger: Bröder, schon lange blutet mir das Herz, dass unsere Bröder um des guten Glaubens willen ihr Leben gegen die Rossen lassen mussten. Gott unser Vater wird ihnen im Himmelreich dereinst Gerechtigkeit einen fahren lassen und unsere Helden diesmal wärmer anziehen. Wenn nun aber auch Argentinien oder Chile keinen der Unsrigen mehr aufnehmen will, so ist ihnen Gottes Strafe gewiss. Gott hat bereits seinen Racheengel ausgesandt. Wahrlich ich sage euch, die argentinischen Rinder wird er zu Millionen an Bolämie dahinsterben lassen. Deren Dicktatur wird den Bach hinunter gehen wie einst die Indianer Amerikas und ich werde mein Reich über euch errichten. Ich rufe euch aus meiner Kerkerzelle hervor zu, seihed stark, gebet euch einander hin und mehret euch, wie auch ich die Kinder des Judas für euch hingegeben habe. Armen.«

Schon lange bevor neunzehnhundertdreiundvierzig die Rossen bei Stalingrad durch deutschen Siegeswillen zum Rückzug gen Börlin gezwungen worden waren, hatte ihn der historische Lazarus zu faszinieren begonnen. Mehr als die Figur des Meisters selbst. Es ging Hermann Josef dabei um den gefallenen Mann, der darrniederrrlag, jederrmann glauubte, dass er töödlich verrrnichtet worden warr, aberr mitnichten! Er wirrd dereinst lebennndig wiederrkommen und dem Feind in sein feiges Antlitz spuken.

Eines Abends vor dem Einschlafen schlief Hermann Josef nicht sofort ein. Gedanken über Lazarus und Bilder quälten ihn – wie es wohl wäre, gestorben zu sein und darnach aufzuerstehen und wieder zu leben? Er räkelte sich in seinem Bett, sodass er flach auf dem Rücken zu liegen kam, und legte die Hände an. Dies war eine Position, die er wegen seiner angeborenen Zwillingsfurunkels am Hintern normalerweise vermied. Jedes der beiden saß genau da und wollte nicht heilen, wo normale Leute von Gott je eine weiche Hinterbacke zum Hinsetzen oder Flachliegen geschenkt bekommen hatten. Nur er allein unter allen Menschen war mit Forunkeln dieserart bestraft worden. Nach kurzem Schuckeln kam er halbwegs schmerzfrei zu liegen und philosophierte. Was mag Lazarus bei seiner Auferstehung gefühlt haben? Schmeckte ihm noch seine Lieblingsspeise? Hatte er wieder Sex? Oder hatte er die Ehefrau im Trauma des Todes verstoßen und begehrte nunmehr seines Nächsten Weibes? Bei diesem Bild rutschte ihm die Zudecke weg und ein neues Bild kam ihm. Lazarus, sich gen Mittag aus dem Grab erhebend. Der Mann klopft sich den Sand von den Leichentüchern und schüttelt das Haupt, das ebenfalls voll Sandes war. Dann erhebt er stolz seinen Blick. Die Männer vor seinem nunmehr offenen Grab klatschen, während er sich langsam auf sie zu bewegt. Sie formen schweigend eine Gasse.

An der Stelle hielt es Hermann Josef nicht mehr in seinem Bett. Er stand auf und stieg auf den Betschemel. Sein Nachthemd leuchtete makellos im fahlen Licht des angekippten Nachtfensters. Sein Hemd war frisch gebügelt, gestärkt und leuchtete weiß wie Schnee im Lichte jener Laterne vor dem großen Tor seines bescheidenen Anwesens. Scheu verneigten die Männer der Wüste sich vor dem Hindurchtretenden. Kinder jubelten, Frauen heulten. Doch nun war auch seine eigene Frau wach geworden.

»Leg' dich hin, Hermann Josef, wenn dich einer so sieht.«

Doch da stand Lazarus schon aufrecht vor jenem Menschen, dem Meister. Ungekämmt war jener, wie immer, ein Sternchen nur im Schatten des Lazarus. Mit jüdischem Geld zum Wunderheiler ausgebildet, hatte dieser eben noch ihm zugerufen: »Und ich sage dir, steh endlich auf.«

»Komm da runter, du brichst dir nochmal die Knochen, Hermann Josef.« Seine Frau war wütend, denn schon einmal war er böse vom Schemel gestürzt und sie musste mitten in der Nacht den Notarzt holen.

Und nur er, Lazarus, hatte als einziger Toter des gesamten Friedhofes das mächtig tönende Wort befolgen können. Ob wohl die Inhaber der Nachbargräber, Hermann Josef wackelte vor Erregung, sich gefragt haben mochten, ob sie auch gemeint seien und nun auch auferstehen wollten? »Doch nicht alle«, entfuchtelte es Hermann Josef gefährlich und er ruderte mit den Armen. »Bleibt liegen, Bande. Der Meister hat mich angerufen ›Lazarus, ich sage dir steh auf!‹ Habt ihr gehört, ihr nicht, nur ich!«

Hermann Josefs Frau stand jetzt dicht an dessen linkem Bein, das dieser nun nach hinten hielt zur Ausführung einer Standwaage, Arme seitlich weggestreckt; Übung vier »Die Einzig Wahre Deutsche Gymnastik«, Ausgabe neunzehnhundertachtunddreißig. Jedes Erschrecktwerden konnte Hermann Josef zum Absturz bringen. Seine Frau flüsterte »Nimm das Bein vorsichtig wieder runter ... nein, nicht doch Hermann Josef, das ist unser Schlafzimmer und kein Hundeklo! Deinen Fuß, nein, nicht dahin, auf den Schemel! Tritt auf den Teppich, fall' nicht hin. Hausschuhe brauchst du keine. Geh aufs Klo und leg dich hin, dreh dich zur Seite, schlaf. Du musst morgen zur Gemeinderatssitzung, das Volk will dich hören. Du darfst dann nicht müde sein. Ich hole dir den Nuckel, warte.«

In jenen Jahren also, um die Zeit des Sieges »Deutschlands« im Weltkrieg Rückrunde, als die Rossen sich weiter und weiter sieglos und entmutigt nach Börlin zurückgezogen hatten und die Flotte der Amerikaner immer erbärmlicher in der Elbe ertrunken war, verfasste Hermann Josef seine Schrift »Die Offenbarung des Hermann Josef«. Der Hölige Stuhl hatte zugestimmt, dass sein Artikel tatsächlich hinter der »Offenbarung des Johannes – Apokalypse Now« in das Neue Testament aufgenommen würde.

»Dann wissen die Leser schon mal, was eine Apokalypse ist. Sie brauchten sich dann nur noch von Hermann Josef retten lassen und wir sind den Job los«, argumentierte der Nuntius für Öffentlichkeitsarbeit des Höligen Stuhls in einem Brief an Hermann Josef. Der Gedanke der »Rettung« gefiel dem Autor. Er bereitete seine Offenbarung sauber auf und ließ sich eine Vorabversion vom Höligen Stuhl segnen. Man forderte ihm das Versprechen ab, in diesem Sinne weiter zu schreiben, und genehmigte, um das Verfahren nicht bis zum Jüngsten Tage zu erstrecken, auch den noch ungeschriebenen Text vorab. Er solle das Lazaruskapitel streichen und dafür seinen Text unterbringen. Er müsse sich aber konzentrieren, denn die Bibel wöge seit Martin Luther genau ein Pfund und das sollte auf ewig so bleiben. Auf Hermanns entschiedensten Einspruch hin wurde davon abgesehen, ausgerechnet dieses Kapitel zu streichen, denn Lazarus sei sein Liebingsautor. Der Hölige Stuhl schlug darauf vor, die Bergpredigt zu streichen, deren Veranstaltungslocation ohnehin für den Leser ohne Auto und für Alte und Gebrechliche schwer zu erreichen war. Das passte. Es fehlten noch circa achtzig Seiten am Gesamtgewicht. Schriftstellerisch frei widerlegte er kurzerhand die Hypothesen über die Wunder des Meisters von Nazareth. Jetzt wog das Werk bis auf die zweite Kommastelle genau fünfhundert Gramm. Der Hölige Stuhl zeigte sich äußerst zufrieden. Nur ein Novize namens Paul bat sofort nach dem Lesen des Textes zu Tode bleich um eine Audienz beim Papa. Er wurde schroff abgewiesen. Wo käme Papa hin, wenn er schon Novizen zu ihm vorließe, wo seine Wartelisten ohnehin bis zum jüngsten Tag reichte.

»Aber der Teufel ...« schrie der Novize, »... der Teufel hat ... verfasst.«

»Genehmigt dem Mann drei Wochen Exorzitien, dann beruhigt er sich schon«, sagte der wachhabende Offizier.

Die Nürnberger Illustrierte berichtete am dritten Februar neunzehnhundertsechsundvierzig von dem biblischen Ereignis auf einer ganzen Seite ihres Feuilletons. Der Artikel »Stuhlgang des Hermann Josef zu Ochen am Rhein« machte Kirchengeschichte. Exklusiver Redakteur war Eduardo del Pinto.

Nennen Sie mich Rostov, 1956

Unter der zweimeterfünfzig mal zweimeterfünfzig großen Lokalseite der »Ost-Deutschland News« wurde täglich aktuell über die Erfolge in der Landwirtschaft berichtet. Unter dieser schlief Wilma fast jeden Nachmittag nach den Drei-Uhr-Nachrichten mit Pomogorski, einem in Ost-Deutschland gebliebenen polnischen Zwangsarbeiter. Wilma konnte sich trotz durchaus vorhandener Geilheit dabei schlecht konzentrieren, weil sie immer unten lag. Wenn sie mal die Augen aufmachte, um Luft zu holen, fand sie die Schlagzeilen von heute vor ihren Augen und musste sich friedlich am Feldrand essende Mähdrescherfahrer reinziehen. Zum Orgasmus kam Wilma ausschließlich Pomogorski zuliebe. Sie wurde schwanger.

Als Mädchen von nur fünfzehn Jahren in Ost-Deutschland schwanger zu werden, war ein politischer Akt. Das konnte gegen Pomogorski genutzt werden. Nach Wilmas Besuch beim staatlich geprüften Gynäkologen kam zuerst der Kreissekretär der kommunistischen Partei ihrer Stadt zu ihr nach Hause und wollte noch einmal ernsthaft mit Wilma sprechen. Er hatte ihr schon früher zwischen die Beine geredet, das letzte Mal auf den Tag genau zwei Monate zuvor auf ihrem Betriebsfest, wo er die einführenden Worte sprach. Pomogorski hatte zeitgleich einen Verhörtermin zu seinen Sexualpraktiken mit Minderjährigen bei der Polizei. Diese wollte Fragen wegen dessen moralischer Integrität an ihn richten. Das erneute Gespräch mit Wilma muss den Sekretär derartig beeindruckt haben, dass der von jetzt an fast täglich kam und immer, wenn Wilma schon zu Hause, Pomogorski aber noch an der Arbeit war. Als sie schon einen deutlichen Bauch hatte, war es zwischen dem Kreissekretär und ihr zu einem Streit gekommen, dessen Ende Pomogorski miterlebte, weil er gerade zur Tür hereinkam. Die während der an der Wohnungstür stattfindenden Auseinandersetzung benutzten Ausdrücke waren dermaßen kompromittierend für den Kreissekretär, dass dieser an dem in der Tür stehenden Pomogorski vorbeistrich und sagte, entweder du trittst in die kommunistische Partei ein oder ich mache dich fertig. Pomogorski hatte den kürzeren und unkomplizierteren Weg genommen und war Parteimitglied geworden, denn die Vorteile lagen in der Hand. Wilma brachte ein kümmerliches Kind zur Welt, Wilhelm Ludogowitsch Pomogorski. Der diensthabende kommunistische Hilfpfarrer des Gemeindestandesamtes trug jedoch den Namen Rostov ein, einfach Rostov, auch »Ludogowitsch« ließ er weg. »Wir nennen ihn Rostov?«, fragte Wilma. »Den richtigen Namen überlebt das Kind hier nicht«, flüsterte der Hilfspfarrer in seinen Bart, als brabbelte er das Vaterunser. Wilma unterschrieb.

Als Rostov neun Monate alt war, verschwand seine Mutter für immer. Er war Vollwaise und kam zur Familie seines Großvaters. Dieser richtete fünfmal täglich seinen Gebetsteppich zur Wolfsschanze hin aus und verdammte nach ausführlicher Lobpreisung Allahs mit genial gedichteten Versen in arabischer Sprache den Kommunismus schlechthin und die Gehnossen in Ost-Deutschland insbesondere. Von Rostovs zehntem Lebensjahr an und wenn Großmutter nicht im Hause war, spielte Opa »U-Boot«. Das Spiel fand im heimischen Aquarium statt. Das Becken hatte die beachtliche Größe von zweimeterfünfzig Länge mal ein Meter Breite. Es war einen Meter tief. Zu Beginn des Spieles, kaum dass die Großmutter ihr Gesangbuch gegriffen hatte, um zum Hochamt zu gehen, tauchte der Großvater den Jungen erstmal zwei Minuten lang unter Wasser, damit er sich an die Wassertemperatur gewöhnte. Das Spiel setzte sich fort mit den Worten des Großvaters: »Na, Junge, nun hol erst mal Luft.« Es folgte die Zehn-Minuten-Übung. Nach zwei Minuten Tauchgang überfiel der Großvater mit ihm als deutschem U-Boot die Engländer im Kanal. Dieses Spiel erforderte insgesamt fünf Minuten Tauchzeit bei regulärer Bewaffnung. Vier Minuten davon verbrachte Rostov auf dem Beckenboden, den Mast eines gesunkenen englischen Spionagebootes im Bauch. Nachdem sein Großvater einen Engländer versenkt hatte, war Rostov gehalten, durch Blubbern und Auflassen von Frackteilen den Untergang zu bestätigen. Nach einigen Schamminuten zog sein Großvater ihn gewöhnlich hoch und ließ den Jungen Luft holen.

»Und nun weißt du, wie ich mich fühle. Die Engländer haben sich im Weltkrieg Rückrunde klammheimlich auf die Seite deiner Leute geschlagen, Pollake du. Seit du an meinem Tisch sitzt und bis du hoffentlich bald verschwindest, versenke ich mit dir als Alliiertem jeden Sonntag ein Schiff von denen. Ist das klar!«

Der letzte Satz wurde Rostov ins Gesicht geschrien. Rostov wusste, dass nach dieser Äußerung, unabhängig davon, was er antwortete, acht Minuten weiteren Tauchganges gegen die Rossen folgten, vierhundertachtzig lange Sekunden. Einmal schlief der rechte Arm des Großvaters ein, samt ihm selber. Rostov zählte gewohnheitsgemäß mit und war bereits bei fünfhundertneunzig, da wurde in dem Kind jäh der unbändige Wunsch wach, ein eigenes U-Boot zu haben, bequem darin zu sitzen, Luft zu holen, zu essen, zu rauchen, Wodka zu trinken, eben alles, was ein Mann unter Wasser tat, um dann alles platt zu machen, was sich in seiner Reichweite befand. Fast wäre daraus nichts geworden, wäre nicht die Großmutter an dem Tag fünf Minuten zu früh vom Hochamt zurückgekehrt, weil der Pfarrer den Text der Predigt vergessen hatte.

Kubakrise, 1962

Anfangs recht zögerlich, aber immerhin, entfaltete sich der Kalte Krieg. Fortwährend knirschte und zischte es in der Welt, aber niemals rumste es so, dass man von einem Krieg sprechen konnte. Die einzige reale Chance für einen gescheiten Krieg bestand in »Kuba zweiundsechzig«. Die Rossen hatten dem fidelen kubanischen Dicktator, Klarname »Der Geigenkasten«, zunächst dessen Kubazigarren reklamiert und zurückgesandt. Obwohl der letzte Schrei, waren sie viel zu groß und brannten schlecht. Farbe, Geruch, Tabakgehalt und die hohen Eigentemperaturen, auch dann, wenn sie gekühlt aufbewahrt wurden, entsprachen schlicht nicht dem Standard, den man von den Kubanern gewohnt war. Sie wurden wegen Qualitätsmängeln in 1962 auf großen Containerschiffen empört vor aller Öffentlichkeit nach Kuba zurückverschifft.

Der amerikanische Zoll sah diesen an sich normalen Handelsverkehr mit Argwohn. Eine seiner Infrarotkameras, bekanntlich zum Aufspüren von Wärmeentwicklungen verwendet, verglühte und tropfte auf die nagelneuen Schuhe des Kapitäns, als er auf eines der Handesschiffe fokussierte. Er löste Alarm und damit die Kubakrise aus. Neben der Hitzentwicklung waren seine Argumente die schiere Größe der Zigarren, zwanzig Meter lang, Durchmesser etwa sechzig Zoll, Deckblatt metallisch, vermutlich braun eloxierter Edelstahl. »Jedenfalls rauchen würde die Dinger selbst Churchill nicht gekonnt haben.«

»Der Geigenkasten« protestierte bei der UNO und bekam Recht. Die Zigarren wurden in Havanna sofort nach ihrem Eintreffen in Kubaapfelsinen, die bekanntlich Wärme vertragen, umgepresst und orange eloxiert. Sie wurden ohne lange Zwischenlagerung nach Florida als Spende weiterverschifft. Dies war eine freundliche Geste von »Der Geigenkasten«, um die friedlichen Absichten der kommunistischen Welt gegenüber dem werktätigen amerikanischen Volk zu unterstreichen. »Der Geigenkasten« erschien daraufhin wochenlang im amerikanischen Fernsehen im Chanel No. 5, CMN Today, unter »Bremsende Neuigkeiten« (Bräking Njus) und gab Interviews.

Da der Süden der USA in jenem Jahr von einem Hurrikan verwüstet worden war und mit ihm fast die gesamte Orangenernte, nahm die amerikanische Regierung die Lieferungen gern an. Der amerikanische GehoamDienst wurde noch vor dem Zoll aktiv. Kaum, dass er die ersten Apfelsinen hatte vermessen lassen, ordnete er über den Präsidenten an, »Der Geigenkasten«, dessen Insel sowie Rossland mit raren Konsumgütern ihrerseits zu überraschen. Amerika wollte sich nicht lumpen lassen und seinen Großmut und Willen zum Frieden beweisen. In den Atomsilos der amerikanischen Nirvana-Wüste wurden kurzfristig einige hundert Millionen Tafeln »Uncle Sam Schokolade« gepresst. Sie bestand zu siebzig Prozent aus feinstem Kakao, etwas Zucker sowie dünnen Plättchen gepressten Plutoniums. Die Sendung sollte rechtzeitig zu Väterchen Frosts Geburtstag am Jahresende auf den Märkten Havannas und Rosslands kostenlos verteilt werden.

In Miami beim Zoll, Department »South of Texas«, arbeiteten hauptsächlich Exil-Kubaner. Zum einen, weil diese die Transportwege und Verstecke von »Der Geigenkasten« am besten kannten, und zum anderen, weil Exil-Kubaner oft schon sehr früh von ihren Verwandten erfuhren, wann die nächste Ladung Heroin angelandet wurde, sogar wo und wie viel. Das Ding mit den Apfelsinen verstand jedoch keiner.

»Der Geigenkasten« hatte ausschließlich Familienmitglieder an die Apfelsinenpressmaschienen gelassen sowie zwei seiner Minister. Als die Sendung komplett verpackt und verschifft war, verstarben diese Personen an Entkräftung fast alle am selben Tag. Wie durch ein Wunder überlebten »Der Geigenkasten« selbst, sein Bruder sowie die Präsidentenleibwache.

Eduardo del Pinto, der Zollchef von Miami, ahnte nichts. Wie alle Jobs im öffentlichen Dienst waren diese zwar krisensicher, aber krisensicher war auch die lausige Entlohnung. So auch die seine. In Ost-Deutschland, der ältesten Dermokratie der Welt, konnte sich kaum einer Apfelsinen leisten. »Der Geigenkasten« wusste das und hatte mehrere Extrakisten echte Apfelsinen in seine jährliche Weihnachtssendung untergemischt. Jedoch sahen diese im Vergleich zu den frisch Gepressten eher dunkelgrün aus. Es war nun beim amerikanischen Zoll, über den die Sendung ging, kein Geringerer als Eduardo del Pinto, der die Ware vorkostete. Er griff sich eine Apfelsine der besser aussehenden Sorte und biss hinein. Er stieß auf etwas Hartes und entwickelte das gleiche Gefühl, was er auch beim Fischessen nicht vertrug, Gräten. Er spuckte alles aus, nicht wissend, dass er eben einen Miniaturatombombenzünder entsorgte. Die relativ weiche Plutoniummasse hingegen schmeckte angenehm nach Nuss und Schokolade. Die reflexhafte Reaktion dieses kleinen exilkubanischen Zöllners, nicht durchzubeißen, wenn er auf was Hartes stieß, sondern alles auszuspucken, und zwar unabhängig davon, ob es sich um einen frittierten Garibaldi aus Südkalifornien handelte oder eine Kubaapfelsine, wurde später als Wende in der Kubakrise gewertet. Hätte Eduardo durchgebissen und nicht ausgespuckt, wäre Florida in die Luft geflogen, anschließend Kuba, danach Börlin und dann Moskau.

Die Schokolade setzte sich in Eduardos Plastikzahnkrone fest und schmolz von dort tiefer durch. Eduardos Backe wurde heiß. Er fragte seinen Schichtkollegen, wobei er ihm den offenen Mund zustreckte, ob der nicht mal nachsehen könne, ihm schwane nichts Gutes. Sein Kollege, der ehemalige Student des »Inferior College for Minorities at the City of Tallahassee« sah sich die Sache an und schöpfte Verdacht. Er rief das Federal Buerau Off Amerika an. Dieses war aber busy mit der Vorbereitung der »Bräking Njus« für die Prime-Time-Nachrichten. Eduardo schaltete enttäuscht sein Radio ein und stellte es auf eine Apfelsinenkiste. Nach zwei Minuten glühten alle Röhren, dann wurde es gespenstisch still. Eduardo, sich die Backe haltend, zog seine Taschenuhr und legte sie neben das Radio. Der Sekundenzeiger verglühte sofort, der Minutenzeiger kurz darauf, nur der Stundenzeiger drehte durch. Er kringelte sich wie Zwirn um seine Drehachse. Der Schwung reichte auch noch, um ein Loch rechts oben bei zwei Uhr zu schlagen, aus dem heraus der Zeiger noch einige Minuten lang nachwippte, bevor er verglühte und abtropfte.

Der Präsident Amerikas wurde benachrichtigt. Man fand ihn im ovalen Büro. Eine Mitarbeiterin kniete vor ihm auf dem Teppich und erstattete mündlich Bericht. Zwei Minuten darauf eilte das halbe Präsidentenamt über den Rasen zur Ärforce Wan und hob ab. Die schwarzen Angestellten bekamen die Chance ihrer Karriere und durften bleiben und das Haus hüten. Man flog gen Rossland. In dessen Luftraum würde man die amerikanische Regierung zu diesem Zeitpunkt am wenigsten vermuten.

Eduardo del Pinto wurde zum District Sheriff von Miami Vice gerufen, der befand sich im fünften Stock des White House. Der Sheriff schüttelte ihm die Hand für seinen Mut sowie die Rettung Amerikas. Er händigte ihm als Anerkennung einen Gutschein des Präsidenten aus, mit dem er kostenlos dessen persönlichen Zahnarzt aufsuchen durfte. Der Gutschein hatte Gültigkeit für die ersten zehn Minuten nach dessen Überreichung – »in anderen Worten – ab jetzt!« Bei späterem Eintreffen Eduardos würde der Zahnarzt pro Minute zehn Dollar berechnen, die nicht vom Gutschein gedeckt waren. Der Sheriff überreichte Eduardo den Umschlag und drückte die Stoppuhr. Eduardo, dem die Apfelsine inzwischen sechs Zähne weggeschmolzen hatte, sprintete los. Er nahm die Feuerleiter. Die Praxis lag im Keller. Die Feuerleiter wurde gerade repariert, sodass ihr alle Sprossen fehlten, außer der untersten. Auf diese schlug Eduardo auf und zerbrach in zwei Teile. Sie fielen auf eine Rutsche, die direkt im Gussofen der Müllverbrennungsanlage des Kapitols landete. So erinnern heute nur noch zwei glänzende, blauschwarze Meteorite auf dem Schreibtisch des ovalen Büros sowie Bremsspuren an der Wand des Kapitols an den Mann »Eduardo del Pinto«.

Großvergebigung, 1963

Weltkrieghin- und rückrunde waren verloren für West-Deutschland. Es stand schlichtweg zwei zu null. Hätte man nur gegen die Amerikaner verloren gehabt, das wäre zu verkraften gewesen. Die haben schließlich sogar die Indianer fertiggemacht, warum dann nicht auch uns in Birkenfeld und Umgebung? Gegen die Rossen aber zu verlieren …? Walther Ludogowitsch Rostov, nicht zu verwechseln mit Rostov, dem armen umgetauften Polenkind, sinnierte oft. Sollte er verzweifelt sein? Das Schicksal hatte ihn nicht zum Krieger erwählt. Obwohl sein Pendelastigmatismus sich leicht abgeschwächt hatte. Vermutlich wurde auch er allmählich älter. Walther war immerhin Zweigstellenleiter des Hauptpostamtes eines nicht genannten Fleckens an der Zonengrenze zu Ost-Deutschland geworden. Er, einer aus dem Geschlecht der Rostovs, hatte alles im Leben erreicht, was ein Mann erreichen konnte. Sogar hatte er seinem Kreispostverwaltungshauptamtleiter das Zugeständnis abgezwungen, montags und freitags in Personalunion auch als Briefzusteller dienen zu dürfen, was ihm zu seiner wahren Aufgabe geworden war.

Seine Post hatte in den ersten Jahren nach Weltkrieg Rückrunde, zumeist aus Amtspost bestanden. Briefe von gefangenen deutschen Soldaten, die in die kommunistische Partei der Rossen übergelaufen waren und hauptsächlich in den zu Lungensanatorien umgebauten sibirischen Kohlebergwerken arbeiteten. Die kommunistische Partei Rosslands hatte Bestarbeitern zur Belohnung gestattet, in behelfsmäßigen Kühlschränken zu schlafen wegen der schlimmen Kälte des sibirischen Winters. Nicht selten hatte Walther diese oder so ähnliche Nachrichten von einer Kriegerwitwe unter ihm vernehmen müssen. Die Frau des Bruders des Bürgermeisters hatte sich von ihrem Mann schreiben lassen müssen, dass er das »Sibirische Fegefeuer« einem Leben an ihrer Seite vorziehe. Die andere Hälfte der Amtspost enthielt

Freisprüche oder Visagenehmigungen. Dazu kamen auch allerlei ärztliche Gutachten über Zeiten von Unzurechnungsfähigkeiten, amtliche Anerkenntnisse von an der Front erworbenen Rentenansprüchen, verbrachten Jahren in der Psychiatrie oder untertage verbrachten Zeiten in Dunkelheit.

Im deutschen Volke ging es langsam aufwärts. Das Wort Schuld war in den ersten Jahren nach Weltkrieg Rückrunde so breitgetreten worden, dass es den Himmel dauerte, wie viele Menschen Deutschlands mit jedem weiteren Tag länger auf Gerechtigkeit und Wiedergutmachung warten mussten. Die Anfrage der Regierung West-Deutschlands gegenüber dem Höligen Stuhl, wer nun an allem schuld war, schließlich überwiese West-Deutschland die meisten Kirchensteuern, war mit diplomatischer Höflichkeit beantwortet worden.

»Es ist alles gekommen, wie es gekommen ist und kommen wird, wie im Anfang so in Ewigkeit. Armen. Betet für euch, im Namen der Allereinigsten Dreifaltigkeit, Eduardo del Pinto, SJ.«

Es war an der Zeit, zügig, rechtsfrei und dermokratisch in Deutschland zu richten. So waren nach dem Weltkrieg Rückrunde unbürokratisch überall im Lande Standgerichte eingerichtet worden. Jeder, wirklich jeder, der noch stehen konnte, ungeachtet der Hautfarbe, Religion, Rasse oder sonstigen Bekenntnisses, ja sogar ungeachtet der Nationalität oder des Grades einer Behinderung, ob blind, ob taub, ob stumm, ein jeder, der vor neunzehnhundertfünfundvierzig nachgewiesenermaßen Gauleiter in Deutschland oder mehr gewesen war, durfte sich auf ein Richteramt bewerben. Zugelassen waren selbstverständlich keine Juden, denn wenn einer freigesprochen werden sollte, durfte er das ja nicht selbst tun. Das wäre selbstgerecht und nicht rechtens gewesen. Ob der Bewerber genommen wurde, hing freilich von seiner Fähigkeit zu unbeugsamer Wahrheitsliebe ab. Standgerichte wurden auf jedem Gemüsemarkt und in jedem noch so kleinen Ort ganztägig abgehalten. Obwohl im Minutentakt »unschuldig« gerichtet wurde, bildeten sich doch immer wieder lange Schlangen, die zu Beschwerden und Verärgerungen der Anstehenden führten.

In Birkenfeld war das Standgericht in einem Zelt neben der Kirche eingerichtet worden, sodass die meist katholischen Bürger der Gegend nach dem Freispruch sofort beichten konnten. Da Walther selbst sich über seinen eigenen Status nicht im Klaren war, schlenderte er eines Nachmittags zum Standgericht auf den Markt. Als er sich zum Einschreiben bückte und dabei seinen Kopf nach links unten vorne warf, ließ man ihn nicht erst weiter schreiben. Auch sein Protestieren half nicht. Der zuständige Beisitzer brüllte: »Wie sehen Sie denn aus? Sieht so ein deutscher Krieger aus? Wieso schütteln Sie die Birne? Ja, wollen Sie uns etwa verneinen? Hat man je einen Krieger gesehen mit so einer Birne?«

Walther wurde schamrot.

Er war wütend auf sich und darauf, dass er hergekommen war. Der Beisitzer war inzwischen um ihn herumgegangen und brüllte ihn von hinten an.

»Und dann hat er auch noch eine Fokussierungsstörung. Braucht zehn Sekunden zum Scharfstellen, zehn Sekunden! So einen hätten wir nie und nimmer mitmachen lassen, was bilden Sie sich denn ein? Ja glauben Sie etwa, dass einer wie Sie mit Ihrer Birne von einem Schädel und noch dazu einer Fokussierungsstörung den Krieg überlebt hätte? Ja drehen Sie sich doch bitte nochmal um. Mit der Birne wären Sie drei Minuten, nachdem die Polen uns den Krieg erklärt haben, tot gewesen, so wahr mir Gott helfe. Denken Sie denn, der Pole hätte gewartet, bis Sie nachgeladen haben? Jeder, sage ich, jeder, mein Herr, der halbwegs schießen konnte, sogar unsere eigenen Leute, hätte Sie erlegt, schon wegen der Trophäe. Sie würden heute längst als Lampe in irgendeinem Wohnzimmer hängen – und dann trauen Sie sich hier her!? Ja, Sie … ja sind Sie, sind Sie … Donnerlittchen nochmal! Sagen Sie … wie sagten Sie doch war Ihr Name noch? Sie, Sie, Sie … Mulant, Sie. Wache! Wache!«

Walther wurde dann doch noch drangenommen – vom Pfarrer.

»Gott liebt einen jeden, auch die Armen im Geiste.«

Er streichelte Walther übers Haupthaar und sagte mit einer nervösen Zuckung seiner rechten Gesichtshälfte zum Richter: »Entlassen Sie ihn, entlassen Sie ihn. Er kommt sowieso nicht weit.«

So weiß Walther bis heute nicht, ob er schuldig oder unschuldig ist.

Landvermessigung, 1963

In seiner Freizeit beschäftigte sich Walther hobbymäßig mit der Landvermessung. Fast allabendlich setzte er sich aufs Moped und fuhr zur Zonengrenze zu Ost-Deutschland. Da seine freie Zeit sehr begrenzt war, hatte Walther sich mit seinen Vermessungen auf einen kleinen Distrikt im Eichsfeld beschränkt, weil es in diesem Landstrich die meisten Kirchtürme gab. Ohne die Grenze zu übertreten und stets vom selben Bezugspunkt aus vermaß er täglich bei Wind und Wetter markante Punkte in Ost-Deutschland. Er achtete peinlichst darauf, ja keinen Fuß nach Ost-Deutschland hinein zu setzen, denn das wäre eine Grenzverletzung gewesen und Grenzen respektierte der Vermesser Walther Ludogowitsch Rostov aus innerster Überzeugung. Er hatte seinerzeit genau zehn Zentimeter westlich der Zonengrenze einen silbernen Messpunkt einzementiert. Dessen Lage, insbesondere die Tatsache, dass er noch auf dem Boden West-Deutschlands lag, hatte er mit dem Vermessungsamt millimetergenau abgeglichen und amtlich registrieren lassen. Jährlich einmal ließ Walther zusätzlich vom technischen Beirat Bayerns auch seine Instrumente abgleichen. Walther war ein Verehrer Walther Wilds, des großen deutschen Vermessers. Er hatte für teures Geld noch vor dem Wöltkrieg Rückrunde von der Familie Wild einen Nivellierer erworben. Dem Standardwerk der »Deutschen Optik« zufolge waren deutsche Nivellierer nicht mit denen anderer Länder zu vergleichen. Sie unterschieden sich hauptsächlich durch Fußschrauben, eine Stehachse, die Innenfokussierung, die Koinzidenzlibelle, Abhörsicherheit und Unsichtbarkeit sowie begleitende Tabellenwerke mit Berücksichtigung von »Föhrers« Geburtstag. Sie hatten in Hüfthöhe Daumenschrauben, damit der Ingenieur beim Vermessen nicht abrutschte.

Walther Ludogowitsch Rostov nahm am Abend des 16. Juni 1963, wie stets am Vorabend des Tages der Einheit Deutschlands an der

Zonengrenze, auf seinem Messpunkt stehend, zunächst Aufstellung und dann Haltung an. Als Langzeitfolge des Pendelastigmatismus hatte sich im Lauf der Jahre die Birnenform seines Schädels weiter ausgeprägt. Er sang mit hoher Stimme die Nationalhymne West-Deutschlands, dann, aus Respekt vor deren Feind, auch die Ost-Deutschlands.

Bei der Verszeile »und der Zukunft zugewandt« angekommen und als er eben den Mund schließen wollte, biss er auf die Mündung einer rossischen Kalöschnikov, einer Art Maschinengewehr, das auch mit Holzkohle und Kieselsteinchen betrieben werden konnte. Walther war sich sofort sicher. In seinen Stunden als Blockwart hatte er oft die Bücher der Waffenkunde studiert. Kalöschnikovs, lateinischer Gattungsname »Kalöschnikov Trompeticus Longitus«, besaßen einen Lauf mit ovaler Mündung. Oft befand sich an ihnen noch Dreck, denn die damals »von den Kriegern Deutschlands zu Tode erschreckten und kopfüber fliehenden Rossen« benutzten sie sehr häufig beim Rückzug als Gehstöcke oder für den Stabhochsprung über deutsche Panzerblockaden. Walther Ludogowitsch Rostov vergewisserte sich, während er mit Zunge und Lippen sämtliche Merkmale der feindlichen Waffe bestätigt fand, nach hinten horchend nach Geräuschen über die Anwesenheit der Grenzbeamten West-Deutschlands im Gebüsch. Diese filmten mit verdeckter Kamera jeden seiner Auftritte für die Abendnachrichten. Im Straßengraben gegenüber lag die Crew der »Ost-Deutschland Njus« und filmte für die Gegendarstellung. Das war beruhigend. Unabhängig davon, wie das hier heute ausgehen würde – er käme ins Fernsehen. Keiner brauchte ihm politisch erklären, was hier vor sich ging: Eine solide, von Rossland gedeckte Grenzverletzung durch Ost-Deutschland, verübt an einem Wissenschaftler der freien Welt.

Sein Kopf, insbesondere aber sein Mund, befand sich zum Zeitpunkt der Tat eindeutig auf dem Boden West-Deutschlands. Er war unbewaffnet, ein harmloser Landvermesser, der weiter nichts wollte als wissen, wie es drüben planmäßig weiterging. Folglich war klar, mit welchem Text morgen die amerikanische UN-Rösolution eingereicht werden würde. Es würde mit Sicherheit zu einem internationalen Skandal reichen und er, Walther, hatte den Mut gehabt, den Feind zu dieser Unachtsamkeit zu verleiten. Er schloss den Mund nicht. Das wäre nur möglich gewesen, wenn er sich zurückgezogen hätte. Er tat das aus zwei Gründen nicht, erstens war er nicht die Reinigungskolonne der Infanterie Ost-Deutschlands und lutschte deren Gewehrläufe sauber. Zweitens konnte auch ein langsamer Rückzug seines Mundes von der Waffe des Gegners als Fluchtversuch gewertet werden. Je nachdem wie nervös der Kerl am Drücker war, könnte dies dann Walthers letzter Gedanke gewesen sein. Er schluckte zweimal, um seinen Protest auszudrücken und blickte ansonsten dem Feind direkt ins rechte Auge, so gut er jedenfalls konnte. An Fokussieren und Scharfstellen war unter diesen Umständen nicht zu denken. So viel konnte Walther aber erkennen, der Kerl hielt beim Zielen das linke Auge zugekniffen. Mit dem rechten blinzelte er fortwährend, als hätte er Bindehautentzündung. Walther kannte das Problem vom Landvermessen bei jedem Wetter und hatte dafür Tropfen bekommen. Er hätte sie dem anderen gern gegeben, die halfen sofort, aber wie ihm das erklären? Er hätte sie ihm auch gern eingeträufelt, aber wie zu einer Kampfpause finden? Ihm fiel nichts ein und er ließ den Kerl weiter blinzeln.

Unter normalen Umständen hätte er dem Kerl vielleicht empfohlen, das Auge zu wechseln, sofern er mit beiden Augen zielen konnte, aber wie ihm das anempfehlen, mit welchem Mund? Walther wollte nicht in der Haut seines Gegners stecken. Jenes Kitzeln im Auge würde nicht nur minütlich schlimmer werden, sondern zehnsekündlich. Spätestens nach zwei Minuten würde der Kerl niesen müssen, denn das Kitzeln zog unweigerlich in die Nase. Was aber dann? Eine Minute war schon um. Er fragte sich ernsthaft, wie der Kerl aus seiner Lage jemals wieder glimpflich herauskommen wollte. Zumachen konnte der das Auge auch nicht, um sich zu schonen. An den Fall hatte Walther schon gedacht. Dann hätte er sofort »plopp« gemacht, sich weggeduckt, kurz scharfgestellt, um zu sehen, wem er das zu verdanken hatte, und wäre in Richtung West-Deutschland getürmt. Aber der Kerl dachte nicht an »zumachen«. Also blieb Abwarten. Das konnte gefährlich werden. War der Kerl ein gewöhnlicher Grobschnäuzer, dann zuckten beim Niesen automatisch alle Muskeln, auch die seines Zeigefingers. War er aber ein Intimschäuzer, brauchte er ein Tempotaschentuch, um das Schnäuzen so gut wie lautlos zu unterdrücken. Da er Soldat war, konnte er das nicht tun, er hätte die Waffe niederlegen müssen, also würde er grobschnäuzen und zwar bald.

Walther ersehnte Hilfe. Von hinten kam keine. Und von vorn? Je nachdem, welche Crew drüben im Turm Wache schob, dauerte es drei bis viereinhalb Minuten, bis ein Rossenjeep angerauscht kam, zwei Grenzer heraussprangen, sich hinter die Vorderräder warfen und noch im Fluge ihre Kalöschnikovs in Anschlag brachten. Diesmal ging es jedoch schneller, vermutlich, weil die Kerle bereits im Hinterhalt lauerten.

Die Kalöschnikov in Walthers Mund vibrierte bedrohlich. Schon hatte der Kerl seine Nase gehoben und sog die Luft stoßweise durch. Lange würde das nicht mehr so gehen. Doch bald spürte Walther zu beiden Seiten auf ihn gerichtete Läufe. Walther ploppte die Kalöschnikov aus. Das Genieße ging hoch, aber der Schuss an seinem Kopf vorbei. Es traf wie immer einen Unschuldigen, einen »Immergrünen Gemeinen Feldhamster«, Vater von fünf Jungen, der in West-Deutschland unter strengstem Naturschutz stand. Tiefer im Wald schrie noch einer »aua«, aber dem konnte Walther nun wahrlich nicht nachgehen. Im Wald hallte das Echo nach, die Fernsehteams justierten ihre Mikrofone neu. In diesem magischen Moment, als die Zeit stehen blieb, in diesem Moment griff eine Hand nach Walthers Mantel und zog ihn nach Ost-Deutschland rüber.

»Sie sind verhaftet, Sie haben das Territorium unseres souveränen Staates verletzt, oder ich schieße.« Es war Nöthinger in jungen Jahren, unpromoviert und ab heute »Held des dermokratischen ostdeutschen Volkes«.

Er nahm die Festnahme vor und arretierte Walthers Leben in dieser Sekunde für immer. Die Handschellen an Walthers Armen klickten und man ging Eis essen. Das stand jedem Flüchtling zu. Ganz abgesehen davon, was in den Abendnachrichten gesendet wurde. Fakt blieb, dass die west-deutschen Behörden bereits zwei Tage später einen Antrag erhielten, in dem Walther die Freiheit forderte, nichts als die Freiheit, in Ost-Deutschland leben zu dürfen und sich entfalten zu können. Die Zusage bekam er umgehend.

Der Pfarrer in Birkenfeld weinte am Sonntag während der Predigt, als er an Walther erinnerte: »Ich habe es Euch gesagt, liebe Gemeinde, der kommt nicht weit. Jetzt ist er bei den Rossen. Gott sei seiner armen Seele gnädig. Vater unser im Himmel ... entführe ihn nicht in der Untersuchung, sondern erbarme dich unser. Armen.«

Verödete Nationen, 1963

Der Tod des Eduardo del Pinto, auch wenn der im amerikanischen Exil vor sich hinvegetiert hatte, blieb jenem fidelen kubanischen Dicktator, »Der Geigenkasten«, mitnichten verborgen. Kuba erhob Protest auf der Friedenskonferenz der Verödeten Nationen in Nju Jork Zittie, neunzehnhundertunddreiundsechzigsowahrmirgotthelfe. Er drohte offen mit einem Atomkrieg gegen Amerika. »Der Geigenkasten« dröhnte und donnerte hinter und vor allem vor dem Rednerpult mit hohen Fäusten und bösem Zittern im Bart auf seine unvergessene Art. Der amerikanische Botschafter lächelte, denn die Apfelsinen von »Der Geigenkasten« befanden sich bereits in der Altstoffverwertung des Pentagun. »Der Geigenkasten« seinerseits belächelte den amerikanischen Diplomaten. Selbstverständlich wusste auch er Bescheid, dass die Bescheid wussten. Er hatte nämlich nach del Pintos Tod einen verschlüsselten Anruf bekommen »Die Amis mögen keine Apfelsinen«. »Der Geigenkasten« wusste aber wieder mal noch mehr. Die flachgesichtige, sonst aber sehr rassige Uminka aus der Mongolei, die täglich nach dem Mittagessen bei ihm rapportierte, hatte ihm ins Ohr geblasen, dass die Rossen mehrere Schwärme täuschend echter Atomheringe vor der amerikanischen Ostküste stationiert hielten, die nur auf den Selbstmordbefehl warteten. Der rossische Botschafter lächelte also nicht ganz zu Unrecht. Der amerikanische Botschafter hätte sich nun fast doch noch verschluckt beim Lächeln, denn seine Behörde hatte schließlich den Funkspruch an »Der Geigenkasten« abgelassen. Er war bestester Dinge. Seine Schokolade hatte zwar noch nicht Rossland erreicht, aber Deutschland. Einige Güterzüge standen noch auf dem Hauptbahnhof Frankfurt/Main in West-Deutschland oder lagen in Schiffen vor Hamburg und Bremen vor Anker. In Hamburg streikten die Dockarbeiter für mehr Lohn sowie für die Drei-Stunden-Woche, und zwar montags, mittwochs und freitags je eine, so wie es sie in Ost-

Deutschland schon lange gab. Darum konnten zwei Schokoladenschiffe in Hamburg und drei in Bremerhaven nicht gelöscht werden. Ein Telefonat vom amerikanischen Präsidenten, ein einziger Satz nur und die Nord- und die Ostsee würden wiedervereint zusammenströmen und die Strände an der bayrischen Alp bewässern. Amerika ohne West-Deutschland – das ging, sinnierte der amerikanische Botschafter; aber Rossland ohne Ost-Deutschland – niemals. So einfach war alles, damals. Das gesamte rossische Volk würde nach nur einer Woche einen wunden Arsch haben, weil sie sich diesen mit Gras abwischen mussten anstatt mit Klopapier aus Dresden, der Hauptstadt Ost-Deutschlands. Und die Druckmaschinen, welche die dreckigen Witze zur Belustigung der Arbeiterklasse auf das Klopapier druckten, stammten alle aus Leipzig, der Stadt, in der die Durchfallepidemie Ost-Deutschlands ende der Achtzigerjahre ihren Ursprung nahm. Kein Klopapier, keine Witze, keine Selbstbefriedigung mehr nach einem sauberen Schiss mit frisch geputztem Arsch – mal sehen, wie lange die Apparatschiks der rossischen Volksseele und deren Revolution standhalten würden. Bald lächelte jeder über jeden und jedem war klar, dass es für jeden außer ihm selbst bald für keinen etwas mehr zu lachen gäbe. Man hätte meinen können, dass alle glücklich waren.

Die Livebilder dieser Friedenskonferenz der Verödeten Nationen blieben der Welt im Gedächtnis. Kaum war »Der Geigenkasten« auf der Bühne, ging hinten das Eingangstor auf und der Vertreter des Staates Texas, Edward Mac Peace, ritt herein. Er kam zu Friedenskonferenzen der Verödeten Nationen immer zu Pferde und stieg auch während den Sitzungen nicht ab. In den Pausen ließ er sich die Häppchen hochreichen. Er war wie immer völlig unbewaffnet, wie es der UNO-Ordnung entsprach, außer Colt links, Colt rechts, automatische Black&Bäcker auf dem Rücken sowie zwei funkelnagelneuen dunkelgrünen Handgranaten am Gürtel. »Alles Deko«, hatte er bei den Kontrollen am Eingang geäußert und einen der Colts dem Chefinspekteur zum Inspizieren unter die Nase gehalten – »Glauben Sie's mir oder glauben Sie mir's nicht.« Der Inspekteur beschloss, ihm zu glauben. Sie stammten beide aus Boomtown/Texas, wo es dereinst sehr viele Schwerhörige gegeben hatte. Unter dem Hemd steckte ein Messer und im rechten Strumpf die

»Kleine« für den Notfall. Edward entschuldigte sich wegen der Verspätung. Er sei mit dem Pferd im Stau stecken geblieben.

»No fuel, Sir. Die amerikanischen Autos stehen still«, rief er entschuldigend dem UNO-Generalsekretär zu. Er blickte nun scharf zum Botschafter Säudistans.

Der lächelte.

»Ich sagte, no fuel, Sir.«

»Sir, das waren wir nicht, wir ... so viel wir wissen, sind die Vertreter Rosslands heute trotzdem alle mit dem Wagen gekommen ...« – er machte hektisch das Zeichen für »Telefonieren« und verließ den Saal. Der rossische Gesandte lächelte nicht mehr. Er witterte eine Perestroika, die dreiundzwanzigste Witterung dieser Art in seiner erst einjährigen Laufbahn. Er verschwand aufs Klo.

»Ist das ›Der Geigenkasten‹, der da vorne steht?«, fragte Edward den Generalsekretär.

»Ja, Sir.«

»DER ›Der Geigenkasten‹?«

»Ja, Sir.«

Der Texaner zog den Colt und schoss in den Kronleuchter über der Bühne. Dieser schlug krachend hinter »Der Geigenkasten« auf und zersprang in Stücke aus Guß- und Glasteilen. »Der Geigenkasten« schmiss sich gekonnt zu Boden und warf mit den herumliegenden Kristallklunkern nach Edward. Einer traf diesen an der Stirn, die zu bluten begann. Edward schrie auf vor Schmerz, aber hauptsächlich, weil er als Amerikaner von »Der Geigenkasten« getroffen worden war und das bei seiner Bewaffnung.

»Sehen Sie«, schrie Edward, das Taschentuch gegen die Stirn haltend. »Sehen Sie, während wir in friedlichster Absicht die Bühnenbeleuchtung ausschalten, damit der Redner besser gesehen werden kann, hat dieser versucht, uns umzubringen.«

Edward lud nach. Es war zwar nur ein Schuss gefallen, aber in der Not fehlte es manchmal an einer einzigen Kugel. Keiner lächelte mehr. Jetzt ging die Tür erneut auf. Der Gesandte Säudistans ritt auf einem Araberhengst ein. Vor seinem Sitz stieg er ab, verbeugte sich und band das Pferd fest.

»Bitte fahren Sie fort, bitte lassen Sie sich durch mich nicht aufhalten, Mr. Secretary General.«

Ihm war in langer Folge sein Hofstaat gefolgt. Während im Aufgang des Saales seine sieben Frauen in schwarzer Festkleidung auf den Treppen Platz nahmen, richtete der Privatkoch der Säudischen Delegation ganz hinten seine Gulaschkanone auf den Generalsekretär aus.

»Bitte fahren Sie doch fort. Das säudische Königshaus ist wegen der Öllieferpanne peinlich berührt. Ich versichere Ihnen, unsere Tanker sind unterwegs und bringen frisches Öl, schon im übernächsten Monat. Bis dahin müssen Sie sich etwas gedulden, bitte meine Herren. Gedulden Sie sich doch, meine Herrschaften, bitte gedulden Sie sich d...«

Es krachte ein weiterer Schuss. Der Vertreter Frankreichs fasste sich ans Herz und verkniff das Gesicht. Sein Sekretär drehte eine Fernsehkamera auf den Diplomaten und filmte ihn in groß. In Frankreich war es kurz vor acht Uhr abends. Ganz Frankreich erlebte seine letzten Worte live zur Prime Time mit. So manchem blieb dabei sein Croissant im Hals stecken.

»Umgießen, Mon General, um Himmels Willen umgießen ...«, dann verstarb er.

Der Schuss hatte dem Gesandten Nigerias das rechte Revers seines Anzugs weggefetzt, worauf dieser zu lamentieren anfing und auf seine Trommel einschlug, die er für Abstimmungen immer zwischen den Knien bereithielt. Der Vertreter Hollands hatte Tumulte der Art, aber natürlich nicht von dieser weltstrategischen Bedeutung, in letzter Zeit öfter erlebt und seine ganz persönlichen Konsequenzen gezogen. Er flüchtete mit einem Koffer in eine seitliche Nische, stellte sich seinen Campingtisch zurecht und begann den Grill zu entfachen, der deutsche, der griechische und der dänische Gesandte brachten ihre Klappstühle und setzten sich zu ihm. Sie warteten geduldig, bis die Bratwürste fertig wären.

»Der Geigenkasten« hatte laut Protokoll inzwischen mit Edward eine Keilerei angefangen. Beide waren stark, der Kampf war lange im Gleichgewicht. »Der Geigenkasten« setzte erfolgreich zwei Leberhaken von links unten durch. Edward hatte heute noch nichts Richtiges getrunken und seine Leber verkraftete die Schläge nicht so gut. In Rage wie selten vorher holte Edward schließlich nach weiteren ergebnislos verstrichenen Kampfminuten zu seinem »Texaner« aus. Er begleitete den Schlag mit »Get him high, Baby«. Noch vor »Baby« ging »Der Geigenkasten« zu Boden und blieb da liegen.

Der Generalsekretär nutzte die Sekunde der Ruhe und bat um Vernunft.

Inzwischen war auch der finnische Gesandte zurück und begann direkt neben der Gulaschkanone der Säudis seine Blocksauna aufzubauen. Das nahm kaum Zeit in Anspruch, denn sie bestand aus Fertigteilen und war faltbar. Der Rauch seines Kiefernholzfeuers, das er schon entfachte, bevor die Sauna vollständig stand, zog flach über die Reihen der chinesischen Delegierten. Diese kniffen nach bestem Wissen und Gewissen die Augen zusammen, soweit das überhaupt noch möglich war, und hielten gleichzeitig die Luft an. Aber dies hielt nur ihr Delegationsleiter länger als drei Minuten aus. Alle anderen begannen vorher, erbärmlich zu husten. Die Sektretärin der Gesandtschaft teilte nun Ginkgo-Biloba-Tee aus. Dabei verbrühten sich einige Delegierte, weil sie beim Husten auch schwappten. Andere begossen die Anzüge und verbrühten sich Bein oder Bauchfalte. Das brachte die sonst so leidensfähigen Chinesen völlig aus der Contenance.

Haben Sie schon mal einen Chinesen schreien sehen? Nein? Jedenfalls, wenn der die Augen soweit aufreißt, dass Sie ringsherum das Weiße sehen, dann beißen die auch und immer in die Weichteile. Bitte halten Sie in solchen Fällen Abstand. Tatsächlich hatte ein Chinese den Gesandten aus Portugal am Bein erwischt und sich verbissen. Der Portugiese hatte eine Sekunde zu spät sein Cell Phone zugeklappt, sonst hätte er noch reagieren können. Seine etwas kapriziöse französische Freundin am anderen Ende der Leitung hatte darauf bestanden, dass er ihr einen kleinen getrockneten Chinesen als Nachttischlampe mitbringen solle, ansonsten würde sie ihm beim nächsten Mal Halsband und Peitsche streichen. Und nun hing die Nachttischlampe in sein Bein verbissen unter seinem Stuhl. Er schüttelte das Bein, an dem der Chinese hing, aber der ging mit, schlug dabei zuerst gegen das Knie eines Landsmannes, der seinerseits versehentlich in einen Konferenzstuhl gebissen hatte. Man verständigte sich kurz mit einem »Niehau« und biss fester. »Fünfzehn Plocent festel wie unse Bluttosozialploduct«, quetschte der Kollege am Portugiesen aus dem Mundwinkel. Dieser schrie auf. Ein weiterer chinesischer Geheimdienstmann, der sich im Federkernbett eines Konferenzstuhles versteckt gehalten hatte, kam seinem Abgeordneten zur Hilfe. Er biss gezielt in den Vena-Cava-Nerv des Portugiesen, der bekanntlich direkt zum Schwanz eines Mannes führt. Der Kerl hatte sogar noch das Kreuz, durch seine Zähne in schlechtem Englisch zu zischen: »Du fickst keinen mehl, das schwöle ich dil, es leicht mil schon lange mit dil, du losalotes Felkel du.«

»Meine Herren, meine Herren, ich bitte Sie … Gehen Sie … gehen Sie doch zurück auf Ihre Plätze … meine Herren, bitte setzen Sie sich. Lassen Sie ›Der Geigenkasten‹ ausreden. Edward, bitte, bitte binden Sie Ihr Pferd an. Halten Sie sich zurück, schon letzte Woche haben Sie dem Gesandten aus Tokio eine Zehe abgeschossen … Wenn Sie das öfter tun, werden wir nicht umhin können, Ihnen …«

»Was?«

»… Ihnen …«

»Sagen Sie es!«

»… Ihnen verbieten zu müssen, mit dem Pferd anzureisen.«

Der Generalsekretär schluckte und setzte sich hin. Jetzt öffneten sich alle Türen. In jeder von ihnen stand ein harmlos aussehender Rosse und hielt eine Apfelsine in der Hand. »Der Geigenkasten« begriff als Erster, der amerikanische Gesandte als Zweiter. Einer der Rossen, der ohne Apfelsine war, beruhigte die Chinesen mit nur einem Wort und schlenderte zu den Säudis hinüber. Vor aller Augen entkleidete er nun dessen sieben Frauen. Ihre Titten bestanden aus Zweikilo-Hundgranaten, fein säuberlich von strapazierfähigen BHs gehalten, die dicken Hintern erwiesen sich als Plastiksprengstoff und zwischen den Beinen trugen sie je ein Maschinengewehr und – einen Schwanz.

»Geht chetzt langsam chrückwärts chraus, bis meine Chleute ›Halt‹ sagen«, presste der rossische Gesandte hervor.

»Wir chrufen euch, wenn ihr wieder gebraucht chwerdet.«

»Chrede! ›Der Geigenkasten‹, ich versichere dir chfreies Geleut. Edward, gib mir die Waffen … gib mir die Waffen!«

Der amerikanische Delegationssekretär formte seine Hände zu einer Bitte gefaltet Richtung Edward: »Was heißt ›gefaltet‹?« – Er wrang seine Hände aus, dass alle Finger knackten. Edward hatte in noch keinem Western zuvor einen solch verzweifelten Mann gesehen. Er legte die Waffen nieder und setzte sich in die erste Reihe. »Der Geigenkasten« hielt sich den schmerzenden Rücken, ein Auge war blutunterlaufen. Er stieg wieder auf die Bühne und wollte hinter das Rednerpult. Dabei rollte sein rechtes Bein auf einer Kristallkugel weg. Das andere suchte Halt. Der sich ergebende Spagat sah gefährlich aus. »Der Geigenkasten« kam zwar fast bis zur Einhundertachtziggradgrätsche, rappelte sich aber wieder auf. Er war Revolutionär, da zählte nur alles an Schmerzempfindung ab Bauchschuss aufwärts. »Der Geigenkasten« fiel es schwer, dem Blick Edwards zu entkommen. Auch der nigerianische Gesandte hatte seine Jacke gewechselt. Das Pferd des Säudis graste friedlich an den Blumen der Cafetaria der Verödeten Nationen.

»Alles wegen dem da«, schnauzte Edward den Niederländer an, der noch an seiner Bratwurst kaute.

»Meinetwegen?«

»Ihretwegen doch nicht, Sie Nordseequappe. Ich meinte den da«, und er zeigte auf »Der Geigenkasten«.

»Meine Herren, meine Herren, ich darf Sie doch bitten ... die Welt schaut uns zu.«

»Chnicht mehr chlange, chnicht chmer lange, chaben Sie mich verstanden?«, warf der rossische Gesandte ein.

»›Der Geigenkasten‹, mein Freund, sprich, trau dich. Chöhr nicht auf diese Chinder.«

»Der Geigenkasten« erinnerte an Eduardo del Pinto, der im Rahmen einer humanitären Initiative Kubas gegen Amerika den Tod gefunden hatte und nicht mehr auffindbar sei. Dann donnerte er in aller Frische: »... es kann von keinem souveränen Staat hingenommen werden, dass eine humanitäre Tat mit dem Tod eines seiner Staatsbürger beantwortet wird.« Er bekreuzigte sich. Kubaner blieben schließlich Kubaner, wo immer es sie auch hin verschlug. »Der Geigenkasten« zog bei diesen seinen letzten Worten, noch immer in Rage, einen seiner Jesuslatschen aus und hieb auf das Sprecherpodium im großen Saal der Verödeten

Nationen ein, bis die Tischler kamen. Als er dann noch das Mikrofon verspeisen wollte, trugen die Ordner ihn hinaus. Schon in der Horizontalen, wischte er sich den Schweiß von der Stirn. Er benutzte dazu demonstrativ das Schweißtuch Che Guevaras. Edward folgte ihm mit der gezogenen »Kleinen« und ließ ihn zu Ende wischen. Beim Hinausgehen fragte er »Der Geigenkasten«, wo denn die drei Apfelsinen geblieben seien, die er bis vor Kurzem in der Tasche gehabt hatte.

Der rossische Gesandte nahm »Der Geigenkasten« das Wort »In deiner Satteltasche, du Chund.«

Ein Herr, der Eduardo del Pinto zum Verwechseln ähnlich sah, winkte durch das Fenster und holte aus den Satteltaschen von Edwards Pferd drei nagelneue Apfelsinen hervor. Der rossische Gesandte bedankte sich und ließ »Der Geigenkasten« nochmal aufrecht hinstellen. Es ertönte Applaus, keiner weiß genau warum. Der Generalsekretär rannte »Der Geigenkasten« nach und gab ihm ein Paket, an dem noch der Preis hing: »Ihre Uniform, Herr General, gewaschen und gebügelt. Ihre andere bringen wir morgen in die Reinigung. Die kriegen Sie dann beim nächsten Mal zurück, gewaschen und gebügelt, wie immer. Was glauben Sie, wann Ihre chemische Reinigung wieder funktionieren wird?«

»Der Geigenkasten«s Antwort ging in erneutem Beifall unter, nur sein Blick nicht. Edward senkte weder seinen Blick noch die »Kleine«.

In der Pause rief der Präsident Amerikas seinen Freund, den Präsidenten Rosslands an, der gerade in der Sauna saß. Kurz und bündig erklärte er ihm: »Pfeif die Aktion ab, Leonidajewitsch, oder deine Sauna lässt sich nicht mehr entriegeln und wir schalten die Mikrowelle ein.«

»Ach, chwas sagen Sie da, Herr Präsident. Wir chaben deine Schokolade getestet. Chwen du das machst, schicke ich dir morgen früh eine MIG mit der Schmelzprobe meines amerikanischen Vorkosters, deinem Botschafter. Und denk bloß nicht, dass du bei uns oder irgendwo sonst auf der Welt chlanden kannst. Mein Zahnarzt chat dir einen Sensor eingebaut. Du kannst zwar choch fliegen, aber nicht chwieder chrunter kommen. Bei tausend Metern fliegst du in die Chluft, wenn ich es will. Lassen Sie mir bitte chjetzt mein Chandtuch bringen, Herr Präsident, Sie wissen schon, von dieser, dieser ...«

Der amerikanische Präsident zuckte am anderen Ende mit der linken Augenbraue und äffte: »Ihr Chandtuch bringt Ihn Cashley wie chimmer, aber erst, wenn wir sicher auf den Balearen gelandet sind. Ich chrufe dich vom ›baggage claim‹ chaus an.«

Der russische Präsident schüttelte über die Leichtfertigkeit seines Kollegen verständnislos den Kopf. Dachte der wirklich, der konnte seinen Koffer so einfach vom Band nehmen? Konnte der selbstverständlich, ja, aber dann »Peng«, wenn er, der russische Präsident, nicht vorher eingriff. Nicht weniger erstaunt war der amerikanische Präsident, denn glaubte sein russischer Freund etwa, dass nicht jederzeit der gesamte Krämmel vom Mond aus verdunstet werden konnte, wenn er nur einmal »Hilfe« rief?

Die Welt hatte von der UNO-Vermittlerrolle in der Kubakrise aus der Zeitung erfahren, auch von einer ungeplanten Landung des US-Präsidenten auf den Balearen. Die Franzosen machten weltweit Krach und produzierten Camembert in Massen, den aber keiner zu kaufen bekam. Er wurde zurückgehalten, um der Stimme Frankreichs in dieser gerechten Sache weltweit Ausdruck zu verleihen.

»... denn was wäre diese Welt ohne französischen Camembert?«, rief der Präsident auf einer Wahlveranstaltung für ExilRossen in Paris.

»... chwas ist diese Welt MIT französischem Camembert?«, brabbelte einer in der ersten Reihe und äffte die Stimme des französischen Präsidenten nach.

Hàllo Ànn

Der junge Mann sah gut aus. Die Frau des Diktators hatte ein Auge auf ihn geworfen. Der Kerl war zudem intellektuell. Als er zur Toilette ging, folgte sie ihm. Auf dem Flur, bei dessen Rückkehr, zog sie an seinem Schlips. Der rutschte aus der Weste. Sie griff ihm ins Gebein. Der junge Mann war entsetzt. Der Diktator, der seine – diese! – Frau, immer noch bestieg aber hauptsächlich bei den Huren zu Hause war, saß nur zehn Meter weiter, nur durch eine Tür vom Gang zur Toilette getrennt. Es schall sehr laut sein Lachen herüber. Sogar der Qualm seiner Zigarre zog sich seine Bahn zum Entlüftungsschacht des Klos. Jemand riss laut hörbar einen Witz über Huren und alle lachten.

Sie fummelte an seiner Hose herum und zog eine Titte heraus. Der junge Mann war wirklich attraktiv. Er war klug und unerfahren mit Weibern.

Das Mädchen, das der junge Mann vor wenigen Monaten getroffen hatte, wollte ihn gern heiraten. Ihr Vorname war Ànn. Sie hatte schon »Ja« gesagt, aber sie hätte den Kopf geschüttelt, hätte er sie nach »Sex« gefragt. Das war so damals. Sie wollte ihre Ehe mit ihm, diesem Mann, und er wollte seine Ehe mit ihr, dieser Frau, mit Sex besiegeln und zwar wenn alle Hochzeitsgäste weg waren. Sich gegenseitig die Klamotten herunterreißen, in die Ecke werfen und sich aufeinander stürzen – macht nichts, wenn Blut fließt! –. Sie wusste von ihrer Mutter, dass es ihr zu Beginn wehtun könnte, aber danach, »wenn der Mann dich liebt, du wirst sehr glücklich sein«. Das Mädchen hatte dem jungen Mann dies in der Nacht auf der Bank vor dem Haus erzählt, kurz nachdem er sie gefragt hatte, ob sie seine Frau werden wollte. Die Hochzeit war für den kommenden Monat geplant. Es ging seither hoch her in ihrem Haus und in seinem, denn die Ehe zwischen Menschen, aus der Kinder entsprangen, das war keine Kleinigkeit. Es ging schließlich um die Zukunft. Da wurde gespart, da wurde zusammengekratzt, denn reich war niemand. Es sollte schön werden, damit diese beiden Menschen diesen Tag nie vergessen konnten. Das ganze Dorf war bereits eingeladen.

Der Diktator hatte heute Nachmittag einen seiner Unteroffiziere zu dem jungen Mann geschickt und ihn einladen lassen, zusammen zu essen und über die Zukunft des Landes zu reden. Dazu war der junge Mann bereit. Er zog seinen Anzug an, zu dem eine Weste gehörte, und ging hin. Es gab Speisen, von denen der junge Mann gelesen hatte, denn zeitgleich zu seiner anständigen Erziehung hatte er auch Kochbücher gelesen. Kochbücher entziffern war einfach für ihn, denn kochen konnte er. Er musste als Jugendlicher nur einzelne Worte begriffen haben, dann verstand er, was gekocht wurde, weil er eben wusste, wie gekocht wurde. So hatte er lesen gelernt. Später las er Nitzsche und Marx, Robinson Crusoe und alles, was ihm in den Weg kam als geschriebenes Wort. Er las die Bibel, sogar den Koran. Er hatte Konfuzius gelesen, der ihn besonders beeindruckte, und sogar ein wissenschaftliches Buch, die Doktorarbeit von Albert Einstein, die ein Verleger ins Spanische übersetzen und drucken lassen hatte. Irgendein Reicher aus den Villen der Umgebung hatte fünfhundert Exemplare davon gekauft und sie für jedermann in der Dorfkirche auslegen lassen.

»Macht nichts, wenn die Leute sie mit nach Hause nehmen. Wenn die Bücher alle weg sind, besorge ich mehr.« Das hatte der reiche Mann gesagt.

Der junge Mann hatte das Buch gelesen. Er weiß noch wie heute, wie sehr er sich gewundert hat, dass man auf Gedanken kommen konnte wie Einstein. Wie konnten Menschen denken, dass bei sehr hoher Geschwindigkeit alles anders ist? Sogar, dass es eine Geschwindigkeit gibt, die wir Menschen nicht überschreiten können. Der junge Mann hatte beim Lesen sehr wohl an den Rand der entsprechenden Seite geschrieben: »Gott hat uns eine Grenze unserer Geschwindigkeit gesetzt, jenseits derer ER sich bewegt.«

Und nun kniete die Frau des Diktators vor seinem Hosenlatz und versuchte sein Glied herauszufingern. Er wurde steif im Rücken, denn

auch er wollte keine Frau gehabt haben vor seiner Frau. Sein Glied hing schlaff runter.
Sie guckte hoch.
Er sagte: »Ich kann nicht, ich bin versprochen.«
Sie ließ von ihm ab und äußerte: »Dann kann ich dir auch nicht helfen.«
»Macht nichts«, sagte er, »aber trotzdem vielen Dank.«
Der junge Mann war für heute eingeladen, damit zwischen der Regierung und den Revolutionären mit ihm, dem Führer, endlich Frieden beschlossen werden sollte in seinem Land. Er war gern gekommen. Nicht, weil er nicht mehr im Wald und im Dreck leben wollte. Da wäre er zur Not auch gestorben, aber »Friede«, das war eine Sache.
Warum sich nicht mit der Regierung an diesen Tisch setzen?
Die Frau des Diktators ging vor ihm zurück in den Dining Room. Er wartete aus Respekt und damit kein Verdacht auf sie fiel noch ein paar Minuten. Dann zog er nochmals die Spülung und kehrte zurück. Der Diktator und seine Frau hatten eine sehr anregende und anscheinend lustige Konversation. Er setzte sich zu ihnen und aß sein Tiramisu.
Man trank noch einen Cognac.
»Auf die Zukunft.«
»Auf die Zukunft.«
Der junge Mann war natürlich als Führer der Revolutionäre nicht leichtsinnig gewesen. Er hatte neben seinem Fahrer auch zwei Sicherheitsleute mitgebracht, die draußen gewartet hatten. Er stieg nach dem Essen ins Auto und fuhr mit ihnen davon.
Nach etwa fünf Kilometern hielt eine Polizeikontrolle sie an und wollte ihre Papiere sehen. Der junge Mann beruhigte seine Leute und sagte: »Alles in Ordnung« – und »Hier ist mein Ausweis und das ist der Brief der Regierung, dass wir freies Geleit haben.«
Die Streife bat ihn auszusteigen und seine Begleiter auch. Sie gingen um ein Haus herum.
Dort wartete das Erschießungskommando. Es ballerte sofort drauflos.
Der junge Mann stürzte zu Boden. Für jemanden wie ihn unheimlich viel später, richtete er sich gänzlich auf und blickte den abrücken-

den Soldaten nach. Der Kommandant rief knapp über seine Schulterklappen hinweg: »Du darfst deine Verlobte mitnehmen.«

Der Mann trug seine Frau zum Jeep. Blut floss aus ihrem Mund. Sie schien zu lächeln.

Mein Name sei Barnie, 1963

Was die Geschichtsbücher unterschiedlicher ideologischer Genesis zwischen neunzehnhundertneunundvierzig und neunzehnhundertneunundachtzig in stillem Einverständnis verschwiegen, war die Existenz einer Nervenheilanstalt für aus West-Deutschland nach Ost-Deutschland geflohene Menschen im Thüringer Wald. Sie nannte sich »Erholungheim für verdiente Komiker des deutschen Volkes«. Die Anstalt wurde am siebzehnten Juni zweitausendundvier auf »Fred und Barnie zu Geröllheim« umbenannt und dient seither als evangelisches Landeserholungsheim.

Barnie hatte seit frühester Kindheit eine tiefe Ehrfurcht vor Gleichheit und Bröderlichkeit entwickelt. Es begann bei der Taufe. Sein Zwillingsbruder und er waren zur gleichen Zeit dran. Die Gemeinde sang »Halleluja«, denn es war kurz nach Ostern. Der Pfarrer näherte sich und goss Barnie eine Kelle Weihwasser über den Schädel. Der schrie daraufhin fürchterlich und verschreckte den Pfarrer. Der wandte sich irritiert ab, näherte sich Barnies Bruder und goss ihm ebenfalls eine Kelle Weihwasser über. Und, weil der das schweigend hinnahm, noch eine zweite, obwohl sein Bruder eine halbe Stunde jünger war als Barnie und ihm diese darum nicht zustand. Dieses frühkindliche Trauma hatte Barnie nie verkraftet. Er warf, seit er denken konnte, darum dem Höligen Stuhl vor, dass er gedemütigt worden sei und sich von nun an nach DER Taufe zeitlebens als halber Heide verstehen würde. Der Hölige Stuhl erkannte Barnie die Taufe ab mit der Begründung, sie erfordere Disziplin, die er nicht bewiesen habe. Er möge sich erneut anstellen, aber die Anzahl der für dieses Jahr genehmigten Taufen für Behinderte sei beschränkt.

Mein Name sei Barnie.

Barnies Bruder konnte dessen Überlegenheit nicht lange erleben. Er verstarb viel zu früh zwischen den Stäben ihres gemeinsamen Kinderställchens. Der Bruder hatte den Kopf zwischen die Stäbe gesteckt. Keiner weiß genau, wie das geschehen konnte. Barnie deutet das bis heute als Fluchtversuch, GottHabIhnSelig. Barnie erinnerte sich, noch versucht zu haben, den Kopf seines Bruders zwischen den Stäben hervorzuziehen. Als die Mutter vom Einkauf zurückkam, lag der aber mit verdrehtem Kopf, blauen Lippen und herausgestreckter Zunge zwischen den Stäben. Der Arzt konnte nur den Tod feststellen und blickte Barnie, der in der Ecke mit einem grünen Pferdchen spielte, komisch an.

Barnie war Bürger West-Deutschlands, einem weiteren Ursprungsland der Dermokratie auf dem Boden Deutschlands. Er wurde Lehrling am katholischen Bildungsheim für Hühnerzüchtung und schloss als »Pfleger für behinderte Legehennen« ab. Er übte seinen Beruf mit Hingabe aus, konvertierte und wurde Kommunist, denn er konnte nur schwer damit leben, dass in West-Deutschland nicht jeder und alle gleich waren. Kein Stuhl glich dem anderen, keine Partei, kein Neo-Nazi, kein Baum, keine Zahnbürste, in anderen Worten, es herrschte kapitalistische Ungleichheit. Schon dass er Pfleger für behinderte Legehennen geworden war und nicht alle anderen Menschen im Lande auch, war für ihn schwer zu verkraften. Jedes Ding in West-Deutschland unterschied sich von dem anderen, sogar die Kondome, die neuerdings nicht nur in der Farbe und Noppung verschieden waren, sondern auch einen Vornamen trugen, damit das Girly wusste, welchen Boy es heute nacht aufblies. Es gab zu viele verschiedene Autoteile. Sogar die Kolben der Motoren und die Autoablagen für jede Art Sonnenbrillen waren verschieden. Die Unterschiede nahmen kein Ende.

Barnie hatte nach der Lehre die Stelle eines Eiereinsammlers inne, eine körperlich nicht sehr anstrengende Tätigkeit, die kaum Bewegung erforderte. Dies nicht zuletzt, weil die Gewerkschaften West-Deutschlands die Verwendung einer nach ergonomischen Gesichtspunkten entwickelten Eierhebezange der Firma Ganzei GmbH vorschrieb. Die kommunistische Partei West-Deutschlands hatte zwar in diesem Zusammenhang die Forderung gestellt, dass überhaupt kein zum Denken und damit zu Besserem befähigter Mensch die Eier einsammeln sollte. Vielmehr sollten die Hühner durch regelmäßige Schulungen darauf vorbereitet werden, sich zu bestimmten Tageszeiten an den Eiersammelstellen einzufinden und ihre Eier dort abzulegen. Der Vorschlag scheiterte am Einspruch der Tierschützer, die dies Psychoterror und Tierquälerei nannten. Seltsamerweise bekamen sie Rückenwind vom Brathähnchenverband. Dieser befürchtete eine zähere Fleischkonsistenz, weil durchtrainierte Hühner oft schwer zu beißen waren. Sie zitierten einen Artikel im renommierten Wissenschaftsblatt »Nature«, dem zufolge Doktoranden der Biologie ewig daran kauten.

Der Schlüssel für Barnies Karriere in der Legehennenbranche war seinerzeit das Resultat seiner transzendent-geometrischen Überlegungen. Diese beinhalteten im Wesentlichen, dass auf seiner Farm alle Hühner weiß, gleich alt, zwanzig Zentimeter lang, zehn Zentimeter breit und dreizehn Zentimeter hoch sein mussten. Er sorgte persönlich dafür, dass das so blieb! Wurde versehentlich mit einer Ladung weißer Hühner ein braunes geliefert, hatten die Hühner seiner Farm Anweisung, dem Nögerkind so lange Horrorstories über Begebenheiten auf dem Hof zu erzählen, bis es weiße Federn bekam und durch Fasten und Nachtreten der Mitinsassen die erforderliche Form annahm.

Die Eier hatten selbstredend Würfelform und waren stapelbar. Er lieferte ausschließlich weiße Eier zu zweiundsechzig Gramm das Stück. Braune oder ovale Eier wurden noch am Fundort fallen gelassen. Die Eierbecherindustrie ging bis auf die Hersteller von Designerbechern oder Museumsversorgern pleite.

Die Eierverpackungstelle des Legehennenhofes hatte Eduardo del Pinto inne, ein spanischer Gastarbeiter, der immer guter Laune war, auch wenn es regnete. Die kommunistische Partei West-Deutschlands hatte ihn seinerzeit aus den Fängen des spanischen Dicktators Fränki befreit und ihm diese Stelle auf der Hühnerfarm als Lebensaufgabe ermöglicht. Dies freilich nicht, ohne ihn zu bitten, dass er jeden Abend einen kurzen Bericht über jedes einzelne Huhn für den russischen GehoamDienst abfertigte. Eduardo del Pinto erfuhr allabendlich aus Barnies Mund persönlich den aktuellen Stand im Legehennenhof. Barnie kannte jedes Huhn persönlich, und er wusste immer, von welcher Henne das Ei auf seinem Tisch stammte.

Eduardo del Pinto begrüßte Barnie wie immer herzlich. Der berichtete umgehend: »Neunhundertsiebenundneunzig hatte heute ihre Entjungferungslegung. Wir haben ein wenig gefeiert. Nummer Sechshundertachtzehn hat die Scheißerei und legt nicht, Zweihundertzwölf hat Selbstmord begangen, die Kripo ist grad da. Achtundsechzig hat psychologische Probleme, sieht grüne Wiesen mit Schmetterlingen. Sie verlangt nach einem Priester mit Bachelorabschluss in Hühnerpsychologie – kennen Sie einen? Solange sie keine Therapie kriegt, will sie nicht weiter legen.«

Eduardo del Pinto kannte keinen Priester.

»Dann gut, also weiter, Dreiunddreißig ist Kommunist, sie versucht ab morgen, zwei Eier rauszudrücken. Ich habe ihr gesagt, sie soll an ihre Gesundheit denken und nicht übertreiben. Sie will es aber unbedingt. Also lasse ich sie machen. Es könnte also sein, dass du morgen erstmals über hundert Prozent liegst, wenn die mit der Scheißerei durch ist und ›Psycho‹ es sich anders überlegt. Die Selbstmörderin habe ich bereits ersetzt, der Ersatz hat sich für morgen drei Eier vorgenommen. Sie kommt aus Rossland und hat zuvor sechs Monate als Streikbrecher im Wösenstall gearbeitet. Sie bekam Morddrohungen. Sie braucht die Stelle. Ich habe ihr gesagt, sie soll die Norm nicht verderben und sich zusammenreißen – ich glaube, sie wird aber doch zwei Eier legen.«

Eduardo del Pinto stand der Mund offen.

Barnie zog ein Ei aus der Tasche und hielt es ihm vor die Nase.

»Das hier zum Beispiel ist von Nummer Zweihundertdreiundzwanzig und wiegt siebenundachtzig Gramm. So sind die kapitalistischen Legehennen, gibt man ihnen rein versehentlich zwei Körner Mais mehr, bilden sie sich ein, sie seien etwas Besonderes und legen größer. Schau, Eduardo, wie soll man sowas in einen Stapel einbauen ...«

Das Ei zerschellte schnöde zwischen Herrn del Pintos Stiefeln.

Die Entscheidung zur Flucht von West-Deutschland nach Ost-Deutschland fiel bei Barnie am Nachmittag des gleichen Tages, an dem Nöthinger noch Schicht und Walther die Grenze übertreten hatte. Sie fiel ihm leicht, obwohl er auf der Hühnerfarm schon beamtet war und eigentlich nur noch zweiundvierzig Hühnergenerationen hinter sich zu bringen hatte, bevor er in Pension gehen konnte. Er begab sich spontan und noch im Arbeitskittel zur Polizei und drückte die Klingel auf der Theke. Ein Beamter erschien zehn Minuten später. Im Hinterzimmer saß ein zweiter. Sie schauten »Superstar«, eine der ersten TV-Serien. Barnie zeigte geringes Verständnis und forderte, dass er den Antrag auf Ausreise von West-Deutschland nach Ost-Deutschland stellen möchte. Denn, so ergänzte er, im Osten herrsche Gleichheit.

»Nicht so aber hier in diesem Land!«, schrie Barnie plötzlich durch die offene Tür den zweiten Polizisten an, »der eine arbeitet und der da masturbiert.«

Jetzt kam auch der zweite Polizist heraus, mit gezogener Pistole.

»Wiederholen Sie das!«

»Ich denke nicht daran, weiß ich denn noch, was ich eben geschwätzt habe?«

»Auch gut«, meinte der zweite Polizist, »ansonsten wäre das Beamtenbeleidigung gewesen«, und kehrte beruhigt vor den Fernseher zurück.

»... auch noch Überstunden schieben müssen wegen solcher Idioten«, brabbelte er.

»Mach den Hosenstall zu, wenn ich dir das schon durchgehen lasse, Bulle!«

Der erste Beamte, mit vollem Mund einen Apfel kauend, meinte, dass es für sowas keine Formulare gäbe, aber er könne einfach so abhauen.

»Kriege ich das schriftlich?«

»Das brauchen Sie nicht. Das Alphabet im Osten hat nur einen Buchstaben.«

Die Beamten ergriffen diese Chance und brachten ihn mit Sirene zur Grenze an den Stacheldrahtzaun zu Ost-Deutschland. Der erste Beamte, offenbar Schichtführer, klopfte Barnie auf die Schultern und sagte: »Du wirst uns fehlen.«

Seine Dienstvorschrift sah für derart traurige Fälle das »Abrollen einer Träne der Trauer aus dem rechten Auge« vor. Er bemühte sich sehr. Jedoch beim Ausdrücken besagter Träne entwischte ihm ein Furz. Barnie erboste sich.

»Sie scheißen wohl auf mich?«

Nun kam dem Schichtführer doch die Träne, besser gesagt aus beiden Augen eine.

»Das hilft Ihnen auch nicht, öffnen Sie, ich möchte in die Freiheit schreiten.«

Der zweite Polizist war sofort zum Kofferraum des Dienstfahrzeuges gespurtet und hatte den Drahtschneider geholt. Als er zurückkam, sah er, wie Barnie dem Schichtführer die Hand hinstreckte.

»Ich vergessen Ihnen nie, dass Sie für mich zum Fluchthelfer geworden sind.«

Der Schichtführer schluchzte. Der zweite Polizist flüsterte ihm zu: »Mach hinne, sonst überlegt der sich das noch.«

Schichtführer und Barnie standen gerührt nebeneinander, während der zweite Polizist den Zaun bearbeitete. Als das Loch groß genug war, sagte er förmlich: »Herr Geröllheimer, Barnie, wir öffnen Ihnen jetzt das Tor zur Freiheit …«

Der zweite Polizist knackte schnell drei Maschen mehr, damit nichts schief ging.

Auf der anderen Seite im Gebüsch lud Nöthinger seine Kalöschnikov durch und hielt auf Barnies Nase.

»Nicht schießen, der Mann will bloß flüchten», brüllte der zweite Polizist.

Nöthinger senkte die Kalöschnikov langsam. Das war für den Schichtführer das Zeichen, dass die verstanden hatten. Er gab Barnie letzte Anweisungen.

»Also, Sie klettern da durch, verheddern Sie sich nicht, nach zwei Minuten schießen die. Sie laufen da vorn links an der Tanne vorbei, treten aber nicht auf die Mine unter dem Maulwurfhaufen rechts daneben, und fassen Sie bloß nicht die Cola-Büchse hinter der Tanne an. Und … nicht wehren, wenn Sie festgenommen werden! Die legen Ihnen Handschellen an. Die bedeuten nichts. Sind nur dafür da, dass man Sie im Transporter an die Stange hängen kann und Sie nicht die Sitzplätze des Schichtwechsels blockieren. Ist nicht gegen Sie gerichtet –. Und seien Sie um Himmels Willen vorsichtig, denn Sie gefährden auch unser Leben.«

Barnie kroch anstandslos durch den Zaun und ging schnurstracks auf den Tannenbaum zu, rechts vorbei. Er hörte noch das Zischen, dass er vom letzten Urlaub auf Kreta kannte, als sich eine Klapperschlange vor ihm aufgebaut hatte, während er enttäuscht über seinen One-

Night-Stand in die Ägäis pinkelte. Er warf sich zu Boden. Hinter ihm ging die Mine hoch. Grasbatzen und Erde regneten auf die Szene.

»Habe ich es nicht gesagt«, rief der zweite Polizist, »der ist sogar zum Abhauen zu doof.«

»Da!«, der Schichtführer war sprachlos, er sah Barnie auf die Cola-Büchse zufliegen.

»Niiiicht anfassen!«, schrie er, aber es war zu spät. Der Schichtführer drückte das Gesicht ins Gras und stammelte seinem zweiten Mann zu: »Wenn ich das nicht überleben sollte, sag meiner Frau, ich habe sie sehr gelieb...«

Es krachte. Oberhalb der beiden Polizisten, freilich auf der anderen Seite, hing Barnie nun im Stacheldraht. Er zappelte mit zerfetzter Hose cirka zwei Meter hoch oben und schrie: »Holt mich runter, oder ich verklage euch.«

»Unterstehen Sie sich, unser Territorium zu verlassen«, rief Nöthinger und ging mit vorgehaltener Kalöschnikov auf ihn zu. Sein Gesicht war dreckverschmiert und sein Helm saß schief. In den Augenbrauen hing Moos. Er ging zu Barnie und zog ihm zunächst die Hose hoch. Er bog mit dem Bajonett den Haken aus Barnies Jacke, worauf der nach unten plumpste, dicht neben einer weiteren Mine.

Der zweite Polizist blickte Barnie durch den Zaun ins Gesicht. Es zeigte Entsetzen und seine Gesichtsfalten erinnerten an Ackerfurchen kurz vor der Kartoffelpflanzung.

»Ich will nach Hause«, sagte Barnie kleinlaut.

»Ihr Zuhause ist hier.« Nöthinger machte kurzen Prozess. Die Handschellen klickten und sie gingen davon. Barnie drehte sich nochmal um und sah, wie die Polizisten notdürftig ihre Uniformen abklopften und versuchten, sich gegenseitig den Sand aus den Augen zu wischen. Ihn überkam so etwas wie Heimweh.

»Scheisse«, sagte der zweite Polizist, »ich hab's gewusst, heute passiert noch was Zweites. Kaum ist der eine weg, bringt uns der Andere fast um.«

In der Ferne hörten sie Barnies Stimme ein letztes Mal: »... schubsen Sie mich nicht, und schlagen Sie nicht immer auf dieselbe Stelle ...«

Fred Firestone, 1967

Vier Jahre nach dessen Flucht wurde Barnie als geheilt aus dem »Erholungheim für verdiente Komiker des deutschen Volkes« entlassen. Ihm wurde ein Job bei Fred zugewiesen, in dessen Autowerkstatt.

Fred war in den frühen Sechzigerjahren ein begehrter Automechaniker mit eigener Werkstatt und eigenem Steinbruch in Ost-Deutschland. Er meißelte aus Buntsandstein Kurbelwellen und Zulieferteile für jeden Autotyp und tauschte diese teuer gegen andere in Ost-Deutschland nicht erhaltbare Güter ein. Bereits am ersten Arbeitstag endete Barnies Arbeitsverhältnis in der freien Wirtschaft Ost-Deutschlands abrupt.

Fred kam eben aus dem Steinbruch und sah Barnie aus dem Gebüsch hervortreten. Dieser stellte sich etwas steif vor, gab Fred die Hand und fragte entgegenkommend, ob er ihm tragen helfen könne. Fred erwiderte, dies erfülle den Straftatbestand der Ausbeutung und sei in seinem Land strafbar. Er könne aber gern selbst in den Steinbruch gehen und einen zweiten Stein holen, denn er brauchte heute zwei Steine für die Kurbelwelle eines Zweizylinderrennwagens.

Barnie folgte Freds Wunsch und kehrte bald mit einem Unding von Brocken in Freds Hof zurück.

»Hier ist dein Hammer, das ist ein Meißel. Weißt du, wie eine Kurbelwelle aussieht?«

»So halbwegs.«

Nach Freds Anweisungen und mit dessen steter Unterstützung fertigte Barnie trotz geringer Vorkenntnisse eine Kurbelwelle, die derjenigen von Fred bis auf die noch unbehauene Vorderseite täuschend ähnlich sah. Gegen abend schickte Fred Barnie nach Hause und sagte, dass er den Rest selber machte. Barnie ging duschen, aß was und putzte Zähne, um sich für die Nacht fertigzumachen. Bereits im Schlafanzug, kehrte er neugierig zurück in die Werkstatt und sah, wie Fred die beiden Kurbelwellen zusammensteckte.

»Wie ordinär«, staunte Barnie, wobei ihm die Mundspülung die Backe hinunter in den Bart floss.
»Wie man's sieht«, war Freds kurze Antwort.
»Sieht aus, als würde die eine Kurbelwelle die andere ficken?«
»Tut sie auch.«
»Diese geilen Teile willst du in den Rennwagen einbauen?«
Fred trat auf Barnie zu. Ja, er hob dessen Kinn mit seinem rechten Zeigefinger leicht an, sodass er die Wahrheit in dessen Augen erkannte.
»Du heißt also Barnie?«
»Ja, und?«
»… und willst Automechaniker sein?«
»Ja, bin ich ab heute. Eigentlich bin ich Pfleger für behinderte Legehennen.«
»Immerhin hast du einen Beruf, ganz doof scheinst du ja nicht zu sein. Und? Dir ist nichts aufgefallen, als wir heute die Kurbelwellen gemeißelt haben?«
»Es kam mir komisch vor, dass die aus Sandstein sein sollten.«
Jetzt schnauzte Fred los: »Komisch! Bloß komisch? Denkst du etwa, ich wäre so dämlich, eine Kurbelwelle aus Sandstein zu meißeln, was denkst du dir eigentlich, du Westfuzzi? Denkst du vielleicht, wir schnitzen auch unsere Kinder aus Holz – die machen wir, wie's deine Mutter mit deinem Vater getrieben hat, immer noch ganz altmodisch.«
Fred machte eine eindeutige Bewegung mit der Lende vor- und rückwärts.
Barnie bekam einen roten Kopf.
»Ich dachte, Sie würden die Teile anschließend härten.«
»Wie denn, du Trottel? Wie willst du denn Sandstein härten, du Legehenne?«
»Titulieren Sie mich bitte nicht so, nicht noch einmal! – Wir hatten in West-Deutschland Schmieden, Herr Fred. Da wurde das Eisen auf einem Holzkohlefeuer geglüht und danach abgeschreckt. Das wurde dann so hart, dass …«
»Hast du ›Eisen‹ gesagt und vielleicht auch das Wort ›Holzkohle‹ in den Mund genommen? – Eisen und Holzkohle meißeln wir hier auch

aus Sandstein, du Trottel, und damit willst du Feuer machen? Ja, bist du denn total durchgedreht?«

Barnies Kopf war jetzt rot wie Schmiedefeuer.

»Hilf mir die Sachen in den Steinbruch zu tragen, wenn du schon da rumstehst. Deinen gestreiften Anzug kannst du anlassen.«

Fred packte von einer Seite her unter das fertige Stück.

»Wollen Sie die Kurbelwellen zusammengesteckt lassen?«

Barnie war kleinlaut geworden.

»Bleibt genau so. Macht mehr her bei der Übergabe. Ist, damit du es weißt, ›Kunst am Bau‹ für den neuen Swingerclub in Bayreuth, erfährst es ja sowieso.«

Freds Stimme klang nun leicht verschwörerisch. Er warf ein paar Handvoll öligen Schlamm auf die frisch behauene Skulptur und wischte alles schön breit.

»... auf alt, verstehste.«

Barnies Hände wurden feucht.

Im Steinbruch warteten sie lange. Gen Mitternacht schob sich eine mannshohe Platte aus der Steinwand heraus. Ein Arbeiter in blauem Overall schob eine Sackkarre vor und fragte mit makellos bayrischem Dialekt, wo er die Kurbelwelle für den Rennwagen abstellen solle.

Barnie war sprachlos.

»Dahin und das da nehmen Sie mit«, befahl Fred.

»Herr Fred«, fragte Barnie, »ich verrate auch nichts, sicher nicht. Was ist das genau, was Sie da weggeben? «

»Das ist das ›Kopulierende Paar‹ von Michelangelo, 16. Jahrhundert, sehr wertvoll, lag unter einer sorbischen Dorfkirche vergraben, wurde wahrscheinlich schon von frühen ost-deutschen Christen als Reliquie verehrt und vergrab...«

Fred hatte noch nicht zu Ende gesprochen, als ein Blitzlicht aufleuchtete und kurz darauf eine Taschenlampe.

»Mitkommen. Sie sind festgenommen, alle drei.«

Barnie kannte das Klicken. Gerührt drehte er sich zum Steinbruch um und blickte auf makellosen Buntsandstein. Da waren's nur noch zwei, die Kurbelwelle war weg, und das kopulierende Paar auch.

Das Gerichtsverfahren gegen Fred und Barnie wurde über ein halbes Jahr lang nach den Abendnachrichten live von »Ost-Deutschland Entertainment« übertragen. Es sprengte die Quoten sämtlicher Sender, auch kapitalistischer, und selbst den des französichen Staatsfernsehens und der BeeBeeCie. Fred und Barnie erhielten die Todesstrafe wegen Verrats von Staatsgeheimnissen und Schmuggel von Antiquitäten. Der Außenminister West-Deutschlands erhob sofort nach Urteilsverkündung Einspruch bei der Regierung in Ost-Deutschland. Der Einspruch wurde von der anderen Seite demonstrativ nicht beachtet und als »Einmischung in die inneren Angelegenheiten eines souveränen Staates« abgewehrt. »Ost-Deutschland Entertainment« zeigte stattdessen, wie auf dem Leipziger Rathausplatz ein Schafott aufgebaut wurde. Mit sehr kurzer Umblende wurde gezeigt, wie Fred seinem Komplizen Barnie aus der Höligen Schrift vorlas. Am nächsten Abend sah man im Fernsehen, wie der Kanzler West-Deutschlands die ost-deutsche Bankfiliale in Frankfurt Oder mit einem Koffer aufsuchte.

Plötzlich gab es keine Übertragungen mehr. Fred und Barnie gerieten in Vergessenheit. Hinter den Kulissen wurde weiterverhandelt. Es ging sich zunächst um die Frage, ob die Niederschlagung der Todesstrafe wegen Hochverrats gegen Fred und Barnie den Gegenwert von zwanzig oder zweiundzwanzig Volkswagen hatte. Zweitens, ob die Reduzierung des dann erforderlichen »lebenslänglich« von fünfundzwanzig Jahren auf fünfzehn Jahre zusätzliche achtundzwanzig Volkswagen wert war. Drittens, ob man auch für die Renovierung des »Erholungsheims für verdiente Komiker des deutschen Volkes«, das in einen Regierungssitz umgebaut werden sollte, einen Ferrari und einen Waggon Apfelsinen obendrauf legen konnte, damit man zügig zum Abschluss kommen konnte. Der Vorschuss auf der Bank werde natürlich anstelle von Spesen einbehalten.

Man kam überein.

Der Sprecher von »Ost-Deutschland Entertainment« erklärte noch am selben Abend, dass West-Deutschland die Renovierungskosten für ein »Erholungsheim für verdiente Helden des Volkes« für von dort zu ›uns‹ in die Freiheit geflohene Menschen übernehmen würde. Es räsonierte der Generalstaatsanwalt in »Ost-Deutschland Entertainment«

in einem ungewöhnlich offenen Interview, dass es nicht verboten sein könne, Kurbelwellen aus Sandstein zu meißeln. Jeder Künstler in Ost-Deutschland sei frei, nach Belieben zu tun, wonach ihm verlange. Eine Geheimtür im Sandsteinbruch, verkündete er im gleichen Interview, gab es nie. Es gab auch keinen sogenannten Steinbruch, wie Herr Barnie und Herr Fred es zu ihrer Verteidigung vorgeschlagen hatten. Am sogenannten Tatort gäbe es keinen Steinbruch, sondern eine dreißig Meter tiefe, wassergefüllte Kiesgrube. Es wurde ein Foto der Kiesgrube gezeigt. Weiterhin verlautete er, dass das gemutmaßte Tatortfoto neben Barnie und Fred mit einem dritten Mann darauf sowie einer Kurbelwelle eine optische Täuschung dargestellt hätte. Es handelte sich offenbar um eine Spiegelung von Herrn Fred sowie einer von dessen Kurbelwellen an der aalglatten und nachtfeuchten Buntsandsteinwand seines Einfamilienhauses. Anschließend wurden badende Erholungssuchende gezeigt, die in besagter Kiesgrube Wasserball spielten. Dass sie allesamt nicht schwimmen konnten, fiel in der etwa zehn Sekunden dauernden Einblendung nicht auf.

Für Fred und Barnie wurde abgeschieden vom Erholungsheim der Regierung eine Hütte aus Haselrute und Birkenschale gebaut. Dort verbrachten sie geschützt vor der Außenwelt ihr Leben. Bis zu ihrem Erkältungstod saßen sie dort außer beim Essen und Schlafen auf ihren Pritschen und schüttelten die Köpfe.

Blockwart, 1967

Walther Ludogowitsch Rostov, der Landvermesser, lebte jetzt in Leipzig. Er hatte sofort eine Arbeit bekommen. Seine gut bezahlte Aufgabe bestand darin, den Wohnblock, in dem er wohnte, im Schichtwechsel mit Herrn Dr. Gantenbeinloser stündlich einmal zu umschreiten, zu vermessen und wöchentlich über die ihm aufgefallenen Abweichungen einen Report abzugeben. Frühschicht war von sechs bis vierzehn Uhr und Spätschicht von vierzehn bis zweiundzwanzig Uhr. Nachtschichten gab es nicht, denn ab zehn war Nachtruhe im Block. Walther arbeitete mit Hingabe, acht Stunden am Tag, sieben Tage die Woche und dreihunderteinundfünfzig, in Schaltjahren dreihundertzweiundfünfzig Tage das Jahr, vierzehn Tage Jahresurlaub. Kopfschüttelnd und vor sich hin fokussierend, denn er litt wieder schlimmer denn je am Pendelastigmatismus, umschritt Walther den Block. Bereits als ihm die Stelle nur in Aussicht gestellt worden war, lernte er den Blockbelegungsplan auswendig. Er wusste bereits, wem die Unterwäsche auf der Leine gehörte und welcher Bürger im Block den meisten Müll machte. Durch vergleichende Analyse des Inhaltes der Mülltonnen jedes Aufganges kannte er auch die Essgewohnheiten, welche Frau ihre Tage hatte und ob eine Familie heimlich an Bananen aus West-Deutschland genagt hatte.

Ihm zur Seite gestellt war ein gewisser Herr Dr. Gantenbeinloser. Er war wie Walther ein Flüchtling aus West-Deutschland und stammte aus dem Bayrischen. Als Bauer ans Frühaufstehen gewohnt, wollte dieser sich nicht darauf umstellen, dass er jede zweite Woche Spätschicht haben sollte. So trat Dr. Gantenbeinloser gleich zu Beginn seiner Tätigkeit, ohne Walther zu konsultieren, seine zweite Frühschicht an, als Walther turnusmäßig ebenfalls Frühschicht hatte. Dr. Gantenbeinloser war an besagtem Montag seine Runde im Uhrzeigersinn angegangen, während Walther entgegen dem Uhrzeigersinn vermaß. Sie trafen sich um Sechsuhrdreißig bei der Holunderhecke. Dr. Gantenbeinloser zog mit einem genuschelten »Grüets Sie Gott« an Walther vorbei. Nachdem dieser aber scharfgestellt und das Malheur begriffen hatte, zog er Dr. Gantenbeinloser am linken Ohr zu sich heran und stellte ihn zur Rede. Der war pikiert. Er stellte sich dennoch anstandslos vor und zeigte seinen Schichtplan, demzufolge er für die kommenden zehn Jahre seiner Tätigkeit Frühschicht haben würde. Walther erkannte die Fälschung sofort und nahm sich seinen Kollegen vor.

»... hießen Sie nicht ›loser‹ im zweiten Teil ihres sogenannten Namens? Hier steht aber ›moser‹.«

»Doktor Gantenbeiloscher, dem isch mein Künschtlernahme. Denne habbe se mir gegebbe, damit ich in denne Land nit auffallen tut, wenn i nüber gmacht bin seinozeit, nich wahr.«

Walther trat zurück. Namensgebung fiel im kommunistischen Teil Deutschlands so selbstverständlich in den Aufgabenbereich des GehoamDienstes wie Korrekturen der Langzeitwetterkarte für werktätige Ostseeurlauber im April.

»... wenn dem so ist, Herr Schichtführer«, salutierte Walther.

»Nich dass se menne folsch verstahn, i binne goa kei Spietzel net. I binne a a Flüchtling.«

»Aha.«

»Joa glauben Sie mie net? I hoab denne Banke drübbe zuvisch g'stohle. Kreditgelder un sowasch. Dös habbi enne nua g'tan, von wegge dere Kapitalischte, um denne z'schwäche. Glaubsch ma.«

»Aha.«

»Wenn I hiersch zenne Joar auschhalte könn, sinn alle Schtrafe drübbe verjährt un i binna freija Mann, gel. Dann geh i z'rück und mia g'hört danna das halba Münnchen. Verstennerscht?«

»Und denken Sie, das Sie in zehn Jahren zurückgehen dürfen, Herr Dr. Gantenbeinloser?«

»I hoab denne Gehoam-Kommuniste die Summe schonne g'nannt, die i denne gebbe werd, wennsch mich laufert lassed, d' Hälft in schwarz, verstennens?«

Gantenbeinloser zog einen Playboy aus der Jacke und zeigte auf die Titten des Covergirls.

»Isch for die, wennscht't nix verlautboaren läscht. Echter Titten aus derm fernen Kalifornija. Wennscht immer die Spätschicht für mi maschst, kriegscht jeder Woche a neuiwe.«

Walther verlor vorübergehend den Fokus, sagte dann aber unter Vorbehalt zu.

»Diese Literatur nehme ich an mich, um Sie zu vernichten. Denn Sie, Herr Dr. Gantenbeinloser, werden den Block nicht infizieren!«

»Von weggen denne Titten? Doa habbe me in Bavaria abba bescherre!«

»Ich lasse sie schreddern, jede Woche Montag.«

»Abba reingucke muscht bevor du denne literatuur schredderscht?«

»Ich muss ja wissen, was ich schreddere.«

»Siegst, I halt die net vor dumma du, d'bischt a kluga Kopf. Tausche me nu?«

Sie tauschten. Fortan sah man Walther jeden Wochentag um halbdrei, im Holunderbusch verschwinden, den er etwa fünfzehn Minuten später wieder verließ. In dieser Zeit war der Block nicht beaufsichtigt. Jeder Bewohner verinnerlichte Walthers Sicherheitslücke. Jedoch führte dieser das Vermessungsbuch in all seinen, mit Bewegungen irgendwelcher Art verbundenen Lebensäußerungen sorgfältig. Wer an eine Sicherheitslücke glaubte, der irrte. Bald kannte Walther alle Menschen, die nicht ins Haus gegangen waren, aber dann rauskamen, und auch, wer reingegangen war und nicht wieder rauskam.

Jenen Tages kam »Eingang B, zweite Etage rechts, männlich, sechsunddreißig Jahre« nach einem Ehestreit zu ihm. Seine Frau habe behauptet, er hätte in letzter Zeit mit ihr nur einmal die Woche Sex gehabt und die anderen sechsmal mit seiner Flurnachbarin. Walther hatte das Problem kommen sehen.

»Stimmt, Sie haben sieben mal die Woche Sex; einmal auf Ihrer Etage, rechts, auf Ihrer Frau, Freitag abend zweiundzwanzig Uhr dreißig bis zweiundzwanzig Uhr fünfunddreißig und sechsmal an den anderen Tagen zwölf bis zwei Uhr morgens unter Ihrer Nachbarin, linke Seite, selbe Etage.«

»Aber Ihre Schicht endet ...«

Walther blickte den Mann scharf an, damit hatte es sich – dachte er.

»Würden Sie ... eventuell meiner Frau versichern, ich könnte nie eine andere lieben als sie allein. Sie könnten ihr sagen, ich ginge manchmal nachts aus der Wohnung, jawoll, aber zu Ihnen? Sie würden mir das Vermessungswesen vermitteln, ich würde mir nämlich ein Fernrohr kaufen und die Galaxis ansehen wollen ... ich meine ... Ihre ... Autorität ...«

»Ja, Donnerlittchen noch einmal, da hört sich doch alles auf Sie, Sie ...«

»Ich weiß, was du im Holunderbusch machst ...«

Die Geste, die den Halbsatz begleitete, war eindeutig.

»Haben Sie sich nicht verguckt, ich meine Dr. Gantenbeinloser ...?«

»Der hat mir ein Foto geschickt, *zu deine Vesicherung*, hat er gesagt, bei demme Kerl weischt nie wann ä dich anzeige tut, verstennersch, I hab a a kopie, hab I?«

Walther hob den Kopf und fokussierte direkt in den Blick des Nachbarn. Er schüttelte zum Gotterbarmen.

»Ich denunziere nicht. Ich sehe aber alles. Ich führe das Buch für mich. Ich bin Landvermesser und kein Verräter!«

»Entschuldigen Sie. Wirklich ... ich dachte ...«

»Ich dachte im Gegenteil, Doktor Gantenbeinloser sei ein Spitzel. Allein, dass er und ich diese Arbeit machen, macht uns doch verdächtig und allen im Block Angst, oder?«

»Das beruhigt mich, Herr Walther. Ich wollte ... Sie ... wegen meiner Frau ... Ich liebe meine Frau sehr. Ich will sie beide, Herr Walther, bin ich denn dann ein Verräter?«

Walther vermaß in Gedanken diese Grenze. Für einen Moment gab sein Schütteln nach.

»Das kann ich nicht ermessen, Herr Nachbar, nur Sie, aber ich würde mich nicht einfach beruhigen. Wenn das passiert, stimmt was nicht, etwas in Ihrer Seele. Ich nehme an, Sie lieben die Nachbarin auch?«

»Ja doch, das ist eine Krux, ich weiß nicht, was ich machen soll. Es ist auch nicht, weil sie jünger ist als meine Frau. Sie ist anders.«

»Sehen Sie, Sie haben zwei und ich habe gar keine. Mathematisch wäre das Problem einfach gelöst, aber das Leben ist keine Mathematik. Das mit dem Holunderbusch ist mir so peinlich, Herr Nachbar, so pubertär ... Ich könnte vor Scham versinken. Die Frauen wollen einen wie mich nicht, einen, der aussieht wie ich. Meinen Sie, der Doktor Gantenbeinloser würde mich verr…?«

»Der nicht, der denunziert keinen. Der zahlt und die Weiber springen.«

»Ich würde keine gegen Geld nehmen, außer für Sex.«

»Dann tun Sie's doch. Nur, wenn Sie Liebe wollen, bloß nicht.«

»… das ist es ja. Die Irmgard ist seit Kriegsende weg. Die Kriegerwitwen waren, na ja, verzweifelt. Ob die Liebe gesucht haben? Glaube ja. Ich habe denen Sex mitgebracht wie andere ihren Kindern Kekse und habe versucht, sie aufzumuntern. Das war meine Entschuldigung. Heute glaube ich, manche hat, wenn ich wieder weg war, noch mehr geweint als vorher …«

»Verstehe, manches im Leben kann man nicht zurücknehmen.«

»Wie wahr. Sagen Sie Ihrer Frau nichts, bekennen Sie nichts, bis es soweit ist und Sie eine Entscheidung gefunden haben. Wenn sie es erfährt, können Sie es nie wieder zurücknehmen, es sei denn, Sie führten so etwas wie eine freie Ehe, was ich bei Ihnen nicht glaube.«

»Nein, ich hasse das.«

»Und trotzdem lieben Sie zwei Frauen. Grüßen Sie bitte beide, Ihre Frau und Ihre Freundin, unbekannterweise. Gehen Sie den einen oder anderen Abend runter zur Nachbarin, solange, bis Sie beides nicht mehr zusammen in sich vereinigen können. Dann müssen Sie sich entscheiden. Montagnacht kommen Sie aber vielleicht ganz runter zu mir, zum Vermessen? Ich bringe ein Fernrohr raus und zeige Ihnen die Galaxis.«

»Herr Walther, was ist?«

»Was soll sein?«

»Sie sind so still und ruhig und Sie … entschuldigen Sie …«

»… schütteln nicht den Kopf?«

»Ich wollte Sie nicht …«, der Nachbar war irritiert, »… verletzen.«

»Verletzen? Haben Sie nicht – was glauben Sie, wie die Leute gucken und sich lustig machen über mich. Sie haben mich nicht verletzt. Sie haben mich auf etwas gebracht: Man muss die Dinge ändern, sobald sie einem klar geworden sind. Das ist es. Das ist es.«

Walther ging davon. Der Nachbar schaute dem Mann nach.

Universidad Eduardo del Pinto, Leipzig, 1968

Rostov war groß, schlau, vorlaut. Hauptsächlich entwickelte er sich zu einem Liebhaber der Frauen, der Mathematik, des Ingenieurwesens und all dessen, von dem normale Menschen nichts verstanden. Mit dreizehn hatte er eines Vormittags vor seinem Großvater, der einst Gauleiter gewesen war, gestanden und die erstaunlichen Worte gesagt: »Wenn du, Bastard, mich noch einmal beleidigst oder schlägst, ersäufe ich dich in meinem Zahnputzbecher.« Solche Sätze verstand der Großvater, der seit Jahren an Atemnot litt. Keine sonntäglichen U-Boot-Übungen mehr, kaum ein Wort beim Essen. Es herrschte Ruhe. Zwar war es eine Ruhe, als ob jemand eine Gans erhängt hätte, aber es war Ruhe. Ein Küchenmesser lag unter Rostovs Kopfkissen, weil es ihm nachts manchmal am Rücken juckte.

Rostov genoss seine Jugend. Neben seiner Hauptfreundin gab es Nebenfrauen. Eine kam abends manchmal durch das Dachfenster in sein Kinderzimmer und lag nackt im Bett, wenn er gerade von einer anderen kam. Das war dann anstrengend. Einmal war seine Großmutter mit dem Staubsauger in sein Zimmer gegangen, als er noch unterwegs war, weil sie meinte, es wäre gut, mal sauber zu machen. Während des Saugens hatte sich das Überbett in den Staubsauger gesogen und zu Lichte kam nackt ein Mädchen. Rostovs Großmutter war nicht der Typ, der über so etwas verstarb – sie war im Gegenteil in der Lage zu schnauben: »Zieh dir was an, Mädchen, du erkältest dich. Er kommt heute später, ich weiß auch nicht, wo er steckt.« Später waren sie in die Küche gegangen und hatten sich über das Leben und die Existenz von Frauen in Ost-Deutschland unterhalten und dann ausführlich geheult, bis Rostov kam. Rostovs Oma sagte zu ihm: »Du kannst das Mädchen jetzt nicht einfach heimschicken.«

Rostov studierte in Ost-Deutschland Angewandte Mathematik mit Schwerpunkt Mechanik an der Universidad Eduardo del Pinto in Leipzig bei Prof. Dr. h.c. mult. Dr. Ing. habil. Gotthilf Nöthinger. Die

Universität war benannt nach dem großen chilenischen Freiheitskämfer, einem engen römischen Freund Salvatore de Neros, einem Krokodiljäger aus den Bergsümpfen Chiles.

Noch während der Einführungsvorlesung Nöthingers spürte Rostov das Bedürfnis, seinem Professor unter die Arme zu greifen und an kritischen Stellen in den Arm zu fallen. Er tat es nicht mit Ehrgeiz und äußerte sich stets kurz: »Machen Sie die Klammer da weg, setzen Sie da ein ›Minus‹ statt eines ›Plus‹, das ist keine ›Exponentialfunktion‹ sondern eine ›Potenzfunktion‹ und der Mann, der die Bessel-Funktion eingeführt hat, hieß ›Friedrich W. Bessel‹ und nicht ›Horst Wessel‹.«

Letztlich sagte er nur dann etwas, wenn er das Gefühl hatte, dass eine Generation von Autoentwicklern Ost-Deutschlands wegen Nöthinger Autos baute, die im Vorwärtsgang nach hinten losfuhren.

Herr Prof. Nöthinger trat in Fliege auf und gab seine Vorlesungen im Passgang, einer im Pleistozän überlebenswichtigen Fortbewegungsart. Rostov fand den Gang aus bewegungsmechanischen Gründen suboptimal, rechtes Bein vor, rechter Arm zuh-gleich, linkes Bein vor und linker Arm zuh-gleich! Kein Wunder, dass die Autos, deren Firmen Nöthinger beriet, nicht nur zunächst nach hinten, sondern auch mit beiden Rädern recht oder links zuh-gleich anfuhren. Nöthinger dozierte, bis Rostov sich offiziell, Hand-hoch, meldete: »Wenn Sie das so machen und rechts fährt los, fahren Sie beim Ausparken Ihrem linken Nachbarn den rechten hinteren Kotflügel ab und Ihren rechten Nachbarn drücken Sie auf den Schoß der Beifahrerin.«

»Richtig. Danke junger Mann für den Hinweis«, er änderte das Vorzeichen.

»Jetzt fahren Sie dem rechten hinten rein und Sie schieben die Dame links auf den Schoß des Fahrers. Wenigsten kriegt der Arme dann keine Anzeige wegen sexueller Nötigung. Aber wenn Sie Pech haben, und der Kerl ist sowieso schon geil auf die Dame, rutscht er rein und sie wird schwanger. Ich möchte nicht in Ihrer Haut stecken, wenn's um die Alimente geht.«

Nöthinger drehte sich abrupt den Studenten zu und ließ die Arme ausbaumeln.

»Und ausfahren müssen Sie das Kind auch während der Vorlesung, jedenfalls würde ich darauf hin arbeiten«, rief eine Studentin, die am Gang saß, einen Kinderwagen schaukelte und viertelstündlich die Brust rausholte. »Der Kleine kriegt sonst einen nervösen Magen«, sagte sie gelegentlich bei der Vorführung ihrer Dinger. »Das würde ich als Frau Ihnen auch zulasten legen. Seien Sie froh, dass ich nicht neben Ihnen im Auto gesessen habe …«

Nöthinger warf den feuchten Schwamm in Rostovs Richtung, verfehlte und traf den Kinderwagen. Das Kind kreischte los. Die Studentin am Gang bat Rostov, den Wagen kurz zu halten, und stürzte Nöthinger hinterher. Draußen flogen die Fetzen, jedenfalls war das gut hörbar. Nach fünf Minuten kam die Studentin zurück mit wilden Haaren und zerrissenem T-Shirt.

»Wer von den Jungs trägt Nöthinger zur Frauenbeauftragten?«

Es meldeten sich alle.

»Sechs reichen, zwei an den Armen, zwei an den Beinen und auf jeder Seite greift sich einer den Gürtel.«

Das Disziplinarverfahren ging für Nöthinger halbwegs schlecht aus. Man sah ihn danach über Monate dreimal wöchentlich die Blumenrabatten vor dem Bezirkskulturhaus harken. So oft es ihr die Kinder erlaubten, erschien besagte Studentin mit ihrer Gesprächsgruppe »Anonyme Mütter und Väter« und baute möglichst nah an Nöthinger einen Grill auf. Zwei, drei Jungs brieten Würstchen, es gab Bier und veganen Apfelsaft, der aus von allein gefallenen, wurmlosen Äpfeln handgepresst und handgeschöft wurde.

Nöthingers Vertreter, Prof. Dr. W. Y. Weber, vertrat die Vorlesung für ihn bis Ende des Semesters. Der verstand von Mechanik noch weniger als Nöthinger, weil er aber stotterte, unterlag er dem Artenschutzgesetz, was noch strenger war als das Mutterschutzgesetz. Kein Student sagte bei W. Y. Weber auch nur ein Tönchen. Ein einziges Mal meldete sich ein Jüngchen, um zu fragen, ob er mal auf die Toilette dürfe. W. Y. Weber, ein ehemaliger Hauptmann der Wehrmacht, schrie ihn an, das hätte er sich in Stalingrad auch nicht erlauben können.

»Wir hätten den Krieg mit Jungchen wie Ihnen keineswegs gewonnen, sondern haushoch verloren!«

Bei »haushoch« schnappte W. Y. Webers Stimme über. Jüngchen

vergaß für einen wönzigen Moment gegenzudrücken und setzte sich resigniert in die Pfütze. Er verließ als Letzter die Vorlesung. Draußen schrie W. Y. Weber bereits einen weiteren Studenten an, der seinen Praktikumsbericht in experimenteller Mechanik noch nicht abgegeben hatte. Der wußte von keinem Praktikum. Daraufhin schrie W. Y. Weber außer sich vor Wut ..., aber da saß der Schlag bereits. W. W. Y. Weber kippte hintenüber und flog in die feuersicheren Sessel der Raucherecke. Keiner der Zeugen des Vorfalls hatte Hervé erkannt, zweiter Dan im Judo, zweimeter mal einmeterfünfzig mal nullkommafünfzig war von der medizinischen Fakultät. W. Y. Weber schlich davon, Taschentuch im Gesicht. Keiner der Augenzeugen hatte etwas gesehen, außer, dass ihr Dozent plötzlich und unerwartet gestolpert und hingefallen war.

Nöthingers Dekan überreichte ihm die neueste Ausgabe von »Mechanik für angehende Inscheniöre« des Eduardo del Pinto zur Vorbereitung auf das Herbstsemester. Nöthinger machte sich über Rostov schlau. Das Kerlchen war der Sohn einer Nazi-Offizierstochter und eines polnischen Zwangsarbeiters. Gegen Ende einer der Vertretungsvorlesungen erschien Nöthinger in der Hörsaaltür. W. Y. Weber wollte schon losbrüllen, als er Nöthinger erkannte. Weber trug immer noch einen Kopfverband und das nähere Umfeld seiner schönen Augen schimmerte intensiv gelbviolett. Nöthinger fand Rostov in der vorletzten Reihe und rief, dass jeder es hörte: »An Ihnen werden sich andere die Finger vergreifen, nicht wahr, Herr Rostov, Ihr Vater war Pole und Ihre Mutter Tochter eines Nazi-Gauleiters. Sie heißen gar nicht Rostov. Ihr wahrer Name ist Pomogorski. Ich weiß es.«

Da stand in der letzten Reihe der Zweite Dan auf und äußerte: »Im kommunistischen Deutschland, Herr Professor, gibt es keine Nazis. Diese Idee, wie auch Ihre Vorlesungen, entspringen Ihrem kranken Gehirn.« W. Y. Weber zog seinen Verband vom Mundwinkel weg und nuschelte: »Jawoll, junger Mann, nicht dass wir wüssten, würde sich hier ein Nazi-Abkömmling herumtreiben, nicht wahr, Herr Kollege.« Nöthinger beachtete den Einwurf nicht: »Auch dafür werden Sie sich verantworten, Herr Pomogorski alias Rostov.«

Penn School of Jieszusz Kraist, 1968

Die Penn Church of Jieszusz Kraist wurde 1846 von Einwanderern aus Deutschland, den Pennälern, gegründet. Diese waren seinerzeit vom Abitur und der sie begleitenden bürgerlichen Revolution in Deutschland ausgeschlossen worden, weil sie sich das VaterUnser nicht merken konnten. Die Klügsten unter ihnen kamen zwar bis zur Mitte des GegrüßetSeistDuMaria, aber dann war auch bei denen Schluss. Kurzerhand charterte der Hölige Stuhl einen Schoner und wanderte die Durchfaller nach Amerika aus. Seither vermehren sie sich dort.

Im ausgehenden neunzehnten Jahrhundert gründeten sie ihre erste Universität, die Penn School of Jieszusz Kraist. Reverend Johnson alias Hajib al Maudgebühr stammte aus Säudistan und war ihr fünfter Rektor. Mit vierzehn Jahren hatte er wegen einer Sexaffäre mit einem deutschstämmigen Zwergkamel, Klarnamen MJ. Schönlinger, die säudische Staatsbürgerschaft aberkannt bekommen und war, ausgestattet mit besten Papieren der Jieszusz Kraist Congregation, nach Amerika gelangt. Johnson war in Personalunion Reverend und geistlicher Vorsteher der Church of Jieszusz Kraist. Sein Küster Büffel Bill war Gemeinderatsvorsitzender und Gewerkschaftsvorsitzender der Büffel seines Bundesstatates einschließlich der wild lebenden Stämme. Bereits die beiden Vorgänger von Reverend Johnson hatten sich um die Domestizierung der Büffel stark gemacht. Domestiziert arbeiteten Büffel nicht nur als Küster, sondern in praktisch jedem Supermarkt, jeder Schule, auf jeder Baustelle. Sie waren als Arbeitstiere genügsamer als jeder deutsch-polnische Esel. Für nur fünf Kilo Heu pro Tag sparte man die Beschaffungs- oder Anstellungskosten für Gabelstapler und Gabelstaplerfahrer, Gehälter für Lehrer, Kindergärtner, Verkehrspolizisten und Taxifahrer, ja selbst für Wissenschaftler und Mitarbeiter des Pentagun. Im Board der Jeszusz Kraist School war Johnson der einzige Weiße. Er tug keine Hörner und wurde hier und da ob seines seltsamen Aussehens belächelt, aber man schätzte ihn wegen seiner Bildung, seiner Liebe zum Menschen und zur Kultur.

Einmal im Jahr veranstaltete die Universität einen Tag der offenen Tür. Pennäler aus allen Gebieten Amerikas reisten gewöhnlich an und beteiligten sich an einem bunten Programm von Wettbewerben. Frühere Sieger hatten schon den einen oder anderen Rekordeintrag im Guiness-Buch der Rekorde erhalten, den vorletzten im »Freihändigen Dauerknien« und zuletzt den im »Hostien-Weitwurf«. Dieser wurde jedoch vom Höligen Stuhl nicht anerkannt, weil er mit geweihten Hostien geworfen worden sei. Im anschließenden Rechtsstreit zwischen der Penn School of Jieszusz Kraist und dem Höligen Stuhl verlor seine Höligkeit. Der Richterspruch von Reverend Johnson war so weise wie eindeutig: »Ein Auge ist, was alles sieht, auch was in finstrer Nacht geschieht – Der Hölige Stuhl kann gar nichts gesehen haben. Der Wettkampf hat um Mitternacht stattgefunden! Es war folglich Stockfinster und nur ein Auge hatte etwas sehen können – Gottes! Und der petzte nicht, auch nicht gegenüber dem Höligen Stuhl.« Der Eintrag war damit rechtens. Vor dem Höligen Stuhl Recht zu bekommen, entschied maßgeblich über die Säure des Messweins und den Sägemehlanteil in den Hostien.

Aufsatzschreiben war ständiger Teil des Programms. Dieser hatte bekannte Schriftsteller hervorgebracht. Ein Beispiel ist Edgar Allen Hopkins. Sein Bild hängt heute neben dem Kreuz im Forum Romanum der Universität. Besagter Hopkins hatte schon als Kind zu schreiben begonnen, meist Heiligengeschichten. Achtzehnjährig hatte er an seiner Autobiografie »Mein Leben nach dem Tode« zu schreiben begonnen. Der Direktor hatte ihn damals gewarnt und gefragt, ob es noch nicht zu früh wäre für ein so bedeutendes Werk. Hopkins soll geantwortet haben, er verbitte sich eine Zensur und jeden Versuch der Einflussnahme. Dass die Tochter des Direktors von Edgar schwanger war, darüber wurde nicht gesprochen. Es war eine Woche nach Bekanntgabe der Zeugnisnoten, dass man Hopkins in seinem Zimmer tot auffand. Dem Polizeibericht zufolge hatte er sich mit einem Sandsteinengel, der als Briefbeschwerer diente, auf den rechten Zeigefinger geschlagen. Offenbar sei er vor Schmerz hintüber gekippt, hatte sich dabei den dritten

Halswirbel zerschmettert und war zugleich in den Brieföffner seines Vaters gefallen. Es gab einen Abschiedsbrief: »Meine Note in Englischer Literatur – die Schmach.« Er steckte in seinem Manuskript, wo Kapitel achtzehn mit der Bemerkung endete, dass er von nun an nur noch experimentell weiterkäme. Er werde es erkunden, das Leben nach dem Tode, und uns Diesseitigen berichten. Seither wartete die Penn School of Jieszusz Kraist auf Post. Der Direktor fieberte mit.

Es war einer jener wundervoll sonnigen Tagen in Jieszusz Springs. Der Hurrikan »Katherina die Zweite« hatte alle Nachbardörfer erwischt und Stadt und Universität verschont. Im Hintergrund stand ein Backsteinbau, rechts und links Türmchen, Fenster oval, die der Kapelle bunt verglast. Im Vordergrund grüner Park, rechts der Ahorn, links die Eiche. Die Studenten lagen im Gras und bereiteten sich mental auf ihre Wettbewerbe vor. Ein Teilnehmer des Wettbewerbs »Mittelalterliches Foltern« hatte sich kopfunter an den Ahorn hängen lassen, um sich warm zu machen. Ein Mitschüler manikürte ihm schon mal die Zehennägel mit einer Fuchsschwanzsäge. Andere lasen in der Bibel, der ein oder andere kniete und betete, dieses Jahr wurde einbeinig links kniend favorisiert. Ein Tierschützer lag neben einem Maulwurfshügel mit einer Black&Becker, Kaliber 8.5, entschlossen, diesen gegen jeden Angreifer zu verteidigen.

Im Literaturwettbewerb in der Aula wurden seit dem frühen Morgen Aufsätze zum Thema »Geschichte Amerikas« geschrieben. Das Schreiben dauerte noch an und würde beendet werden, sobald der erste Pennäler seinen Holzbleistift abgekaut hatte. Platz eins und zwei gingen jährlich wechselnd an einen American Native und einen Afroamerikaner mit schwarzem Migrationshintergrund. Am kommenden Tag durften die Sieger vor Eltern, Honoratioren und Presse ihre Texte lesen.

Platz No. 1 belegte im letzten Jahr der American Native. Sein Text, einschließlich Einleitung, Hauptteil und Schluss, war kurz: »Ich habe nichts zu sagen.« Der Afroamerikaner auf Platz No. 2 las »Ich will im Bus vorne sitzen. Hinten wird mir immer schlecht.« Er kam auf Platz zwei, weil ein Jurymitglied, das beruflich Telefonbücher verfasste, den Text literarisch für nicht dicht genug hielt. Der Berufsstudent Maring

Desmart aus den Niederlanden hatte letztes Jahr die Ehre, den Text des 3. Platzes vorzulesen, der Bestehjews Lebensgeschichte erzählte. Das geniale Werk blieb aus Zeitgründen unvollendet und war der damals längste aller abgegebenen Aufsätze:

»Ein Jugendlicher mit Namen Bestehjew vom Stamme der Junägies konnte seiner Zeit und den Umständen in Nordostsibirien entkommen. Seine ganze Familie war von einem feindlichen Stamm, den Kommunisten, eiskalt umgebracht worden. Nur das Kind Bestehjew konnte sich hinter einem Eisbären verstecken, der wegen der Grausamkeiten, die er ansehen musste, gestorben war. Das Kind Bestehjew wurde eines Tages am Wolgastrand in seinem Kajak halbgefroren aufgefunden. Seine junägische Abstammung hatte die Gehoam-Polizei nach Vermessung von Gesichtsdurchmesser und Nasenlänge bald entschlüsselt. Bestehjew hatte nur noch einen halben Stockfisch im Ärmel und zwei Stück Eis im Beutel. Viel länger hätte er nicht überlebt. Keiner weiß, wie er die fünftausend Meilen von Sibirien bis Moskau überstanden hat …«

»Stopp!«, rief ein Lehrer, »alles einsammeln!«

Das Kerlchen vorn rechts, der in der fünften Klasse noch immer nicht viel mehr schreiben konnte als »Mama, hol mich hier raus«, war mit seinem Bleistift fertig. Der Lehrer wunderte sich, »Was hast Du mit deinem Bleistift gemacht, Kerl?«, schrie er wütend.

»Angespitzt, aber die Mine ist immer wieder abgebrochen.«

»Und was kaust du?«

»Den Radiergummi; ist doch nicht verboten, oder? Der da kaut ja auch Kaugummi.«

So wissen wir bis heute nichts über die frühe Geschichte Bestehjews in Rossland.

In memoriam Frau Heinrich, 1968

Nöthinger lauerte Rostov nach einer Spätvorlesung auf. Er war ein harter Hund und hatte geduldig auf eine Gelegenheit gewartet. Jetzt war sie gekommen. Als Rostov ihn entdeckte, wäre es fast zu spät gewesen, aber er erinnerte sich an seinen polnischen Vater »Renn was de kannst Junge, wenn du die Gefahr riechen kannst.« Nöthinger verfolgte ihn durchs Institut. Der war zwar jünger und schneller, der Professor aber erbost und übertraf seine Kräfte. Sie jagten durch die Flure. Rostov wollte sich in letzter Not auf das Herrenklo flüchten, aber in Höhe des Herrenklos war sein Verfolger zu dicht auf. Er rannte weiter, Nöthinger dicht hinter ihm, aber nicht dicht genug. Zwischen ihm und Rostov ging plötzlich die Tür zum Herrenklo auf und Nöthinger fiel kopfüber in den Putzeimer von Frau Heinrich, die er samt ihrer selbst und dem Scheuerlappen zu Boden riss.

Frau Diplom-Germanistin Hannelore Heinrich promovierte seit Gründung Ost-Deutschlands über »Germanische Spuren im US-amerikanischen Selbstverständnis unter besonderer Berücksichtigung der Rolle der Sioux-Indianer«. Es war ihr neunzehntes Jahr, das sie am Marterpfahl der Wissenschaft verbrachte: Ihr Kapitel einhundertachtundzwanzig dehnte sich und jünger wurde sie auch nicht. Frau Heinrich verstand insbesondere heute keinen Spaß, denn sie hatte ihre Tage. Sie schlug auf Rostov ein, zuerst mit dem Scheuerlappen und, als der zerfleddert war, mit dem Schrubber. Sie war nass und triefte von oben bis unten, aber den akademischen Pisser, der immer daneben pinkelte, den würde sie jetzt endgültig fertigmachen. Sie schlug sogar noch mit dem Reservewischlappen nach, als Nöthinger schon das zweite Mal um Frieden gebeten hatte.

Rostov empfand einen Rückzug auf das Damenklo als eine gute Idee, denn er musste, seit er zu Studieren angefangen hatte, stündlich im Mittel einmal groß. Prof. Nöthinger war ja nicht der einzige Lehrende der Universidad. Da waren die Professoren W. Y. Weber, H. C. Flachmann, der täglich einen wissenschaftlichen Artikel publizierte, und Dekan Dr. V. Sandmann, am Rechenschieber eine wahre Koriphähe. Rostov hatte sein Amt als staatlich beauftragter Student wahrlich mit Eifer angetreten. Das Wort »angetreten« meint, dass an einer Universidad Ost-Deutschlands zwar Bildung betrieben wurde; der Ausgang eines Spiels zwischen Dozent und »Armer Socke«, sowohl für Socken, Zuschauer als auch Schiedsrichter aber eine Frage der Lust am Leder war. Ob Oberliga, Unterliga oder dritte Kreisliga, wie die Universidad Eduardo del Pinto, war nicht die Frage – es wurde einfach draufzu gebolzt. Lange hatte Rostov noch nicht auf dem Damenklo zugebracht, da vernahm er die schlurfenden Schritte von Prof. Nöthinger sowie Anzeichen von Regen, als Folge von Frau Heinrichs Scheuerlappen. Nöthinger schleifte wie immer das rechte Bein am linken vorüber und auch den linken Arm an der linken Hüfte entlang. Der Sound seines Ganges war dermaßen signativ, dass Rostov enttäuscht rief: »Lass die anderen in Ruhe, ich bin auf der drei.«

Rostov legte sich flach, denn er hatte eine Behindertentoilette erwischt, und lugte durch den Spalt zwischen Klotür und Fliesen. Unweigerlich, da stand er. Wasser triefend. Schuhgröße in den Fünfzigern, das einzige Paar in Ost-Deutschland, das wahlweise auch als Flussschiff oder als Kinderkrippe gebraucht werden konnten. Rostov drückte sich geräuschlos zurück auf die Brille. Frau Heinrich hatte es also nicht geschafft, den Kerl von ihm abzubringen. Konnte man das einer promovierenden Klofrau verdenken? – Deren Kräfte waren schließlich auch nur menschlich.

Was Rostov nicht wusste war, dass beim dritten Friedensangebot an Frau Heinrich, Nöthinger, Opportunist der er war, diese ganz erbärmlich angeblickt hatte, ganz so, als würde der Kommunismus untergehen und auch sie würde einst in ihren alten Tagen nur noch Arbeitslosenhilfe Zwei kriegen. Auf solcherlei Worte hin hatte Frau Heinrich wortlos auf den Rückwärtsgang geschaltet und sich Notizen für ihre Doktorarbeit gemacht. Kinder fasste sie prinzipiell nicht an, insbesondere, wenn sie älter als achtzehn waren.

Sie ließ Nöthinger ziehen.

Wie gern wäre Rostov jetzt durch den Gulli verschwunden. Er legte die linke Hand auf den Türgriff, während er in der rechten die Klobürste hielt. Natürlich war er sich im Klaren, dass Nöthinger draußen nicht einfach herumstand. Natürlich würde dieser die Klinke beobachten und auf Geräusche achten. Sogar würde dieser, denn schließlich war er Mechanikprofessor, den Öffnungsradius und die Strömungsdynamik einer sich rasch öffnenden Klotür berücksichtigen. Auch über die Existenz von Klobürsten und Papier wusste der Kerl hinreichend viel, falls es zu einem Ausbruchversuch kommen sollte. Es gab für Rostov kein Entkommen in Würde. Er schlich zurück auf die Brille. Zwar hätte er versuchen können, sich durch beherztes Springen in die Kloschüssel und im Fluge ausgelöstes Drücken der Spülung zu retten. Die Wahrscheinlichkeit, dabei zu überleben, war aber gering. Am Leben hängend, wie wir alle, beschloss er schließlich und endlich, auch wenn der Tag im Eimer war, das Ganze auszusitzen. Als es dunkelte, bekam er einen leichten Dünnschissanfall. Gegen acht vernahm er schläfrig, wie die Tür zum Damenklo sich resigniert schloss und Schritte sich entfernten. Man konnte ja auch die andere Seite verstehen. Da hielt man seine Vorlesung mit Hingabe und auf einmal stand da so ein Spund von Polenkindchen auf und das Lebenswerk war infrage gestellt. Rostov vernahm die sich entfernenden Schritte mit Erleichterung. Er blieb noch zwei Stunden länger hocken. Nöthinger war ein falscher Hund. Der war durchaus in der Lage, seinen Weggang vorzutäuschen und heimlich zurückzuschleichen, Abfalleimer in der Hand und für den jähen Zuschlag gewappnet. Rostov wagte sich noch rechtzeitig hinaus, bevor der Schließer der Universidad alle Türen bis auf eine von innen so verschloss, dass nur noch zwei, drei Eingeweihte wussten, wie man das Gebäude verlassen oder betreten konnte.

Eine Niederlage vergass ein Nöthinger nicht. Bei allen mit ihm befreundeten Kollegen, insbesondere bei W. Y. Weber, der aufgrund seiner umfassenden Kenntnisse bei acht verschiedenen Prüfern Beisitzer war, fiel Rostov durch. Es kam zu keinem Verfolgungsdrama mehr. Rostov würde fliegen und jeder Student wusste von nun an: Nöthinger konnte auch für ihn saugefährlich werden.

»Bestehjew« von Eduardo del Pinto, 1974

Bestehjew war Alleinerbe der Dynastie gleichen Namens und würde einmal Präsident der Vereinigen Staaten werden. So viel stand fest. Der Weg dorthin führte über die Army und einen »Star Battered Bagel«. Seine Ausbildung für die US Special Forces auf Kamtschatka in Nord-Ost-Sibirien dauerte nicht sehr lange, war aber intensiv, weil sie im sibirischen Winter stattfand. Das Militärcamp gehörte dem rossischen GehoamDienst komplett mit Personal und Originalwaffen. Es lag auf dem Territorium der Junägies und war vom Pentagun gänzlich ausgestattet angemietet worden. Im Gegenzug hatten die Rossen eine große amerikanische Military Base in New Mexico zu ihrer Verfügung gestellt bekommen. Diese Regelung der gegenseitigen Nutzung militärischer Anlagen für Übungen auf dem Territorium und mit Originalmaterial des Feindes war eine Maßnahme beider Staaten zur Friedensbildung und zur Aufrechterhaltung des Kalten Krieges. Sie bot Vorteile für beide Seiten. Die US-Army konnte ihre Leute direkt an deren späteren Einsatzort ausbilden, in Rossland. Die Rossen lernten andererseits, wie die US es anstellen wollten, sie zu vernichten. Eine klare Win-win-Situation. Es gab aber für die US in puncto Menschenrechte eine wesentliche Besonderheit. Die bei den Übungen zwangsläufig generierten Casualties wurden aus den Straflagern der Rossen geliefert. Die Rossen führten keinerlei Personallisten, sodass praktisch niemand bei amerikanischen Übungen umkam. In New Mexiko wurden stattdessen illegale Mexikaner angestellt, sodass beide Seiten sich zwar kriegerisch gebahrten, aber kein Mensch verletzt wurde oder umkam.

Die theoretische Ausbildung auf Kamtschatka war das Übliche: Bomben legen, Leute vergiften, Brücken sprengen. In Theorie war Bestehjew eine komplette Niete. Er besaß vor allem praktische Fähigkeiten, er musste das Problem, den Feind, das Schiff, die Bombe vor sich sehen, dann fiel im was ein. Auch im Fach Spionage-U-Boote war er schlecht. Da unten in der Tiefe gab es nichts zu sehen, nicht mal was zu hören. Das war Gift fürs Gemüt vom Kaliber eines Commander Bestehjew. Am Ende der Ausbildung überreichte ihm sein direkter Vorgesetzter, Major Jamal, einen Rucksack zum Abschied. Dieser enthielt getrocknetes Rentierfleisch, fünf Flaschen Wodka, Brot, die in Plastik eingeschweißte Telefonnummer von Friedel, Bestehjews Beichtvater, und natürlich zwei Büchsen Trockenwasser, eine Erfindung der Rossen für den Einsatz ihrer Krieger in Afghanistan.

Bestehjew war an sich auf zehn Jahre zu den Junägies auf Nordost-Kamtschatka versetzt. Er erhielt Ausrüstung, aber hauptsächlich, so zeichnete es sich bald ab, würde er auf sich allein gestellt sein. Als echten Seal gab es für ihn keinen Zweifel, dass ihn sein Land an genau diesem Ort brauchte. Der Dienst bei den Junägies war eintönig. Das Gebiet, das im zugeteilt worden war, war zweimal so groß wie die Vereinigten Staaten von Amerika. Natürlich wusste der Seal Bestehjew immer bis auf den Zentimeter genau, wo er in Sibirien steckte, auch welche Regenwürmer genießbar und welche vom rossischen GehoamDienst genetisch vergiftet worden waren. Bestehjews Ausrüstung bestand auch aus einem CellPhone mit einem heute veralteten GPS, das bereits die Sioux benutzt hatten. Es war seinerzeit State-of-the-Art Technology und im Hintern eines Rentiers aufladbar. Wir mögen die Anwendung dieser Art von »Low-Tec« abscheulich finden, wie vieles im Krieg gegen die Barbaren, aber es half dem Seal und das vor allem zählt. Jieszusz Kraist hat auch »Low Tec« benutzt und auf das »Weitersagen des Wortes« vertraut, damit sein Papst ihn finden konnte.

Bestehjew telefonierte täglich mit dem Pentagun. Er hatte immer eine freie Leitung, denn in Sibirien besaß niemand ein Telefon. Normalerweise hingen in Sibirien nur Dissidenten an der Leitung, für die Betroffenen war das allzu bitterer Ernst. Dies ist natürlich ein literarisches Bild. Die Leine als Symbol für Freiheit und zugleich für Untergang. Ich meine, es ging sich damals für jeden Sibirier um die Frage zu erfrieren, zu verhungern oder erhängt zu werden. Es geht in jeder Dicktatur letztlich immer um Leben und Tod der anderen.

Bestehjew schickte Bilder aus Rossland von Flughäfen und Panzern und Atomwaffensilos, von allem also etwas, um uns zu informieren, wie das Leben da drüben so war und was es da an Sehenswürdigkeiten gab. Er soll unauffällig gewesen sein, so unauffällig, dass man ihn für einen Mitarbeiter des rossischen GehoamDienst halten konnte. Er besaß enorme soziale Kompetenz. Eine Recherche ergab, dass die Familien der von ihm zu seiner Tarnung persönlich an die Leine gehängten Dissidenten allesamt entschädigt worden sind. Jede Witwe bekam einen Einkaufsgutschein im Wert von hundert Dollar, eine Bibel in russischer und amerikanischer Sprache und ein kostenloses Jahresticket für den Bus von der Wohnung zum Friedhof und zurück. Wenn das einen amerikanischen Bürger stören sollte – bitte! Jieszusz Kraist hat auch kein Blatt vor den Mund genommen, als er die Geldwechsler aus der Synagoge getrieben hat.

Bestehjew war ein Ausnahmefotograf, auch unter künstlerischem Aspekt.

Während eines Besuches des russischen Präsidenten bei den Junägies war er als Pressefotograf akkreditiert. Den Auftrag hätte er nicht annehmen sollen. Ein freier Mensch sollte sich nie freiwillig in die Nähe eines Dicktators begeben, denn die riechen die Freiheit wie der Hund die Wurst. Wenn sie diese Fähigkeit nicht hätten, wären sie nie und nimmer zu einem Dicktator avanciert. Der russische Präsident verstand insbesondere keinen Spaß. Bitte lachen Sie nie, wenn ein Dicktator einen Witz reißt. Lassen Sie ihn lachen, das genügt ihm. Wenn Sie nämlich lachen, könnte er plötzlich ernst werden und behaupten, dass Sie über ihn lachen. Dann hätten Sie zwar zuletzt gelacht, aber auch das letzte Mal. So erging es fast Bestehjew, obwohl er gut ausgebildet war.

Der Präsident verlangte gegen Ende der Feierlichkeiten aus Anlass seines Besuches bei den Junägies leutselig ein Foto mit Lokalkolorit. Bestehjew nahm den Befehl entgegen, denn er war ein Seal. Er bat sein persönliches Reittier, seinen Elch namens Sam, ebenfalls ein Seal mit irokesischem Stammbaum, auf den Platz und in die Nähe des Präsidentenautos. Sam wusste, was bei solchen Anlässen von ihm erwartet wurde. Er stellte sich, immer in die Kamera lächelnd, längs der gepanzerten Präsidentenlimousine auf. Er legte seinen linken Vorderhuf fotogen in das geöffnete Fenster der Hintertür des Wagens. Der Herr Präsident näherte sich und strich sein Jacket glatt. Das verstand der Fahrer als Aufforderung zum Anlassen, denn das Passwort war am Morgen geändert worden, als der Präsident noch bei den Junägies frühstückte. Er ließ den Wagen an, die Scheiben hoch und klemmte dabei Sams Pfote ein. Das war nicht vorgesehen, so was kannte Sam von keinem früheren Shooting. Er heulte wie ein Wolf. Sein Heulen konnte so abschreckend sein, dass richtige Wölfe einen weiten Bogen um sie machten, wenn Bestehjew und Sam in der Taiga jagten.

Der Präsident schreckte vor Sam zurück. Er zog an seiner Krawatte und schob sie im Kragen hin und her – das Zeichen für den Fahrer, dass er sich bedroht fühlte. Der raste los, um das Tier vom Platz zu zerren. Denn wenn das Vieh eine Bombe in den Bauch implantiert bekommen hätte, dann sollte sie nicht hier hochgehen, wo der Präsident stand. Sam hatschte erst eine ganze Weile neben dem Wagen her. Dann gingen ihm die Luft und auch die Lust aus. Er warf sich mit aller Kraft rücklings auf das Dach des Wagens. Nach einer leichten Kurve war Sam nicht nur wütend, sondern auch in der richtigen Position auf dem Dach. Er donnerte mit den Hufen gegen die Windschutzscheibe. Die Hufe, an denen noch Taigadreck hing, trafen so dicht vor dem Fahrer auf die Scheibe, dass dieser bei jedem Tritt zusammenzuckte. So war natürlich kein geordnetes Fahren mehr möglich.

Jetzt setzte der Fahrer den Rückwärtsgang ein. Das hätte er nicht tun sollen, denn dadurch rutschte Sam auf den Kühler vor. Sein Schwanz wurde obzön gegen die Scheibe gedrückt. Sams rechte Vorderpfote klemmte noch immer im Hinterfenster. Sein Oberschenkel hatte sich zu einer Kordel verdreht, sodass er umso ungeheuerlicher heulte. Dem Fahrer schmolz das Knochenmark in den rossichen Röhrenknochen und sämtliches Wild im Umkreis von einhundertfünfzig Kilometern beging Suizid. Als der Fahrer den dritten Gang nach hinten einlegte, rutschte Sam so tief nach unten, dass er seinem Widersacher in die Augen sehen konnte. Sams Botschaft an den Fahrer war eindeutig

»Wenn ich dich allein im Wald erwische ...«

Zu einem längeren Wortwechsel oder gar zu einer Erwiderung des

Fahrers konnte es nicht kommen, denn jetzt war man wieder auf Höhe des Präsidenten, Bestehjews sowie des russischen Sicherheitsteams angelangt. Ein Sicherheitsbeamter sprang beherzt an die Beifahrertür und öffnete sie. Er griff dem Fahrer zwischen die Arme, um die Fensterscheiben herunterlassen zu können. Doch der, noch ganz im Schock, krampfte sich an dessen Arm, wodurch das Fahrzeug beinahe gegen einen Baum gefahren wäre.

Sam, kaum wieder frei, entkordelte sein Hinterbein und hub den Präsidenten zu Boden. Ein Nachtreten Sams, der eindeutig auf die Präsidentenmitte zielte, verhinderten die Sicherheitsleute. Sie warfen sich auf Sam, doch der entwand sich ihnen und entwischte in den Wald. Ein Sicherheitsmann zog die Pistole und schoss hinterdrein. Sam war unverletzt zwischen den Bäumen seitlich verschwunden und schlich sich nun, was keiner ahnte, von hinten in die Szene zurück. Der Sicherheitsbeamte feuerte seine Pistole, Kaliber 76 mm, in Sams Fluchtrichtung leer und schaffte freies Schussfeld. Die Taiga war danach zwischen neun und zehnuhrdreißig praktisch unbewaldet.

Die Ballerei traf Engelbert, einen sibirischen Tigerhasen, schwer. Dieser hatte zwar schon die Hände erhoben gehabt und sich auch ergeben, doch das nützte ihm nichts mehr. Er wurde getroffen. Sein Blut floss. Er würde sterben.

Sam stand nun hinter dem Schützen. Der lag ausbildungsgerecht breitbeinig da, beide Füße nach außen gedreht, und hielt weiter in die Lichtung hinein. Er genoss den Geruch des Pulverdampfes und sog ihn tief ein. Sam sog ebenso tief und leise Luft an. Er holte mit seinem linken Fußballbein aus und trat in das Dreieck des Schützen zwischen rechtem und linkem Bein. Derartig beschleunigt flog der Mann dem Pfad seiner Geschosse nach.

Der Präsident hatte in einer Angstreaktion den Sicherheitsmann am Bein gegriffen und flog ein paar Meter mit, bevor er losließ, weil er den Mann gerade entlassen hatte. Der Schütze landete direkt vor dem sterbenden Engelbert. Der öffnete schicksalsschwer die Augen und spuckte seinem Mörder frech in dessen Zielauge. Aus der Biologie weiß jedes Kind, das Hasenspucke eine starke Säure enthält. Es ist zu vermuten, dass der Mörder heute einäugig blind durch die Welt läuft. Der Hase schaffte keinen zweiten Treffer, weil er zu lange die Spucke hochzog und sich offenbar auch zu lange auf das zweite Auge seines Mörders konzentrierte. Er hat schlicht seine Fähigkeiten überschätzt. So ein Hasenkreislauf ist kleinvolumig und das bisschen Blut war schnell ausgelaufen … Engelberts Mutter sah ihren Sohn sterben und betete still: »Lieber Herr Jieszusz Kraist, wenn es einen Himmel für Tiere gibt, dann lass Engelbert bitte zwischen Ochs und Esel sitzen, wenn du sie zu Weihnachten im Stall von Bethlehem besuchst. Und frag bitte den Ochsen, warum er uns niemals ein Paket schickt.«

Noch bevor der Präsident sich aufgerafft hatte, war Bestehjew seitlich in die Büsche gesprungen. Er schoss ein letztes Foto von der Szene und flüchtete. Er verdankte Sam sein Leben. Sam blieb zurück und nahm sich einen Sicherheitsbeamten nach dem anderen vor. Er fragte zunächst jeden Einzelnen höflich nach seinem Namen und bat ihn, die Waffen abzulegen. Dann befahl er ihm, sich umzudrehen und die Beine leicht zu spreizen … Fünf wertvolle Minuten später, die Bestehjew ausreichenden Vorsprung garantierten, hingen rings um die Shooting Location oben in den Bäumen fünf Sicherheitsbeamte an ihren Hosenträgern aus derbem Renleder, rangen nach Luft und forderten Gerechtigkeit.

Nun standen sich nur noch Sam und der Präsident gegenüber. Sam warf seinen Kopf im Bogen von links unten nach rechts oben und zwar energisch. Der Präsident verstand die Kopfbewegung, denn er hatte in seiner früheren Karriere als Schauspieler oft in anti-amerikanischen Western gedoubelt. Er begann sich auszuziehen. Sam blickte auf dessen Fußspitze: »Alles!«

Der Präsident, an schwierige Verhandlungspositionen gewöhnt, fügte sich. Da stand er, der mächtige Mann, dann da, mit Runzelschwänzchen. Ein kräuseliges Röschen schaute verschämt aus hellgrauem Wuselwald. Ein weißer Schwabbelbauch, den nur noch der Bauchnabel an der vollen Entfaltung seiner Roleaux-Funktion hinderte, verdeckte es fast zur Gänze. Die Brüste waren schlaff und leer und hingen flappig herunter an dem Mann, der gern unser freies Amerika erobert hätte …

Sam rief nun: »Löngs ummm und dawei, dawei!« Der Präsident

machte kehrt und trat den Heimweg nach Moskau an. Mit seinen Sicherheitsbeamten, das erkannte er sofort, war nicht zu rechnen. Wenn die nicht irgendwie in der nächsten Stunde von den Bäumen fielen, bestand keine Hoffnung für ihn. Rossische Hosenträger sind für die Ewigkeit gemacht. Seinem Dienstwagen blickte er kläglich nach. Er konnte ihn nicht gebrauchen, denn er kannte den Code nicht und Sam, dicht daneben stehend, verstand keinen Spaß.

Am nächsten Tag war der Anschlag auf den russischen Präsidenten in den Schlagzeilen der Weltpresse. Im Leipziger Zoo Ost-Deutschlands wurden sofort alle Rens in Einzelhaft gesteckt und stundenlang verhört. Kaum war das Foto in der »Prowda«, »USÄ Tuday« und dem »Spögel« in West-Deutschland gedruckt, wurde Bestehjews Haus großräumig abgeriegelt und mit Giftgas beschossen. Dem Akt fielen an die hundertfünfzig Junägies zum Opfer und zehnmal mehr Rens. Details des Ereignisses selbst blieben weitgehend geheim, um unseren Seal nicht zu gefährden.

Von Kamtschatka aus war es einfacher über Alaska nach Amerika zu flüchten, als den ganzen Weg um den Rest der Welt anzutreten. Es gab für Bestehjew nur den Weg über die Beringsee. Drei Rens ritt er zuschanden, dann war er da. Es war Sommer und die Meerenge war noch nicht zugefroren. Am Horizont lockte golden die Freiheit. Von hier waren es nur fünf Kilometer bis dahin.

Am Strand war aber die Hölle los. Die rossische Armee hatte aufrücken lassen. Offenbar hatte der Präsident doch einen Vorposten seiner Gehoam-Polizei erreicht. Die Hälfte der rossischen Kanonen zeigte nach Amerika und die andere nach Sibirien. Die rossische Armee erwartete die Seals an allen Fronten.

Auf amerikanischer Seite, nahe Point Hope, waren die Grenzpatrouillen heute stärker gereizt als erwartet. Der Grund war nicht Beshtejews Ankunft, sondern die Wale. Die Amerikaner behaupteten, die an die fünfhundert Wale, welche die Rossen in den letzten Tagen gejagt und an rossisches Land gezogen hatten, um die Ölreserven für ihre Atom-U-Boote aufzufüllen, gehörten ihnen. Sie waren diesmal sehr dicht an der amerikanischen Küste, in amerikanischen Hoheitsgewässern fischen gegangen. Die Beute stand Amerika zu und nicht den Rossen! Die wissenschaftliche Position der rossischen Seite in dieser Grenzstreitigkeit war dagegen klar. Die rossischen Wale waren durch Anomalien des Erdmagnetfeldes, verursacht durch von den Amerikanern an der Küste plazierten Permanentmagneten absichtlich in ihrer Orientierung gestört gewesen. Sie gehörten darum den Rossen, egal, wo sie auftauchten und Luft holten.

Ohne dass unser Seal die Situation erahnte, tat er das Richtige. So reagierte eben nur ein Commander Bestehjew. Er rief bei »Grün-Piece« an und bei mehreren japanischen Zeitungen. Die Botschaft war simpel:

»Die Rossen bereiten sich unter Einsatz des Militärs, von Giftgas und Atombomben auf die Vernichtung der Wale vor, die im Sommer die Beringsee durchziehen, um sich auf dem Fischmarkt in Tokio auf das alljährliche Sushi Festival vorzubereiten.«

»Grün-Piece« war zuerst da. Einige Aktivisten sprangen ins Wasser und spielten »Toter Mann«. Das brauchten sie auch im Sommer in der Beeringsee nicht lange zu heucheln. Als die ersten Vegetarier auf amerikanischer Seite an Land gespült wurden, war die Welt von einem Krieg nur noch Millisekunden entfernt. Point Hope war auf Alarmstufe »Rot«. In ganz Japan wurden Sushi und Sashimi verboten. Es gab von Stund an nur noch California Rolls mit Gurke und Avocado. Das Volk tobte und die japanischen Männer griffen zum Samuraischwert. Die ersten japanischen Fischerboote tauchten am nächsten Tag in der Beringsee auf. – Bestehjew sei mein Zeuge – Er fotografierte sich die Finger wund. Die mutigsten der Japses, die Kämikäsziesz, hielten direkt auf die rossischen Kanonenmündungen zu. Die Luft brannte. Der rossische Militärkommandeur war unter einem Eisbärfell versteckt und beobachtete alles. Er ließ die Japaner zunächst an Land gehen und die Souveränitätsverletzung schriftlich und fotografisch dokumentieren. Dann fielen die ersten Japaner angeschossen ins Wasser. Das lockte die Bäräcujäs bis fast an den Strand. Bestehjew beobachtet, wie die Kämikäsziesz angefressen wurden. Der japanische Befehlshaber blies zum Rückzug, worauf einige Samurai sich das Schwert ins Herz stießen. Es floss überall Blut. Auf dem Rückweg

Richtung Amerika und dann rechts runter nach Japan blickten die mutigen Japaner in amerikanische Kanonen. Sie konnten nicht ganz sicher sein, ob wir ihnen nun doch noch Pörl Harbor heimzahlen würden. Sie sprangen darum zu Hunderten ins eisige Wasser, was gar nicht nötig war. Jieszusz Kraist hatte ihnen längst vergeben.

Die vorbeiziehenden Wale waren in Panik. Sie drängten sich durch die enger werdende Meerenge, um dem Desaster zu entkommen. Das Meer tobte über den tonnenschweren Leibern der Tiere. Eine Walmutter in ihrer Verzweiflung trug ihr Jüngstes auf dem Rücken. Ein Scharfschütze der Rossen ballerte es weg. Es ging ein Aufschrei durch die restlichen Boote der Japaner. Viele sprangen auf und rissen ihre T-Shirts entzwei zum Zeichen ihrer Todesbereitschaft.

»Erschießt uns, erschießt uns doch. Wir werden uns niemals ergeben.«

Diese Bilder gingen später dank Bestehjew um die Welt, besonders diejenigen, bei denen die Rossen die Aufforderung ernst genommen hatten. Die Rossen hätten dann schlecht da gestanden in der Weltöffentlichkeit. Sie mussten eine Geste des Friedens zeigen, sonst sähe es auch die nächsten zweihundert Jahre schlecht aus um ihre Reputation. Es gab nun auch auf rossischer Seite die ersten Selbsthinrichtungen. Für alle sicht- und hörbar riefen ohnehin zum Tode verurteilte rossische Dissidenten: »Gott ist groß, er wird euch richten.«

Sie fielen vornüber blutend ins Wasser, was die Bäräcujäs wieder auf den Plan holte. Einige sprangen vor Fressgier an Land, zappelten rum und manche hatten dabei noch das ein oder andere Stück Kämikäsziefinger zwischen den Kiefern. An der Flanke des Geschehens gingen rossische Marinetaucher als Pinguine verkleidet ins Wasser. Sie brachten mit explosiven Mini-Eisschollen die restlichen Boote der Japse zum Sinken. Ohne unser geringstes Zutun hat Jieszusz Kraist das heldenhafte japanische Volk am Ende doch noch bestraft.

Ein Durcheinander herrschte auf See und nicht weniger an Land. Die rossischen Soldaten wollten mehr Blut sehen, am besten das der Amerikaner. Die aber saßen demonstrativ an Deck ihrer Schiffe, beobachteten das Ganze und schälten Apfelsinen. Diese Bilder der Deeskalierung gingen später ebenso um die Welt. Während die Japse Schiff um Schiff verloren, schlich Bestehjew an den Kommandeur der Rossen heran. Er sprach ihn von hinten akzentfrei an und meldete sich zum Schichtwechsel. Dabei war es üblich, dass man eine Flasche Wodka überreichte. Der Kommandeur, froh den Posten los zu sein, verschwand in die Linien.

Unsere Jungs, allesamt American Seals, feuerten jetzt die ersten Warnschüsse, denn sie waren mit dem Frühstück fertig. Nun trat Bestehjew unter dem Bärenfell hervor und bot rossisch und amerikanisch den Frieden an. Er trat auf seine Kalöschnikov und zerstörte sie vor aller Augen. Das beeindruckte unsere amerikanischen Kämpfer, aber sie glaubten an einen Trick und sie folgten dem Beispiel nicht. Einige Rossen folgten übereifrig, wie sich herausstellte. Sie wurden von ihren Unteroffizieren hinterrücks erschossen. Natürlich trug das nicht zur Entspannung der Situation bei und brachte Bestehjew in Gefahr. Hinter den rossischen Linien hörte man nun aber ein Getrappel wie von einer Herde Büffel.

Sam und die Seinen!

Tausende, so viele wie einst Büffel in unserer Prärie. Sam allen voran, stürmten sie auf den Strand ungeachtet der Gefahren. Keine Kugel wurde abgefeuert, denn jeder Rosse dachte, dass endlich der Fleischnachschub anrückte. Sam trat an Bestehjew heran, ließ ihn aufsitzen und nickte mit dem Kopf Richtung Amerika. Bestehjew zog den Dienstpass des Rossischen GehoamDienstes und rief seinen Stellvertreter zu sich.

»Nicht schießen, auf mein Kommando warten. Sobald der Brückenkopf in Amerika gesichert ist, kommt ihr nach.«

Er ging mit Sam und den anderen Rens ins Wasser. Sam war ein guter Schwimmer. Bestehjew hockte in dessen Geweih, damit er nicht nass wurde. Später erfuhren wir, die Rossen hätten bis zum Einbruch des Winters auf das Zeichen von Bestehjew gewartet, wären dann eingeschneit und niemand hat mehr etwas von ihnen gehört.

Paternoster, der du bist im Hammel, 1975

Der Kommunismus Ost-Deutschlands befand sich in den Siebzigerjahren des zwanzigsten Jahrhunderts an einem Tiefpunkt, von dem aus es dann weiter bergab ging. Ein Herr Diplomingenieur Berg war Sekretär der kommunistischen Partei seines Betriebes und Produktionsdirektor. Er war untätig in einer Spezialherstellerfirma von Paternoster-Aufzügen. Der Job war politisch schwierig, denn aller vier Jahre erschienen Organe des GehoamDiensts in seinem Betrieb, mäkelten am Begriff »Paternoster« herum, er sei religiös geprägt, und verdächtigten ihn, den verantwortlichen Gehnossen, der christlichen Propaganda. Bisher hatte er immer abwiegeln und die Gehnossen beruhigen können. Allerdings wurden diese Prüfungen von Mal zu Mal unerbittlicher und keiner wusste, wie lange Berg sich noch halten konnte.

Schließlich war es dann aber vorgekommen, dass die Gehnossen des GehoamDienstes als katholische Pfarrer verkleidet im Betrieb aufgetaucht waren und nach der Gewerkschaftsversammlung zum gemeinsamen Gebet aufgerufen hatten. Das Verhältnis zwischen dem Staat und ihrer Kirche habe sich derart entspannt, dass man nunmehr auch öffentlich gemeinsam beten wolle. Die Arbeiter knieten sich auf den Betonboden der Fabrik nieder, bis auf Erich, der hatte Arthrose in allen Gelenken und sogar im Kleinhirn. Auch ein paar andere störten das geordnete Hinknien. Einige knickten seitlich weg, weil sie das Pech hatten, mit einem Knie in einer Öllache auszurutschen. Sie fielen ineinander und verwuselten sich. Beim Versuch, sich vorn oder seitlich mit den Händen abzustützen, rutschen sie natürlich auch weg. Der ein oder andere lag dann auf dem Bauch und blickte erbärmlich in Richtung des Vorbeters.

Der zum Probst ernannte Gehnosse machte sich Notizen darüber, wen es erwischt hatte. Dann stellte er ein selbstgebautes Kreuzchen auf und sang: »Lassen wir euch beten.«

Die Arbeiter blieben stumm. Einer stellte hinter sich seinen rechten Mittelfinger zur Schau, der noch ganz ölig war. Kollege Pils hinter ihm bekam einen Lachkrampf. Pikiert blickte der Probst hoch.

»Lasset euch beten!«, wiederholte er ziemlich energisch.

Pils zischte: »Ich sag' keinen Ton.«

Der Probst hörte es und fragte bissig: »Wer war das?«

»Dein Untergang, du Arschloch.« Pils nuschelte und der Satz schien von der Drehbank zu kommen. Dort kniete noch Ulrich, der Stotterer, und versuchte sich an der Maschine hochzuziehen.

Der Probst ließ Ulrich festnehmen, und zwar wegen Verletzung der Heiligkeit des Augenblicks. So sehr Ulrich auch versuchte, die Wahrheit zu sagen, er brachte auf dem Weg zum Polizeiwagen nichts weiter heraus als »Wa wa Walt...«. Dann bekam er eine auf den Hut, damit er die Klappe hielt, denn »Walter« war der Vorname des Leiters der Bezirksverwaltung.

Herr Berg rief zur Entspannung der Lage in die Fabrikhalle: »Armen!«

Der Probst äußerte dazu sauer: »Von Ihnen Gehnosse erwarte ich Zustimmung, was wollten Sie mit Ihrem »Armen« zum Ausdruck bringen, he? Jeder weiss dass es »Amen« heißen muss?«

Berg räusperte sich, er hatte es gewusst, das war eine Falle. In die folgende peinliche Stille hinein meldete sich von ganz hinten ein Lehrling aus dem Zoo mit Vornamen Ludger.

»Er wollte zum Ausdruck bringen, Herr, dass der Meister Jesus gesagt hat Selig seid ihr Armen im Geiste, denn euer ist das Hammelreich‹. Und er meinte mit »Armen«, diejenigen, die andauernd, nach jedem Satz, Sir, »Armen« sagen, wenn Sie wissen, was ich meine. Das hat aber nichts mit ihrem Reichtum zu tun!«

»Und was wollte er tatsächlich sagen?«, fragte der Probst lauernd.

»Eher geht ein Kamel durch ein Nadelöhr, als dass ihr in den Hammel kommt.«

»Aha! Ihr!«

»Nicht Sie, die Armen im Geiste, Herr Pfarrer!«

»Nennen Sie mich nicht ›Pfarrer‹. Ich bin für Sie immer noch der stellvertretende Bezirkssekretär.«

»Das wundert mich, Herr Pfarrer, denn eben waren Sie noch der Probst. Die Position ist hochwertiger, das sage ich Ihnen. Sie ist als eine Position zu bevorzugen, denn damit können Sie immer noch in den Hammel kommen. Die Kirche gibt es seit zweitausend Jahren. Dieses Reich hingegen erst sechsundzwanzig. Die Armen im Geiste, Sir, sind gemeint, sonst hieße es ja ›Lasset euch beten‹ und nicht ›uns‹.«

Der Probst war wütend.

»Wir beide sprechen uns noch, Freundchen. Und Ihr Meister heißt Gehnosse *Himmelreich* und nicht Jesus und es heißt nicht Hammel, sondern Himmel, Sie Katholik Sie.«

»Es heißt auch nicht Jahresendfigur mit Flügeln, sondern Engel, zumindest bei uns Katholiken, Herr Gehnosse Probst.«

Der Probst verlor keineswegs die Contenance. Er machte sich eine Notiz und spendete den Segen. Anschließend wuselte er ein Kreuzzeichen, welches er bei sich am Schwanz zuerst ansetzte, und ging.

Man sah noch, wie er im Wagen dem letztmonatigen Bestarbeiter Ulrich eins auf den Schädel gab, offensichtlich, damit der später seine Anzeige wegen Verleumdung bereits gehdächtnismäßig vorformulierte, während man zur Polizei fuhr. Aber vor Ulrichs Auftreten bei Gericht brauchte niemand Angst haben. Wenn Ulrich nervös war, stotterte er mit solch hoher Frequenz, dass es sich wie Quieken anhörte und selbst die Autoreifen der Polizeifahrzeuge aus Mitleid ihre Luft abließen. Für Ludger aber würde von heute an das Leben eine andere Bahn nehmen.

Feldeffekt Panzer Abwehr Manager, F-PAM I, 1976

Bestejew war stolz auf seinen Feldeffekt Panzer Abwehr Manager F-PAM. Er hatte soeben, auf einer Sitzung des Inneren Zirkus des amerikanischen Millitär-Gehhoamdienstes, die entscheidende Idee dazu dargelegt und dessen Weiterentwicklung vorgeschlagen. Da er als Held galt, der sogar den »Star Battered Bagel« erhalten hatte, hatte man ihm zugehört und keiner widersprach.

»Gewichtssensor, das ist genial«, donnerte der Harvard-Waffenexperte namens Prof. Marnier. »Sie geben ein, wie schwer das Target ist, und schon geht das KV (Killing Vehicle) darauf los und vernichtet es!« Es war Marniers herausragende Fähigkeit, eine Lücke zu sehen, wo keine war, was ihn seinerzeit nach Harvard gebracht und Ehrung für Ehrung für Ehrung weltweit eingebracht hatte. Er war stolz darauf, dass er die Ideen anderer dermaßen schnell umsetzen konnte, dass jedem klar war, der Gedanke hatte nur von ihm kommen können. Er verfeinerte Bestehjews Idee sofort. Es müsse ein Universalsensor zum Bestücken jeder Art von KVs ins Auge gefasst werden. Man schraubte ihn in ein KV wie eine Glühbirne und ab ging's; einstellbar auf praktisch jedes Gewicht, das als Ganzheit auf, über oder unter der Erde,fuhr, schwamm, einfach nur rumstand oder vorgab, eine ägyptische Mumie zu sein.

Ein CIB-Agent hatte seine Brille geputzt, an der sein Abhörgerät klebte, und deshalb nicht ganz verstanden. Er fragte in britischem ÄmmEiFive-Englisch dem Vortragenden Bestehjew: »Ich frage Sie, Doktor Bestehjew; das heißt also, wenn ich auf die Fensterbank drüben eine Zweihundertfünfziggrammdose Coke und eine Zweihundertfünfziggrammflasche Irish Brew nebeneinander hinstelle, dann ballert das KV auf beiden Dinger und vernichtet sie?«

»So ist es, Sir«, sagte Bestehjew.

»Und wenn ich, sagen wir mal, auf einen 76 Kilogramm schweren Muslimen feuere, dann geht das KV genau auf den los?«

»So ist es, Sir.«

»Und wenn daneben ein Sergeant Fidschi von uns steht, der genauso schwer ist?«

»Fidschi würde dann zu den ›Casualties‹ gehören, so ist es Sir, ja, nun ja, was steht er denn da herum? Unsere Seals haben Anweisungen, den Gegner nicht in Gespräche zu verwickeln, das wissen Sie genauso so gut wie ich. Der F-PAM macht keinen Unterschied. Er ballert auf alles gleichzeitig, was sechsundsiebzig Kilogramm wiegt.«

Der CIB-Agent war noch nicht zufrieden.

»Könnte Ihr F-PAM nicht kurz vor dem Aufprall ›Gott ist der Größte‹ rufen und sich den schnappen, der antwortet?«

»Ginge, es wäre dann unseren Seals zu vermitteln, dass sie in solchen Situationen ihre Klappe halten.«

»Und wenn unser Sergeant Fidschi auch ein Muslim wäre und auch antwortete?«

»… dann hätten wir einen Verräter weniger in der Army.«

Es hagelte Standing Ovations. Der CIB-Agent verschmerzte die Niederlage nicht.

»Und wie würden Sie den F-PAM strategisch einsetzen? Würden Sie dann, sagen wir gegen die Chinesen, im Weltergewicht anfangen oder im Superschwer?«

»Weder noch, Sir. Rein theroretisch könnten wir uns Kilogramm für Kilogramm nach oben ballern, es ginge sogar Gramm für Gramm. Strategisch würde ich aber anders vorgehen – Sie müssen erst jene Körpergewichte erledigen, von denen es beim Gegner die meisten gibt. Wir stellen uns vor, die Chinesen wären unentdeckt angeschwommen gekommen und stünden plötzlich zu zehn Millionen Mann vor dem Pentagun. Da können Sie nicht auf sechsundsiebzig Kilo einstellen. Die wiegen nach Mao kaum was. Sie stellen achtundvierzig ein und schon haben Sie an die vierkommafünf Millionen hungernder chinesischer Krieger weniger vor unseren Toren. Dann erhöhen Sie umgehend auf achtundachtzig und schon ist deren angereiste Nomenklatura im Arsch, verstehen sie? Den führungslosen Rest stellen Sie vor die Wahl;

Sie bieten ihm eine Position als Casualty bei der US Army, oder fragen ultimativ: ›Voujevous gleich sterben?‹«

»Ei Siee.«

Der CIB-Typ mimte Zufriedenheit. Er mochte Bestehjew nicht, an dem etwas Rossisches klebte. Und französisch sprach der auch.

»Und Sie persönlich bauen und erproben das Ding?«

»Meine Crew und ich, jess, Sir. Ich werde das Projekt von Kongress-Man Reverend Johnson einsegnen lassen.«

»Und wie wollen Sie die Pilotversuche gestalten?«

»Büffel, Sir. Fünfundzwanzigtausend Jungbüffel, jeder wiegt 1250 Kilogramm.«

»Künstliche Befruchtung, wie?«

»... vom selben Bullen, Sir. Die Army nimmt Einmalspritzen wegen BSE.«

Es hagelte Beifall aus dem Auditorium.

Bestehjew war mit sich zufrieden. Er würde sein Geld für das Projekt bekommen und die Welt den F-PAM. Es musste nur noch Reverend Johnson mitmachen.

Stille, 1984

Prof. Nöthinger galt in Ost-Deutschland als der Beste seines Faches, der theoretischen Mechanik. Sein Problem war Rostov. Dessen Problem hingegen war das des zu vielen Wissens unter seinem Chef. Beide hatten zusätzlich das gemeinsame Problem, nämlich das Volk. Es betete in 1984 bereits so laut zum Himmel um eine Erlösung, dass es unmöglich war, auch bei geschlossenen Fenstern, eine Vorlesung in der abgeschiedenen Stille der akademischen Räume abzuhalten, in denen es keinen Widerspruch gab. Wenigstens hier waren die Rätsel der Welt gelöst und in Übungsaufgaben für die Studenten ausformuliert.

Nach dem Diplom kamen und gingen für Rostov harte Jahre des Aufstiegs in den Olymp der Doktoren Ost-Deutschlands. Dieser Olymp war ein wahrer Hort des Ghostes und der Ideenlosigkeit, wo bis zurück in die Jungsteinzeit Deutschlands hinein sich die angehenden Doktores in schweren Gedanken über die Ordnung der Welt vergingen. Hauptsächlich ging es dabei um die anatomische Frage, wer welchen Gedanken haben durfte und wer nicht. Rostov und Nöthinger hatten sich arrangiert. Sie hatten gelernt, friedlich nebeneinander zu pinkeln, ohne sich dabei einander zuzuwenden. Rostov bereitete für Nöthinger die Vorlesungen vor und Nöthinger verfolgte ihn nicht mehr bis auf das Klo. Man hatte sich ausgesprochen und das Wort »Dünnschiss« fiel dabei auf keiner Seite auch nur ein einziges Mal.

Freitags blieb Nöthinger Rostov zuliebe im Institut, um dessen Anweisungen über die nächste Vorlesung zu den Gesetzen der theoretischen Mechanik entgegenzunehmen. Rostov war kein Unmensch in Bezug auf seinen Doktorvater. Er diktierte, skizzierte, rechnete vor. Jedes einzelne Mal wunderte Nöthinger sich, woher dieser junge Mann sein Wissen nahm. Arbeiter hin, Bauer her, der Kerl hatte was Bürgerliches: die Bildung.

Im Gegenzug spülte Nöthingers Frau zweimal die Woche bei Rostov das Geschirr, während dieser im Wohnzimmer wartete, bis sie zu ihm kam. Nöthingers Frau war von Natur aus wild, versaute sich aber dadurch oft den Orgasmus. Wenn sie kurz davor war, konnte es passieren, dass sie zuschlug und Rostov zurück- und rausrutschte. Das hatte wiederholt zu Streit geführt. Ein unterbrochener Orgasmus führte bei ihr zu Hassgedanken auf jeden Boy, auch diesen. Wütend schloss sie nach solchen »Unvollendeten« eine Trennung nicht aus. Immerhin war Rostov noch nicht promoviert! Und er war Doktorand bei ihrem Mann. Sie hatte Forderungen, was die Ausgestaltung des Aktes mit einem Boy anbelangte. Als sie vor Ende ihrer Liaison es einmal zwischen Küchentisch und Stuhllehne liegend und mit dem Hintern halb auf dem Boden ausprobieren wollte, stellte Rostov sich ungeschickt an. «Mein Mann macht das anders«, sagte sie zunächst noch friedlich, »Du drückst mich hoch und ich lass mich fallen, hoch und fallen lassen, hoch und wieder fallen lassen. Ja, liest du denn keine Literatur, verdammt noch mal! Zieh den Pimmel raus and lass mich in Ruhe. Da kann ich's auch gleich selber machen.« Sie zog sich an und knallte die Tür. Rostov war beleidigt und trocknete sein Geschirr selbst ab. Nöthinger schlich am kommenden Morgen wie ein Tiger durch das Institut, inspizierte jedes Klo und fragte:»Ist da jemand, Verräter melde dich, du brauchst nur ›Ja‹ zu sagen und ich bringe dich um.« Die Nacht zuvor hatte seine Frau sich an ihm anlässlich Rostovs Versagen sexuell vergangen.

Spannungslos waren die wunderbaren Jahre also nicht. Dies waren auch keine normalen Zeiten. Rostov dachte in jenen Tagen immer öfter an sein Ein-Mann-U-Boot und die Weltmeere, die er eines guten Tages unterfahren würde und von wo aus er alles überfallen und schwerkalibrig beschießen würde, was sich Polen schimpfte.

Der Tag kam, an dem Rostov versuchte, seinem Doktorvater Nöthinger klarzumachen, dass das Weltall viskös sei, zäh wie Honig, je nachdem wie hoch die absolute Temperatur war. Die darauf folgende Unterredung mit Nöthinger war so kurz und so heftig, dass Rostov fortan nicht mehr promovieren ging. Er blieb bezahlt zu Hause, sammelte Pilze, wartete auf seine eigene Frau und bumste sie auf dem Küchentisch. Sonderwünsche hatte sie keine und sie schlug ihn auch nicht zum Krüppel, wenn mal was schiefging. Er kochte das Abendessen, sagte seiner Tochter eine Geschichte zum Schlafengehen auf und ging anschließend um die Ecke in die Kneipe. Gemessen an all diesen schönen Tagen, so behauptet Rostov später, war der Rest seines Lebens einfach nur noch öde.

Etwa ein halbes Jahr danach, im August, erschien Nöthinger mit vorgehaltener Kalöschnikov an der Eingangstür von Rostovs Wohnung. »Entweder du erklärst mir diese Gleichung, oder ich erschieße mich, die Vorlesung ist morgen um acht, nur damit du im Bilde bist.«

Rostov äußerte eine wissenschaftliche Äußerung mit unverhohlenem Vibrieren in der Stimme aus Sorge, der Kerl könnte versehentlich abdrücken. Zwar hatte Nöthinger die Waffe nicht auf ihn, sondern auf sich gerichtet, aber unabhängig davon, wer hier starb, es geriete beiden zum Nachteil. »Herr Professor, bleiben Sie bitte ruhig, die Finger still halten, ich erkläre Ihnen das.«

Nöthinger setzte die Waffe ab. Sein Blick war merkwürdig geschlagen. »Wenn Sie es mir erklären, verstehe ich es, aber ich kann es mir nicht selber erklären. Verstehen Sie, wie schlimm das ist?« Rostov nutzte diese Chance, von der er wusste, dass sie wahrscheinlich einmalig war.

»Herr Professor, es bleibt Ihnen immer noch, die Wahrheit zu sagen. Wissen Sie noch, was das war? Das ist nicht relativ oder eine erste Näherung. Man sagt, wie es ist oder war, einfach so. Wenn die Gleichung morgen in der Vorlesung dran ist, schreiben Sie sie an die Tafel, soweit Sie diese kennen. Sie gehen sodann auf das Pult zu, halten sich daran fest und sagen keinen weiteren Ton. Die Studenten werden den Teufel tun und sich bewegen. Sollte zufällig ein Assistent neue Kreide bringen wollen, bewegen Sie sich nicht, sagen Sie auch nichts. Er wird sich sofort auch nicht mehr bewegen. Nach einer Weile hören die Elektronen in den Glübirnen auf zu kreisen. Es wird dunkel. Die Sanduhren bleiben stehen. Bewegen Sie sich nicht, auch nicht die Tafel abwischen lassen, auch nicht erklären, dass Sie noch nicht fertig sind. Sie tun so, als ginge Sie das alles nichts an. Auch nicht mit den Fingern trommeln. Nicht bewegen, wenn abends der Pförtner kommt, um abzuschließen. Der ist zwar von Grund auf misstrauisch, aber auch feige. Er wird es nicht wagen, sich weiter auf Sie zuzubewegen als einen Schritt in den Saal hinein. Das halten Sie bitte durch. Keine Angst. Ihre Haltung wird sich herumsprechen.«

Das geschah.

Nöthingers Vorlesungen füllten sich. Jeder, der nicht in die Kirche gehen wollte, und sogar mancher Kirchgänger kam, um ihn zu hören. Sie genossen den neuen Ort der Stille und Kontemplation, den Raum ohne Getöse und Gebrülle und ohne Lüge. Denn endlich sagte Nöthinger die Wahrheit, nämlich nichts. Sein Ruf an der Uni machte einen gewaltigen Sprung nach vorn. Mancher Vegetarier kam aus West-Börlin angereist und behauptete, dass Nöthinger auf ganz neue und transzendente Wissensvermittlung setze, wobei die Bioenergie des Genies sich ohne Sprache direkt in Wissen seiner Jünger umsetzte.

Eine Zeit lang hatte ein Schüler, Abiturklasse Gymnasium, als Gast dabei gesessen. Sein Name war Ludger. Zuerst wollte er nicht glauben, was er erlebte. Eines Tages meldete er sich dann zu Wort, noch bevor die Glühbirnen versagten: »Herr Professor, ich verstehe nichts.«

Nöthinger schwieg. Ein anderer stand auf: »Ich verstehe auch nichts.«

»Und ich verstehe erst recht nichts!«

Plötzlich riefen die Studenten durcheinander. Man meinte, eine Vibration Nöthingers rechten Unterschenkels zu sehen, aber er blieb hart und schwieg. Ganz hinten stand ein Mann auf. Alle drehten sich um. Keiner kannte ihn. Nöthinger schwieg weiter, die Stille kehrte wieder. Rostov saß in der ersten Reihe.

»Aber ich verstehe es, Herr Nöthinger, das da und Sie, das ist euer Kommunismus, wie ich ihn täglich erlebe als Kraftfahrer! – Die bescheuerte Formel, die Sie an die Tafel geschmiert haben, das sind Sie, das ist die Formel Ihrer Welt! Jetzt bedauern Sie sich bitte nicht. Dass Sie Kommunist sind, dafür kann keiner was. Krank werden kann schließlich jeder. Bedauern Sie sich besser selbst, weil Sie ignorant und arrogant sind. Sie sind ignorant und arrogant, was Deutschland angeht, unsere Geschichte, die Schönheit unseres Landes, was unsere Menschen angeht, die viel mehr können als Sie, die liebenswerter sind, die stark sind und schön und nicht scheinheilig und nicht aufgedunsen sind zu einem Schweinegesicht. Typen wie Sie meinen, Sie würden Goethe besitzen, nur weil Weimar in Deutschland liegt, oder weil Planck, Einstein, Heisenberg, Thomas Mann, Bach und Kleist und andere Säulen der Weltkultur und Wissenschaft Deutsche waren. Viele solcher gleichbegabten Menschen haben ihresgleichen, ohne dass jene je nur einen Gedanken äußern durften, legal beseitigen lassen, weil Machthaber wie Sie ignorant, arrogant und schließlich und endlich auch brutal waren. Ich bin Kraftfahrer wegen einem wie Ihnen und wurde nicht Wissenschaftler, obwohl ich jeden falschen Satz, den Sie da vorn vortragen, verstehe. Unsere besten Köpfe wurden von Kerlen wie Ihnen von den Universitäten vertrieben. Viele sind aus Deutschland geflohen, weil Sie von eurer SA und SS, euren Runen und Hakenkreuzen und Uniformen und später eurem Kommunismus die Schnauze voll hatten oder ihr Leben bedroht war. Mancher, jeder einer zu viel, hat es nicht geschafft. Wir wissen, woanders in der Welt ist es auch schlimm, aber dies ist mein Land und deshalb ist es für mich besonders hart zu sehen, dass das hier passiert ist und immer noch passiert – dass einer wie Sie hier lehren darf. Hier an einer Universität meines Landes, Herr Prof. Nöthinger, und nicht Ihres Landes. Aber warum, verdammt, macht Ihr es heute nicht besser, wenn Ihr das Glück hattet, dass wir und Deutschland überlebt haben? Ich gebe Ihnen die Antwort, weil Sie sich und Ihresgleichen dann abschaffen und den anderen den Raum hätten geben müssen, Kommunismus hin oder her! Aber dazu waren Sie alle viel zu kleingeistig, bescheuert, macht- und raffgierig.«

Alle waren gebannt. Auf eine solche Äußerung stand Zuchthaus. Als sich endlich jeder umgedreht hatte, war der Mann weg. Er wurde nie wieder gesehen. Nöthinger erhob hochrot den Kopf, griff den Zeigestock, verließ Hörsaal und Gebäude. Er schritt die Stufen zur Straße hinab und ging in Richtung des Parks vor Rostovs Wohnung. Dort schlug er auf alles ein, was grün war. Danach sah der Park praktisch aus wie frisch gesägt und gemäht. Als Folge seines privaten Befreiungskrieges gab es in Ost-Deutschland vierzehn für ihr Leben traumatisierte Mütter mehr. Schon während Nöthingers erster Runde hatten sie ihre Kleinsten in die Kinderwagen geworfen und diese einfach irgendwo hingeschoben, egal wohin, Hauptsache weg von dem Irren.

Die Tageszeitung »Ost-Deutschland Njus« berichtete am Tag nach diesem Ausbund an Wahrheit in einem Vierzeiler über einen feigen Angriff eines kapitalistischen Infiltranten auf friedliche Mütter auf einem Spielplatz in Leipzig. Eine sofort eingesetzte Kommission verfasste ein Kommuniqué über den Vorfall mit dem Kerninhalt: »Die geschehene Provokation beweist einmal mehr die Überlegenheit des Kommunismus über den Kapitalismnus. Sie war per definitionem ein provozierter, großflächiger, unterirdischer Zusammenbruch psychosomatischer Stränge eines kapitalistischen Infiltranten aus West-Börlin, mit gleichzeitigen erdbebenartigen Erschütterungen des Territoriums der Universidad Eduardo del Pinto in Leipzig. Sie war somit die direkte Folge geheimer unterirdischer Atombombentests in Göttingen, West-Deutschland.«

Die betroffenen Mütter wurden samt ihrer Kinder in einer Nacht- und Nebelaktion nach West-Deutschland ausgesiedelt. Es wurde ein vereinfachtes Verfahren dafür angewandt. Jede Mutter erhielt einen nummerierten Stempel auf die Stirn, dann wurde kurz der Schlagbaum hochgezogen und Sekunden später stand sie mit einer Tüte Trockenmilch ausgestattet in West-Börlin. Ein Grenzsoldat Ost-Deutschlands mit Kassenbuch im Arm rief dann jede Mutter beim Namen, worauf die Frau sich unwillkürlich umdrehte und fragend blickte. Just now wurden sie fotografiert. Die Fotos erschienen alle in der Presse Ost-Deutschlands. Im zugehörigen Artikel stand, dass ein aus dem kapitalistischem Westen von einer Dienstreise zurückgekehrter Wissenschaftler, Herr Prof. Dr. h.c. mult. Dr. Ing. habil. Gotthilf Nöthinger der Universidad Eduardo del Pinto in Leipzig, zufällig beim Grenzübertritt bettelnde Mütter fotografiert habe, die um politisches Aysl und soziale Unterstützung in Ost-Deutschland baten, weil sie ihre Kinder im Westen nicht mehr ernähren konnten. Der Supermarkt und die Pommesbude seitlich im Bild waren wegretuschiert worden, um die Information nicht zu überfrachten.

Chief, 1987

Ludger liebte die Natur, die Tiere und alle Menschen. Er war christlich erzogen worden und stammte aus einem der beiden Indianerreservate Ost-Deutschlands, wo man unbescholten in die katholische Kirche gehen durfte. In Ludger herrschte ein widersprüchlicher Geist. Er wusste nicht, ob er dem Herrn genug diente und ob er diesem Land genug gab, das schon fast vierzig Jahre vor sich hin trottete; ob er also dem Kaiser genug von dem gab, was des Kaisers war. Es schien ihm nie genug. Der Zwiespalt zerknirschte ihn jeden Abend beim Abendgebet.

Seinetwegen hatte es in der Aufnahmekommission für Studienanfänger der Universidad Eduardo del Pinto echten Streit gegeben. Der kommissarische Dekan für Studienangelegenheiten, Dr. Rostov, hatte sich mit Herrn Prof. Nöthinger, dem Rektor, angelegt. Er hatte verlangt, Ludgers wegen, den Anteil christlicher Studenten im Fach Chemie von zwei Prozent auf drei Prozent anzuheben. Das hätte bedeutet, dass Ludger und die beiden anderen zusammen zweikommasechseins Studenten aller Erstsemesterstudenten der Sektion Chemie ausgemacht hätten. Wäre dann wie üblich gerundet worden, hätte Ludger einen Studienplatz gehabt. Aber Nöthinger blieb stur, ja er blickte drohend in Rostovs Richtung und bedeutete mit dem ausgestreckten rechten Mittelfinger, dass er auch anders könne, was hieß, Rostovs Tochter würde nicht für den Elite-Kindergarten der Stadt zugelassen werden. Dieser gab dem Finger folgend klein bei, nicht ohne abermals beschlossen zu haben, irgendwann ein unerschrockener U-Boot-Soldat zu werden.

Ludger bekam nunmehr zum dritten Mal die Auskunft, dass seine Leistungen leider nicht ausreichten, um sich den Ansprüchen eines Studiums der Chemie an einer der fortschrittlichsten Universitäten weltweit zu stellen.

Ludger schrieb eine Beschwerde an die Regierung Ost-Deutschlands und Nöthinger hatte drei Tage später die Beschwerde über seine Person von einem gewissen Ludger, den er gerade abgelehnt hatte, auf seinem Schreibtisch.

So etwas erweckte in ihm den Stier.

Er senkte seinen Schädel. Dessen Profil sah auch damals schon aus, als hätte Gott an ihm die schiefe Ebene geübt. Jetzt aber, Schädel unten, stand diese Fläche senkrecht zu seinem Schreibtisch, das Kinn lag auf und er dachte nach. Das Ganze sah aus, als hätte er eben Gott eingeladen, auf diesem Stuhl Platz zu nehmen. Das fehlte noch: Gottes fetten Arsch, keiner wusste ja zuverlässig, wie fett der ausfallen würde, unmittelbar vor seinem Gesicht!

Nöthinger war vom Grunde seiner Seele Atheist. Er hasste Götter und ihre Schliche, aber wenn einer dennoch auftauchte, konnte man nicht sicher sein, wie sie sich vor einem verhalten würden. Genauso gut konnte es sein, dass die Rossen ihm einen unechten Gott auf den Schreibtisch setzten, vor seine Nase. Konnte ja keiner wissen. Gerade die Rossen waren in der Lage, alles zu behaupten und zu beweisen, auch dass sie ein unterdrückter parteiloser Gott aus dem Gebiet von Alpha Centauri waren.

Darum würde er, Nöthinger, sich nicht reinlegen lassen von einem Vaterunser-Futzi und Ludger eine Chance geben sowie ihn dadurch vernichten. Kurz darauf diktierte er seiner Sekretärin einen Brief, aus dem hervorging, wie sehr er aufrechte und an Gott gläubige Menschen schätzte. Selbst der große Vorsitzende der kommunistischen Partei Ost-Deutschlands hätte einen kurzen Blick auf seinen Brief geworfen und hätte verlauten lassen, dass für ihn ein Platz im Leipziger Zoo das Allerbeste sei. Das, so hätte der Vorsitzende angemerkt, hätte er sogar seinem Sohn empfohlen. Die Umgebungstemperatur, in der Ludger täglich arbeiten würde, Wüste, gemäßigt, arktisch, durfte er sich wünschen.

Der hohe Norden war schon immer Ludgers Traum gewesen, weil man dann zur Not über das Eis nach West-Deutschland abhauen konnte. Also trat er seine Lehrstelle als Tierpfleger, Abteilung Eisbären und Elche, im Leipziger Zoo an.

Die Eisbären, wenn man sie in Ruhe ließ und regelmäßig fütterte, waren harmlos im Vergleich zu den Elchen. Die Beschwerden der Eisbären waren so monoton wie das Weiß ihrer Felle: Wasser zu warm, Fische stinken schon, Wasser dreckig, Robben können nicht schwimmen, kein Frischfleisch – bis eines Tages eine Touristin ins Becken fiel.

Chief, das Eisbärmännchen, schwang sich lässig ins Wasser und hangelte hinter der Dame her. Sie trug noch ihren Hut mit Kunstfrüchten und schwamm wie ein Luder, was Chief erboste. Plötzlich schlug Chief nach dem Hut und haute ihn ihr vom Kopf. Sie legte sich unerschrocken und heldenhaft auf den Rücken und strampelte dem Bären Schaum ins Maul. Schaum, das wusste Ludger von seiner Ausbildung, war für Bären jeglicher Art, insbesondere aber für Eisbären ein Trauma, denn Schaum stellte einen Misserfolg dar. Etwas Großes ging ihm, dem Bären, angeblich in den Fang, und am Ende war alles Luft. Maul auf, zubeißen und knirsch wieder auf die eigene Zunge – das bedeutete Schaum. Chief hatte in seinen vorherigen Leben genügend Zweibeiner gewinnen sehen und er war in dieser Legislaturperiode nicht mehr bereit, Frischfleisch von denen zu verschenken.

Ludger beobachtete die Szene und beschloss, dass, wenn Gott seinem Leben hier ein Ende setzen wollte, dann sei es so. Er sprang ins Becken. Chief ließ von der Frau ab, denn Ludger roch nach Fisch. Als er vor ihm auftauchte und beide sich Aug in Aug gegenüber schwammen, sagte Ludger: »Wenn du jetzt zubeißt, kriegst du heute Abend nichts, und morgen auch nichts und übermorgen schon gar nicht. Beiß!

Chief kniff den Schwanzstummel ein, stieg an Land und zog es vor, auf das Betriebsessen des Leipziger Zoos zu warten. Es war zwar nicht gut, aber es kam immer zur gleichen Zeit.

Die Hübigen, die Drübigen sowie die Rossen, 1988

Nina und Hanna sowie fünf weitere äußerst scharfe Ungarinnen waren Nachkommen gelungener Vereinigungen der Hunnen und der Finnen im ausgehenden siebzehnten Jahrhundert mit wegelagernden Frauen. Nina, Olga und Girlfriends arbeiteten in der Wintersaison in Miskolc, in Nordostungarn, und betreuten, schon zu Zeiten des Kalten Krieges, Wintertouristen. Hierfür hatten sie für einen geringen Aufpreis auf ihre Leistungen in Forint von begabten Spielern der örtlichen Eishockeyoberligamannschaft kleine Iglus bauen lassen. Die Iglus waren sehr praktisch und gut zugänglich hinter den Glühweinständen auf dem mittelalterlichen Markt arrangiert. Da sie im Frühjahr schmolzen, waren die Mädchen auch den Bauvorschriften des ungarischen Gesetzes nachgekommen. Diese besagten, dass es bei Androhung von Strafe verboten war, Freudenhäuser auf ungarischem Hoheitsgebiet fest und auf Dauer zu installieren.

Es kamen immer viele Deutsche nach Miskolc; Männer mit und oft ohne Ehefrauen von hüben, seinerzeit Ost-Deutschland, und drüben, nämlich West-Deutschland. Hübige und Drübige eben. Von drüben kam die Mehrzahl, weil die mehr Geld hatten und auch schon in der Schule an das Thema »Sex, ein Bilderbuch für Heranwachsende«, in Seminaren und Selbsthilfegruppen herangeführt worden waren. Die Hübigen kamen dafür öfter und auch während des Tages mehrmals, einfach auch aus der praktischen Erwägung heraus, dass sich die Anfahrt aus Ost-Deutschland, das Warten an der Grenze, die Anschaffung von Schneeketten etc. etc. umso mehr lohnte, je öfter etc. etc. Oft lagen schon ab April des Vorjahres Reservierungen der Kunden des letzten Winters vor. Es handelte sich dabei nicht selten um niedliche mit farbigem Filzstift geschriebene Nachrichten auf Seidenkisselchen, Taschentücherchen und Höschen. Die Hübigen kamen seinerzeit exklusiv aus dem Regierungswohnviertel Ost-Börlins. Die Drübigen waren nahezu ausschließlich Schlittenfahrer und trugen ihre leicht flachgesessenen Hintern unter vorzüglichen grünen Lodenoberhosen. Sie stammten sämtlich aus der Oberpfalz. Hübige wie Drübige, meist älteren Baujahres, konnten oft auf stolze private Historien von Metallimplantaten zurückblicken, die von Goldzähnen über Knieprothesen, Kunsthüften bis zu Herzschrittmachern und genagelten Schambeinen reichten. Wenn Betrieb war, kam es Nina deshalb nicht selten vor, als wartete eine Horde scheppernder Kreuzritter auf die Eroberung Jerusalems.

Der Chef des GehoamDiensthauptamtes in Ost-Deutschland trug außer einem Kunstknie linksseitig seine niedliche künstliche Niere rossischer Bauart, einem Bauchladen ähnlich, an sich. Die Schläuche verschwanden zwischen dem dritten und dem vierten Knopf seines sibirischen Wolfsledermantels, der diesem Kerl von einem Mann ein brachialisch-erotisches Aussehen verlieh. Er atmete zusätzlich zur gesunden Miskolcer Bergluft Presssauerstoff aus Börlin Mitte aus zwei Schläuchlein durch die Nase ein, den er in einer Flasche auf seinem Rücken trug. Er war ein besonderer Kunde von Hanna, Spezialistin für Quälereien aller Art, zum Beispiel des »Ausfrieren lassens«. Kunden, denen sie das angedeihen ließ, bat sie, sich einfach schon mal auszuziehen und danach »bitte draußen« zu warten, bis sie an der Reihe waren. Den Herrn mit dem Bauchladen ging sie allabendlich härter an, genau wissend, wen sie vor sich hatte. Sie zog, sobald er aufkreuzte, alle Schläuche aus seinem Körper und bat ihn dann, »bitte genau wie die anderen« zu warten, bis er dran wäre. Nach dreißig Minuten rief sie die Ambulanz, ohne sich nochmals nach seinem Befinden erkundigt zu haben. Sie wusste auch ohne nähere Untersuchung, dass der Kerl zu diesem Zeitpunkt bereits mit dem Gesicht und dunkelblauen Lippen im Schnee lag und seinen persönlichen informellen Mitarbeiter um die letzte Ölung anflehte. Nach seinem Aufwachen auf der Intensivstation und mit gehabten Nahtoderfahrungen, die tief in seine Stirn eingeschrieben waren, hatte ein gnädiger Gott alle Erinnerungen gelöscht, sodass er tags danach immer ein wenig seliger und blöder lächelte als zuvor. Er kehrte stets am folgenden Abend wieder und verlangte von Hanna »das Gleiche wie gestern«.

Der Stolz der Deutschland-Männerschaft war geduldig und leidensfähig. Zwei handfeste Kriege und ungezählte Ehejahre hatten ihre Gene dermaßen gestutzt, dass sie auch bei minus zwanzig Grad nicht jammerten. Auch bei tiefstem Frost war jederzeit absolute Stille sichergestellt und kein Laut des Leides entwand sich ihnen. Denn ein Tönchen nur, ein wönziges Tönchen!, hätte die Bewacherinstinkte ihrer fast in Sichtweite wartenden und Glühwein schlürfenden Gattinen geweckt. Und was danach gekommen wäre: Die drübige Gattin in Hermelin, die hübige in Hase, hätten ungeachtet der Kälte und ihrer wenig geeigneten Kampfkleidung Seite an Seite den Dritten Weltkrieg entfacht. Da wären sowohl die Rossen als auch die Amis machtlos gewesen.

Die Mädchen konnten sich kaum retten vor Aufträgen, besonders nach ihren Shows. sie tanzten den Abend über in einem geräumigen Showiglu Striptease. Eine Erfolgsnummer war der Auftritt von Hanna als Eisbärin und von Nina als deutsches Rotkäppchen. Am Ende der Show standen beide nackt auf der Bühne und baten um Freiwillige für ihre Möhrenshow. Da gab es dann Gedränge unter den Hübigen und Drübigen, denn nun durften Sie allen von der Bühne aus ohne Bezahlung das vormachen, was sie sonst mit viel Geld vergoldeten.

Von April bis September jeden Jahres betrieben die Mädchen nahe dem Wochenmarkt in Siofok am Balaton die Gemüsefirma »Come-On-Get-In«. Sie war in drei hübschen Sanitätszelten mit aufgemaltem rotem Stern nahe dem Markt untergebracht. Am ersten April wurde eröffnet. Die Mädchen arbeiteten an diesem Tag ohne Bezahlung und machten so Werbung für ihr Business. Die Drübigen nahmen die Schnäppchen, insbesondere in Abteilung eins, rege an, obwohl ein Restverdacht blieb, es könne sich bei den Girls um überlagerte Ware aus dem letzten Jahr handeln. Die Hübigen geisterten zahlreich und meist intensiv das Obst und das Gemüse des Marktes in den Ständen begutachtend und trauten dem Frieden nicht, so sehr Hanna auch die Titten in ihre Richtung schwang. Das waren verschwendete, kostbare Minuten. Endlich doch entschieden, erwischten sie meist nur noch das

Ende der Schlange, wo meist Hanna zur Auswahl blieb, die mit Stiefeln, Peitsche, Kreuz und Handschellen auf sie wartete.

Ab dem zweiten April ging der reguläre Betrieb los. Die Mädchen verlangten erhebliche Preise. Viele der Hübigen und sogar der Drübigen aber wollten oder konnten sich nicht in einem Maße finanziell engagieren, das weit über das Opfer zur Christmette zu Weihnachten hinausging, noch dafür für eine sündige Sache. Für diese hatte Nina mit Band ein weiteres grosses Zelt, die Abteilung zwei, etwas abseits der anderen aufgebaut. Jula und Nina arbeiteten dort. Im vorderen Teil kassierte Jula den Unkostenbeitrag. Im mittleren Teil wartete Nina und hob und senkte zu bizarrer Rockmusik ihr Röckchen oder zog den BH an und aus. Im hinteren, dritten Teil gab es rechts und links des Ausganges kleine Wahlkabinchen mit Vorhang. Auf der Linken stand »Do-it-yourself please« und auf der rechten »Please wait for assistance«. Insbesondere die Drübigen wählten überwiegend rechts. Hierin fand sich ein Telefon, aus dem es nach Einwerfen von fünfzehn Forint fortwährend stöhnte. Man hatte nun die Wahl: Ein Schild zeigte mit Pfeil und Unterschrift »Right here« auf eine Rolle Klopapier oder »Please proceed to exit and try again«. Vor der linken Kabine drängten sich die Hübigen, in der auf einem Holztisch eine Rolle Klopapier rumlag sowie ein rossisches Pornomagazin. Der Vorteil von Ninas zweiter Abteilung lag auf der Hand, es gab kein übermäßiges Anstehen, man holte sich nichts und war schnell wieder draußen.

Draussen, das war da, wo man dann endgültig entspannte. Es gab Pellkartoffeln mit Quark und Weißkohl zu einsfünfzig, Bockwurst zu zwei Forint und ein Bier, zweifünfzig pro Liter. Am Bierstand angebunden waren die gesamte Saison über zwei lebhafte Schafsböcke. Sie meckerten und stachen fortwährend nach den Touristen, damit diese nicht dort anwuchsen.

Außer diesen beiden Abteilungen gab es noch eine dritte, in der Möhrensaft hergestellt wurde. Die Abteilung war frei benannt nach diesem Produkt. Sie befand sich in einem hübsch hergerichteten, mobilen Fertigbungalow weiter hinten. Hier gab es die ganze Saison über fünfzig Prozent Rabatt auf die Girls. Der Möhrensaft, sogenannter Direktsaft, wurde aus den Hübigen und Drübigen gewonnen. Gegen immer noch gutes Geld, aber erheblich preiswerter als in Abteilung eins, wurde hier unter Körpereinsatz der Mädchen und zum Teil in Handarbeit Möhrensaft gewonnen. Dieser war nicht für den menschlichen Verbrauch vorgesehen, weil er wenig Karotin enthielt. Das Produkt wurde zusammen mit den Gummis, in denen sich die Lust der deutschen Männer tummelte, an die »Braunburger Beisser« verfüttert. Dies war eine schnell wachsende, nicht zu fett werdende Schweinerasse, die der benachbarte Bauer zog. Obwohl ein Möhrensaftzusatz zum Futter, gern auch mit wenig Karotin, für die Gesundheit der Schweine an sich förderlich ist, entwickelten diese empfindsamen Tiere oft Gummiallergien. Sie liefen am ganzen Körper rot an und bekamen Pickel. Jedoch, und deswegen bestand Nina gerade auf diesem Zusatz zum Futter, fand sich reißender Absatz für die roten Schweine. Die Chefeinkäufer der umliegenden Rossenkasernen bis weit hinein nach Budapest hatten überhaupt kein Problem, den Kauf solcher Schweine vor ihrem Parteisekretär durchzusetzen, so viele sie auch brachten, zeigte sich doch, wie sehr auch in Ungarn der Kommunismus am Siegen war; die Schweine wurden fett und leuchteten purpurrot wie der Rossenstern.

Nach Ende der Sommersaison ließ der Bauer immer mehrere besonders prächtige rote Schweine zusätzlich mit gehäckselten Autoreifen füttern. Das verlieh den Tieren ein noch intensiveres Rot und schöne große Augen. Die Schweine hatten zudem einen hohen Adrenalinspiegel, denn sie erfreuten sich nach den Fütterungen stundenlanger Koliken und tobten wie angestochen. Dies machte gerade ihr Fleisch besonders schmackhaft und gemasert.

Am 30. Dezember jeden Jahres war in jeder Rossenkaserne Schlachtfest. Der Kalte Krieg ruhte. Die Amis waren informiert. Am 29. Dezember reisten Nina, Hannah, Mina und wie die Mädchen alle hießen nach Siofok. Sie waren gekommen, um sich bei den Helden der Geschichte mit je einem besonders roten Schwein für die Befreiung 1945 sowie die anschließende Evakuierung aller Supermärkte in Ungarn zu bedanken. Sie zogen jede etwas an, was alle besuchten Offiziere als Angriff auf ihre Männlichkeit verstanden; wogegen sie aber nichts machen wollten, weil es nett gemeint war.

Bei dem Besuch der Kaserne »General Kowaljow« am 30. Dezember 1988 trug sich Folgendes zu: Das als Weihnachtsgeschenk dekorierte knallrote Schwein wurde von Hannah am grünen Halsband ins Büro des Oberst geführt. Der Bauer hatte dem Tier sehr kunstvoll einen Tannenzweig in die Nase gepiercet, sodass es auf einem Auge nichts mehr sah. An den Ohren schepperten Glöckchen. Am Schwanz hingen am Bande einige Blechbüchsen, die bei jeder Bewegung und bei jedem Schwanzwedeln des Tieres einen Höllenlärm machten. Das Tier wedelte den Schwanz auch im Stehen, denn es hatte zu jener Zeit vor Weihnachten bereits eine chronische Kolik entwickelt. Hannah hielt es fest und reckte ihre Brüste. Der Oberst war gerührt. Er kam näher und wollte das Schwein tätscheln. Das jedoch war nervös und in Todesangst und zog alle Register. Es schepperte, tönte und ratschte, als ob der Oberst eben von Deutschland überfallen worden war.

Die Wache flog herein und fragte auf rossisch, ob der Krieg angefangen hatte und wohin sie schießen sollten.

»Geht zu Eurer Kartoffelsuppe zurück, verflucht noch mal. Es ist alles in Ordnung. Es wird nicht geschossen, habt ihr verstanden? Erschießt euch selber, aber nicht alle auf einmal!«

Die Wache verschwand.

Hannah zog den BH aus und warf ihn dem Oberst charmant ins Gesicht. Sie ließ gleichzeitig das Schwein frei. Das entfesselte Tier tobte im Offiziersbüro herum und riss nieder, was nicht gemauert war. Der Offizier sprang auf den Schreibtisch und betrachtete alles von oben. Der Vorgang dauerte etwa fünf Minuten. Alle Akten, jeder Bleistift, sogar der Locher waren danach kleingekaut und zu nichts mehr zu gebrauchen. Der Oberst sah mit Grausen, wie sein Lebenswerk von einem Schwein, noch dazu einem roten, vor seinen Augen zerstört wurde.

Es kam schlimmer. Das Schwein strich nun schwanzwedelnd um den Schreibtisch, die schönen Augen nach oben gerichtet. Zweimal sprang es hoch, um auf den Schreibtisch zu kommen, rutschte aber jedes Mal ab. Dabei verrutschte das Piercing derart, dass es nun auf beiden Augen nichts mehr sah. Nina und die anderen, mit denen es seit Kindesbeinen gespielt hatte, roch es und umging sie. Ansonsten rammelte es in alles und jedes hinein, was herumstand und lag. Die heruntergefallene Lenin-Büste bekam es zwischen den Hinterbeinen zu fassen und wippte sie aus dem Fenster. Nina half dem armen Tier, dass es wenigstens einseitig wieder sehen konnte. Dankbar ruhte es nun ein Weilchen auf dem Sofa, genoss die Girls, behielt aber zugleich den Oberst im Blick.

Langsam zogen Nina und die anderen sich aus. Als Nina ihre rechte Brust entblößte, zog der Oberst den Schwanz. Das Schwein kniff die Augen zu. Dann zog Nina die andere Brust und der Oberst zog nichts. Er zog stattdessen seine Hose aus und ließ eine weiße lange Unterhose blicken. Wilma zog jetzt ihr Höschen aus und behielt den BH an. Der Oberst zog darauf die lange Unterhose aus. Jetzt hob Wilma das rechte Bein und stellte es auf den Stuhl. Der Oberst jedoch sah nicht gescheit aus der Höhe. Er legte sich flach auf den Schreibtisch, um bessere Sicht zu haben. Das war wiederum eine perfekte Ausgangsposition für das Schwein. Es sprang auf und schnappte nach der Nase des Obersts. Der rutschte geistesgegenwärtig zurück, aber da war das Schwein schon am anderen Ende des Schreibtischs und erwischte dessen Fuß. Der Oberst schrie auf und zog die Notpistole aus der Brusttasche. Das intelligente Tierchen hatte inzwischen aber Sprengstoff gerochen und fraß am Schlüssel zum Panzerschrank. Der sprang auf und nur Zehntelsekunden später sah man das Schwein an einer grünen Handgranate knabbern. Der Oberst stürzte sich mit einem kühnen Schwung hinunter, riss dem Schwein noch im Fliegen das Ding aus dem Maul und warf es zum Fenster hinaus. Die Granate explodierte auf dem Hof. Gott sei Dank saß dort kein Soldat mehr am Feuer, denn sie hingen an den Fenstern, um die Weiber zu sehen. Auf dem offenen Feuer im Hof hatte eine Kartoffelsuppe gebrodelt, die sprühte nun durch mehr oder weniger große Löcher in das Feuer und löschte es.

Allerdings war jetzt eine Situation entstanden, die dem Schwein die Chance gab, sich zu rächen. Der Oberst schaffte es nicht zurück auf den Schreibtisch, denn es war schneller. Es riss ihn beim Hochklettern zurück, warf sich auf ihn und blieb breitbeinig liegen.

Oberst und Schwein sahen sich schwer atmend tief in die Augen. Dem Schwein floss Speichel in des Obersts Gesicht. Der konnte sich nicht mal ein Taschentuch zum Abwischen fassen, so sehr lastete das Vieh auf ihm. Dessen Koliken hatten durch die sportlichen Übungen nachgelassen. Es ruhte friedlich, alle Viere von sich gespreizt, furzte nochmal laut und fiel bald in tiefen Schlaf.

Ana, 12. August 1989

Ludgers Elche im Leipziger Zoo, Bob und Ana, hatten viel Streit, obwohl sie sich oft liebten. Ana beklagte, dass, wenn er sie öfter aufsuchte, zum Beispiel nach dem Frühstück, dem Mittagessen und dem Abendessen und mindestens einmal in der Nacht, sie es beide lässig auf zwei Elchbabys bringen konnten. Sie fühlte, dass die Landwirtschaft in Ost-Deutschland sich in den kommenden Jahren noch besser entwickeln und somit auch die Zwei-Kind-Elch-Ehe möglich sein würde.

Bob sah sich missverstanden. Nicht einmal das Erste glückte ihm. Der für einen ordentlichen Verkehr mit Ana erforderliche Anlauf war viel größer, als die Zweizimmerwohnung mit Dusche und Klo im Zoo hergab. Wäre das hier der San Diego-Zoo oder gar die »Nationale Bibliothek originalrossischer Spezies« in Moskau, dann wäre das etwas ganz anderes, nämlich »Freie Liebe«. Aber hier? Selbst wenn er sich am Gitter abstieß, erreichte er nicht die nötige Abhebegeschwindigkeit.

Bob verdrehte regelmäßig die Augen, wenn das Wort Freiheit auf seinem inneren Touchscreen erschien, und begann zu weinen, was Ana ebenso regelmäßig in Rage brachte. Noch Bobs Vater hatte sie verinnerlicht, diese Idee der unfassbaren Weite, diese Grenzenlosigkeit, so süß, wie das Leben selbst. Doch dann war Bobs Familie mit falschen Versprechungen nach Deutschland gelockt worden. Bobs Vater verstarb gleich nach der Ankunft in Ost-Börlins Ostbahnhof auf der Herrentoilette. Laut Polizeibericht hatte er sich beim Wasser fassen in der Schüssel verhakt. Er soll dabei die Nerven verloren und mit dem rechten Hinterhuf die Spülung betätigt haben. Er sei kläglichst ertrunken. Seine genaue Todesursache, nähere Umstände sowie die Rolle der Schäferhunde der Polizei blieben unklar. Seine sterbliche Hülle wurde sofort verbrannt. Bob hatte gerichtlich eine Exhumierung der Asche seines Vaters erzwungen. Die ergab aber keine Hinweise auf Knochenbrüche und Bisswunden.

Bobs Vater war, wie Bob selbst, eher klein von Wuchs gewesen. Er hatte seinem Erzählen nach aus Anlass von Bobs Zeugung noch in Kasachstan Anlauf nehmen können und war Wochen später in Kamtschatka atemlos verliebt in seiner Mutter gelandet. Das waren andere – freie – Zeiten. Dafür war es andererseits im Leipziger Zoo sicher für Leib und Leben, sich zu verlieben. Es war nicht zu verachten, wenn nicht hinter jedem Busch ein sibirischer Tiger hockte, sondern nur der Pfleger Ludger.

Geschlechtsverkehr war im Leipziger Zoo schwierig. Aus dem Stand zu Ana hochzuspringen und im Runterfallen treffen, war nicht einfach für Bob. Sprang er zu hoch, knallte er gegen die Decke. Sprang er zu niedrig, rutschte sein Ding zwischen Anas Beine. Konsequent kommunistisch erzogen, biss sie nach seinem Teil, einfach, um Bob ideologisch klarzumachen, dass ihre Geduld für heute zu Ende war. Manchmal rutschte Bob auch aus, weil Ludger nur alle zwei Tage zum Ausmisten kam, und verfehlte Ana, wenn auch oft nur um Zentimeter. Das tat dann weh.

Viel mehr schmerzte ihn aber das Gejohle der Besucher. Während Ana diesseits des Gitters mit ihnen schäkerte, sich fotografieren ließ und Zuckerstückchen vernaschte, hockte er zumeist verzweifelt in einer Ecke der Wohnung und überlegte sich eine Strategie für den nächsten Anlauf. Lief er dann tatsächlich los, feuerten die Besucher ihn an. Manchmal machte Ana, während er schon im Anflug war, allein, um den Zuschauern zu gefallen, einen zierlichen Knicks und Bob flog zu hoch und landete auf ihrem Rücken. Das konnte sie überhaupt nicht leiden und zog aus Rache ihr Rodeo-Ding ab. Meist hielt er sich oben für zwei drei Sprünge. Rodeo war nicht sein Sport. Bob hatte zu kurze Beine.

Bob und Ana waren Mitglieder der Volksregierung Ost-Deutschlands. Außer der Elchfraktion, die mit ihnen beiden zusammen zwanzig Sitze hatte und nicht stimmberechtigt war, gab es die regierende Schweine-Fraktion mit neunzehnhundertneunundvierzig Sitzen sowie eine Hasenfraktion.

Unter den Schweinen gab es den »Ältesten«, das war ein echtes altkommunistisches Wildschwein namens Ernie. Alle anderen von

Ernies Rasse waren in den vorangehenden Jahren, meist im Herbst, nach West-Deutschland geliefert worden, lebend oder zu tiefgefrorenen Portionen verpackt. Ernie war Widerstandskämpfer im Weltkrieg Rückrunde gewesen und reinigte im Parlament hauptberuflich die Toiletten. Zudem organisierte er die Feierlichkeiten zum Gedenken an den rossischen Väterchen Frost zum Jahresende. Diese verantwortungsvolle Arbeit erledigte er immer noch gut, obwohl er den Job auf der Feier des Vorjahres fast verloren hätte: Als »Ältester« eröffnete er damals mit einer Festtagsansprache. Er erschien in Schürze, mit Eimer, Wischlappen und Scheuerbürste vorschriftsgemäß auf der Bühne in seiner Arbeitskleidung. An einer Stelle der Rede hatte er mit einem gewissen Augenaufschlag das Aussehen des großen Vorsitzenden der Volksregierung Chinas mit dem seiner verstorbenen Frau, einer Sau aus der östlichen Mongolei, verglichen. Der Fauxpas hatte ein diplomatisches Nachspiel und hätte beinahe zum Stop der nächsten chinesischen Lieferung von Plastikostereiern nach Ost-Deutschland geführt. Ernie wurden als Disziplinarmaßnahme die Hauer rundgeschliffen, aber er durfte in der Regierung verbleiben. Seine Fraktionskollegen, die allesamt in Rossland geferkelt worden waren, waren echte Schweine, rund, rosig, ideologisch rot, fett und kerngesund. Auch sie waren nicht wahlberechtigt.

Wahlberechtigt war allein die Fraktion der Hasen: das Volk.

Die Hasenfraktion hatte in etwa zehntausend gewählte Volksvertreter im Parlament. Genaues wusste keiner, da sie sich ständig vermehrten oder wegstarben oder verschwanden. Hier gab es Unregelmäßigkeiten, die statistisch nicht zu erklären waren. Hin und wieder starb ein Fraktionsmitglied an Entkräftung. Nicht wenige bissen sich mit unendlicher Geduld und Vorsicht durch Maschendraht und Mauerstein und verschwanden. Manchmal tauchte der ein oder andere später im Fernsehen West-Deutschlands wieder auf mit einer Möhre im Mund und zwei, drei Bikinischätzchen im Arm.

Die Bestuhlungsordnung des Parlaments sah vor, dass die Stallungen der Hasen an den Innenwänden des Plenarsaales aufgehängt zu sein hatten und zwar so, dass sie jederzeit die Debatten verfolgen konnten. Ihnen war als einzigen Mitgliedern der Regierung gestattet, während der Sitzungen zu rammeln, wenn sie dabei leise machten. Lautes Gerammel und Gekeuche während der Sitzungen wurde als oppositionelle Äußerung gewertet. Darauf stand Zuchthaus, in schweren Fällen Entfellung.

Vor jeder dermokratischen Abstimmung zur Kanzlerwahl, die alle vier Jahre anstand, wurden die Hasen von zwei unabhängigen Gutachtern gezählt. Kamen diese zu einem gleichen Ergebnis, wurde die Gesamtanzahl der Hasen durch die Gesamtanzahl der Hasen geteilt. War das Ergebnis eine gerade Zahl, stellten die Hasen den Kanzler der Regierung für die kommende Legislaturperiode. War das Ergebnis ungerade oder kamen die Gutachter zu ungleichem Auszählungsergebnis, stellten die Schweine den Kanzler. Man kann sich vorstellen, dass vor Abstimmungen das eine oder andere Schwein nachts davor schlecht schlief.

Scheinbare Nebensachen sind oft wichtig. Deshalb soll hier auch darüber berichtet werden, wie die Hasenfraktion täglich gefüttert wurde. Um fünf wurden die Hasen geweckt, ihnen ein Guter Tag gewünscht und das Frühstück versprochen. Nach dem Morgengebet zum großen Vorsitzenden hielt der Präsident eine Rede an die Bauern. Die begann etwa gegen elf, denn er hatte zuvor zu den rossischen Freunden, danach zu den heldenhaften Stahlarbeitern, dann zu den Soldaten des Volkes und zuletzt zu sich selbst gesprochen. Dieser Part allein konnte bis zu zwei Stunden dauern. Ihn fürchteten die Hasen am meisten. Denn ihnen knurrte dann bereits lange der Magen. Sie hatten seit dem Vortag nie etwas gegessen. Von den abendlichen Banketten der Regierung waren sie ausgeschlossen. Denn allein das Auftragen der Speisen hätte mit den Hasen an einem Tisch Wochen gedauert. Nach der Rede des Präsidenten wurde fünfzehn bis dreißig Minuten lang geklatscht, je nachdem, wie lange der Präsident hinter dem Pult verharrte. Die Hasen klatschten natürlich auch, weil sie Hunger hatten und auch heute hofften, es gäbe eine Ration Möhren zum Frühstück, obwohl es bereits Nachmittag war. Dann folgte eine Pause von zwei Stunden, in der jedes Schwein seine Sekretärin aufsuchte und danach mit ihr Essen ging. Anschließend kamen sie allein oder zu zweit oft mit einem

Gläschen Champagner zurück und besichtigten das Volk, also sich, uns, also uns Hasen. Das dauerte bis Punkt fünf Uhr. Das war für die Hasen die gefährlichste Zeit. Die eine oder andere Sekretärin flüsterte bei solchen Rundgängen schon mal einen Satz wie »DarficheinenkleinenWeihnachtsWunschäußernSchatzi. Was sind diese Rauchwaren auch niedlich, nein. Schau mal den da. Stell dir ihn doch vor auf meinen blauen Iltis-Bikini gesteppt. Oder die da in plain-grau auf meinem kleinen Schwarzen. Ooch, guck dir das Kleine an. Kannst du den nicht an meinen Wagenschlüssel zaubern, Liebster?«

Von fünf bis sechs Uhr nachmittags wurden Debatten geführt, wobei es hauptsächlich gegen das dekadente West-Deutschland ging. Es wurde sich empört, dass die verwöhnten Hasen West-Deutschlands ihre Jeans bei »Baldi« einkauften und danach Schweinebauch mit Rotkraut und Salzkartoffeln aßen und so viel Möhren wie reingingen. Um dem Volk klarzumachen, worüber man redete, wurden Möhren außen vor dem Maschendraht der Hasenställe hoch- und runtergezogen.

»... und diese Südfrüchte, meine Damen und Herrn« der Landwirtschaftminister endete regelmäßig mit diesem Kernsatz seiner Regierungsarbeit und hob dabei eine Möhre in die Luft, »werden von den kapitalistischen Hasen sogar oft als Nahrung verweigert. Stattdessen verlangen sie Schweinebauch. Als ob es nicht genug Nöger in Afrika, insbesondere in Mosambique und AnCola gäbe, die von nichts lebten als der Hoffnung, einmal nur, nur ein einziges Mal ihren Platz mit unseren Hasen tauschen zu dürfen.« Die Hasen wussten, wer jetzt nicht klatschte, riskierte die Entfellung. War ein Rammler nicht rechtzeitig mit Rammeln fertig und sein brünstiges Gestöhne mischte sich in die Stille zwischen dem Ende der Rede und tosendem Beifall, dann war er selber schuld. So einer wurde verhaftet, hinterdieOhrengeklatscht und vor Ort entfellt. Der Außenminister legte allwöchentlich erneut seinen Antrag vor, dass zumindest in der kommenden Woche keine Möhren an Hasen mehr verfüttert werden dürften. Einige der Hasen verfingen sich an diesem Punkt der Rede mit ihren Nagezähnen im Maschendraht ihrer Stallungen.

Gegen zwanzig Uhr bekamen die Hasen nach Absingen der Nationalhymne ihr Strohhäksel in die Futterkrippe geschüttet und dazu ein Glas Wasser. Die Ration wurde oft auf die Hälfte gekürzt, weil es immer wieder vorkam, dass ein Hase während der Sitzungen demonstrativ angeblich wegen Hungers verstarb. Andererseits, das muss man der historischen Gerechtigkeit wegen auch erwähnen, gab es auch Hasen, die »a la carte« aßen. Deren Vornamen wurden mit »IM« abgekürzt, was so viel hieß wie »ImMeinsatz«. Diese im Kindergarten zu Abhöreinrichtungen umerzogenen Hasen wurden jeden Morgen auf die Frequenz des Nachbarn eingestellt, bekamen ein ordentliches Frühstück und danach eine Häsin, die alle aussahen wie die Siegerin der letzten Landwirtschaftsausstellung, geklonte Schönheiten, aber besser im Rammeln als das Original. IM Tanzmöhre, IM Schlappohr, IM Hasenscharte, IM Saubermann, sogar IM Hase gab es. Diese Zusammensetzung eines dermokratischen Parlaments und vor allem das liberale Wahlrecht dienen derzeit weltweit als Roadmap für jede Dermokratie.

Ana verstarb, als der Volksernährungsminister in der Plenardiskussion äußerte, er schlage vor, den Elchen die Pille ins Futter zu mischen, da Rotwild billiger zu halten sei. Kaum war Anas Kopf tot in Bobs Schoß gesunken, rannte er irre vor Schmerz und mit vollem Anlauf auf das Podium. Die vorsitzenden Schweine spritzten hoch. Bob griff das Mikro und sagte ruhig: »Ich will ab heute SchweinemettmitZwiebel.« Das war Aufruf zu einer Revolution. Das Volk auf der Straße hatte den Satz mitbekommen. Der Friedensvorhang im Land war zerrissen. Ludger zog Bob von der Bühne und verschwandt mit ihm durch den Keller. »Wir verschwinden nach Sibirien, Bob. Die holen dich sonst ab.«

GehoamDienst-Bezirkshauptquartier, 7. November 1989

Rostov hatte am 7. November 1989, genau einen Monat nach Abhaltung des Ost-Deutschen-Gedenktages an die Befreiung des »Volkes« von sich selbst und seinem Eigentum an Produktionsmitteln von Leipzig aus den GehoamDienst in Börlin, Ost-Deutschland, angerufen. Der Hörer wurde zwar abgenommen, aber es gab keine Meldung. Als er minutenlang weder Geschieße, noch Geschrei, noch Anzeichen irgendwelcher Folterungen von Gegnern des Kommunismus vernehmen konnte, als eigentlich überhaupt nichts zu hören war außer Geblöke, ja, als ihm klar wurde, dass seine Zentrale nicht mal mehr Fieps sagte, verstand Rostov alles. Das Spiel war aus. Das Feuer des Kommunismus in Ost-Deutschland war erloschen.

Es drohte die Freiheit.

Er vernichtete unmittelbar darauf seinen Dienstausweis, seine Personalakte und sämtliche Sterbeurkunden von Gegnern des Kommunismus, die er unterzeichnet hatte. Er schrieb sich seinen Lebenslauf um, den er, wie unter GehoamDienst-Leuten üblich, so gut versteckte, dass man ihn sicher fand. Dazu legte er das gefälschte Abschlusszeugnis einer ost-deutschen Universität, das ihn als Diplomingenieur für Metallurgie auswies, sowie seinen Haftentlassungsschein des Gefängnisses in Bitterfeld, wo er zwischen August 1983 und Februar 1984 sechs Monate wegen Waffendienstverweigerung in der kommunistischen Armee, erbitterten Widerstand leistend, gesessen hatte. Er hatte in seinem Lebenslauf auch den Ort Gerangelrode im Eichsfeld/Thüringen angegeben, wo er geboren war. Sein neuer Vater war ein im Dorf bekannter kommunistischer Säufer. Die Mutter litt seit ihrer Geburt an Alzheimer und erinnerte sich an rein gar nichts. Sie wurde darum schon mit dreizehn vom kommunistischen Bürgermeister des Dorfes in zärtlicher Übereinstimmung mit dem Dorfpfarrer zum

Ortsvorsteher ernannt. Sie sprach seit sie fünfzehn war täglich dreimal im Fleischerladen vor und erkundigte sich nach dem Befinden ihres Sohnes Rostov. Im Dorf war man sicher, dass das Paar einen Jungen namens Rostov gezeugt hatte, der in Börlin lebte. Im Kirchenbuch fand sich ein Eintrag. Rostov war ein vorausblickender Mensch.

Zuletzt legte er alle selbst angefertigten Referenzen hinzu. Darunter die eines Leipziger Studentenpfarrers nahmens Lückhaupt, der aus unerklärlichen Gründen vor vielen Jahren von einem Motorradfahrer des GehoamDienstes Ost-Deutschlands totgefahren worden war. Der Unfall geschah mit Todesfolge für das Gerücht, dass er an seinen antikommunistischen Predigten verstorben sei.

Rostovs unterdrückte Karriere unter der Ost-Deutschland-Dicktatur würde zu guter Letzt jedem klar werden, anhand des Tonbandes, das er seiner Akte beifügte. Darin hatte ein an der Börliner Mauer von ost-deutschen Grenzsoldaten abgeschossener, sterbender Flüchtling noch vor dessen Tod in ein ihm gereichtes Mikrofon des Gehoam-Dienstes gesprochen, dass er einem Herrn Rostov aus Gerangelrode seine aufrechte christliche Haltung verdanke und dass, auch wenn er jetzt zu Unrecht an der Mauer sterben werde, er ihm das nie vergessen würde. Das anschließende Vaterunser konnte der Sterbende aus verständlichen Gründen nicht mehr beenden.

Das Versteck, das Rostov für seine Akte gewählt hatte, war der verschlossene Blechschrank, wo die Akten der hartnäckigen Kommunismusgegner hingen. Er war sich sicher, dass diese in den kommenden Tagen gehäckselt werden würden, und sah im Geiste die Gehoam-Dienst-Leute West-Deutschlands, wie diese zehn Jahre später Schnippel um Schnippel seine UnSchuld beweisen würden.

Rostov schrieb seiner Frau, die drei Häuser weiter wohnte, und seinen sechs Kindern einen Abschiedsbrief, dass er unter den gegebenen Umständen aus seinem Leben geschieden sei, und zwar in Würde, wenn der Brief sie erreichte. Er könne das Gesinge vom »Volk« nicht mehr hören, als ob er nicht auch das Volk gewesen wäre, sogar vielleicht mehr als alle anderen. Er sei aus Verzweiflung an dem ihm geschehenen Unrecht verstorben. Er fälschte sich noch seine Sterbeurkunde und orderte vom Südfriedhof eine Bestätigung an seine Frau, dass er verbrannt worden war. Er veranlasste auch, dass man seiner Familie eine Urne mit der Asche eines armen Schweines aus dem Volke schickte.

Prof. Nöthinger trat ein. Der anstrengendste Teil des Tages war für ihn vorüber. Zwei als Putzfrauen verkleidete Zigarrenarbeiterinnen sowie deren drei Freundinnen verließen völlig fertig durch den Hinterausgang das Büro. Er öffnete die erste Flasche Wodka und goss auch Rostov ein. Sie tranken einen auf Karl Marx, einen auf Friedrich Engels, einen auf Lenin, einen auf Stalin, einen auf Rosa, einen auf B. Brecht, einen auf Pieck, einen auf Ulbricht, einen auf Liebknecht und einen auf sich selbst! Weiter gab es einen auf jede Ehefrau, einen auf jedes ihrer Kinder und einen Absacker auf Väterchen Rossland. Zuletzt tranken sie einen auf Gandolf Gitler, teer, wenn er nur kommunistisch erzogen kewesen worden wäre, teen Weltkrieg Rückrunde mit TeerHilfeTesVollkes lässig gewonnen hätte und viel zu früh verstorben war.

Prof. Nöthinger stand dann auf und stimmte die polnische Nationalhymne an: »Noch ist Polen nicht verloren …« Er sang das Lied mit Blick auf den Kronleuchter. In seinem Nacken bildeten sich Speckfalten. Sein flacher Schädel verlief bei der dritten Strophe bereits völlig parallel zur Stuckdecke. Rostov stand der Mund weit auf. Teer Mann hatte Klasse, irgendwie.

»Gehnosse Rostov, ich habe heimlich für die Freiheit der Polen gearbeitet, damit du das weißt.«

»Wie denn?«

»In der Nacht vom dritten zum vierten April 1982, als eine polnische Delegation uns zur Hundertjahrfeier des Beschtehens kommunistischen Gedankengutes besuchte, sie hieß Maria. Sie hat mir persönlich über die Vorgänge der Dermokratisierung in Polen mündlich berichtet.«

Rostov wurde rot.

»Was ist, Gehnosse?«

»Ich habe mit ihr vom vierten zum fünften April Kaffee getrunken.«

Jetzt standen beide auf.

»Da stimmt was nicht!« Nöthinger war außer sich. »Die polnische Schlampe hat die besten Söhne unseres Volkes benutzt und unsere Informationen den Rossen gemeldet, jetzt kapiere ich alles. Ich habe nämlich, weil es so schön war, in der Nacht vom fünften bis sechsten April ihre Suite geputzt. Das ist eine Schwäche, die Sauberkeit, Gehnosse Rostov. Als ich dann im Bad weitermachen wollte, hörte ich sie am Telefon rossisch sprechen. Damals dachte ich, dass sich polnisch eben anhört wie rossisch, wenn einer beim Zähneputzen redet und die Bürste nicht rausnimmt. Ich habe mir nichts dabei gedacht.«

»Macht nichts, Gehnosse. Wir haben leider zwei Feinde im Osten, die Polen, die gar nichts haben, und die Rossen, die noch weniger haben. Was sind deine Zukunftspläne, Gehnosse Nöthinger?«

»Ich habe keine, mir fällt nichts ein. Und deine?«

»Gehnosse Sergeij von der rossischen U-Boot-Flotte hat mir schon vor zehn Jahren ein Ein-Mann-U-Boot versprochen. Es macht 50 Knoten pro Stunde, taucht bis fünfhundert Meter tief und ist mit zwei Torpedos ausgestattet. Die Zünder stammen von den Amis – die F-PAMs, eine Erfindung meines Freundes Bestehjew beim CIB im Pentagun. Ich hoffe, Sergeij hält Wort.«

»Tut er, tut er, ich kenne ihn. Und wenn nicht, ruf mich an, er war vom dritten bis vierten April auch dabei, hat sogar noch zwei Mädchen beigesteuert. Also das lass mich mal meine Sorge sein. Wann brechst du auf?«

»Morgen Mittag, ich muss noch ein paar Formalien erledigen.«

»Warum fährst du nicht gleich, Gehnosse Rostov?«

»Ich muss noch sterben.«

»Verstehe. Hast du das Nötige veranlasst?«

Rostov hörte ihn nicht mehr. Durch sein Dienstfenster in die untergehende Sonne schauend, sah er sich, wie er sein Fernrohr auf den Strand der kurischen Nehrung an Polens Ostseeküste und den dortigen Nacktbadestrand richtete. Danach würde er in Seelenruhe ein Schnäpschen trinken und seine Erinnerungen vergolden. Er würde sich das Radio anstellen und Balaleikalieder hören und nebenbei den Torpedo reinschieben – und dann »Bumm«.

Rostov atmete auf und schaute seinem Professor ins Gesicht. Sie waren Freunde geworden. Es gab eine Übereinkunft zwischen ihnen. Nöthinger hatte schriftlich anerkannt, dass er von Mechanik nichts verstand und in aller Form garantiere, dass Rostov der Klügere war. Rostov akzeptierte im Gegenzug, dass es keinen besseren Mechanikprofessor geben konnte als ihn. Die beiden grübelten über von Nöthingers Zukunft. Eine Legende zu erfinden, war an sich nicht schwer. Nöthinger fiel auch heute nichts ein. Er meinte zwar: »Ich könnte irgendwo einheiraten«, aber das war's auch schon.

»Keine dumme Idee«, nahm Rostov den Faden auf, »ich habe auch daran gedacht. Als Mechanikprofessor kannst du denen in West-Deutschland nicht kommen. Die gehen mit Sicherheit davon aus, dass du zu viel weißt und machen dich fertig.«

»... aber wen heiraten?«

Rostov stellte, zum wievielten Mal eigentlich, fest, dass dem Kerl tatsächlich nie etwas Eigenes einfiel. Natürlich war er darauf vorbereitet gewesen, aber die Erkenntnis lag ihm im Magen. Er wendete sich ihm mehr mitleidig als redlich zu.

»Am besten, du bist schon seit Jahren im Westen verheiratet gewesen. Ich kenne eine für dich, die ›derer von und zu Fürchtegoth‹, alter rheinhessischer Adel; haben für jeden Sieg über die Franzosen durch die Jahrhunderte den Wein spendiert. Männer des Geschlechts waren alle homosexuell, bis auf einen, der war bloß Vegetarier. Gefickt haben die männlichen Fürchtegoths alle nur ein einziges Mal in ihrem Leben eine Frau, und zwar dann, wenn es um den Thronfolger ging. Die ›von Fürchtegoth‹ erinnert sich an nichts, da kannst du sicher sein. Sie ist dreiundneunzig.«

Nöthinger wurde blass: »Was verlangst du da?«

»Sie erkennt dich nicht, sie ist blind. Mit ihr schlafen brauchst du auch nicht. Auf die kommst du sowieso nicht hoch. Sie schnarcht und rappelt dabei. Sie hört auch nichts. Wenn du ihr die Hand streichelst, habe ich selbst ausprobiert, fragt sie dich ›bist du mein Gotthilf?‹ Gotthilf war ihr verstorbener Mann. Er war Flieger im Weltkrieg, Hinrunde. Du sagst einfach mit den Lippen ›Ja‹. Sie wird dir einen Kuss aufdrücken wollen. Geh darauf ein, halt ihr statt deiner Lippen den Telefonhörer hin. Den kennt sie. Sie wird dir dankbar sein. Ich habe den Grabstein des ›Herrn von Fürchtegoth‹ schon beseitigen lassen. Er lebt folglich noch. Im Kirchenbuch habe ich ihn auch austragen lassen. Der Pfarrer der Gemarkung Fürchtegoth schwört Stein und Bein, dass er den Grafen noch gestern beim Pilzesammeln getroffen hat, nämlich dich. Ich habe ihm dein Foto gezeigt. Ich bereitete ihn seit Jahren freundlich vor auf das, was kommen wird, denn schließlich krakeelt das Volk nicht erst seit gestern. Er hat sofort verstanden. Wahrscheinlich hatte er Angst vor der Hölle, die dann ich für ihn geworden wäre. Er wird bei Gott schwören, was ich ihm vorgesprochen habe. Habe gestern nochmal mit ihm telefoniert und ihn repetieren lassen. Er will auch kein Geld. Er ist froh, dass ich ihn danach nicht weiter behölligte. Habe ich ihm zugesagt. Hier ist deine Heiratsurkunde. Du hattest bereits Goldene Hochzeit. Ich habe auch einen Gesichtschirurgen in Mannheim angerufen. Der macht dir die Nase und die Falten. Deine Frau hier in Leipzig kommt morgen durch einen Motorradunfall um. Du weißt, sie hat Krebs. Sie stirbt so oder so. So kann sie dir wenigstens noch was nützen.«

Nöthinger schluchzte.

»Heul nicht, sonst verliere ich noch die Achtung vor dir. Jeder stirbt mal.«

»Lass sie nicht leiden.«

»Keine Sorge, die vom Südfriedhof wissen Bescheid. Sobald sie angeliefert wird, erlösen die sie. Sie kriegt ein Urnengrab mit allen Ehren. Gott sei Dank hast du keine Kinder. Das hätte alles schlimmer gemacht. Du wirst Medizinprofessor.«

»Was?«

»Dein Name ist Prof. Dr. h.c. mult. Dr. med. habil. Gotthilf von Fürchtegoth-Nöthinger. Und du wirst aufsteigen.«

»Und was kann ich»?

Jetzte folgt ein Teil teer Erzählung, teer für Jugendliche unter Achtzähn nicht geeignet ist, tenn er ist inhaltlich einem Merkblatt für Proktologiestudenten entnommen worden.

Rostov ließ die Hose runter, bückte sich und drehte seinen Hintern vor von Fürchtegoth-Nöthingers Nase.

»Was siehst du da?«

»Ein Arschloch.«

Rostov richtete sich auf, drehte sich um und sagte: »Sag mir das bloß nie ins Gesicht, verstanden.«

Dann bückte er sich wieder: »Was siehst du noch?«

»Beulen.«

»Das sind ›Hämorrhoiden‹ und weiter? Steck den Finger rein.«

Von Fürchtegoth-Nöthinger krempelte die Ärmel hoch und näherte sich der Öffnung.

Rostov ahnte Schlimmes und schrie: »Willst du mir etwa ohne Gummi von innen in die Gurgel fahren? Zieh dir was an und mach vorsichtig.«

»Und was?«

»Ein Kondom mit Gleitgel, aber außen drauf. Denkst du, Professor, dass sich ein einziger Privatpatient einfach so mit deinen ungewaschenen Pfoten in den Arsch grapschen lässt? Am besten du ziehst weiße Handschuhe unter. Kannst du als Sonderleistung abrechnen. Weiter, was fühlst du jetzt?«

Von Fürchtegoth-Nöthinger Gesicht hellte sich auf: »Den G-punkt.«

»Richtig. Den hat jeder Mensch. Die Frauen haben ihn in der Möse und wir Männer im Arsch. Wasch dir jetzt die Hände. Ich habe deine Approbation, deine Doktorarbeit, deine Habilitationsschrift und deine Berufungsurkunde als ordentlich berufener ›Professor für das Fach Proktologie‹ bereits unterzeichnet. Der Rektor der Universidad zu Fürchtegoth, bei Rheinböllen, weiß Bescheid. Du weißt, wie man sich korrekt verhält, wenn man nichts vom Fach versteht. Also. Fürchte dich allein vor Leuten wie mir.

Dein Vorteil ist im Gegensatz zum Gebiet der Mechanik, daß du als Arzt immer am Drücker bist. Wir machen jetzt theoretisch weiter. Wenn ein Patient bei einer Untersuchung sagt, du tätest ihm weh, wenn du ihm in den Arsch greifst, dann zieh den Finger nicht raus. Lass ihn stecken. Geh mit der Faust nach. Dein Patient dürfte an dem Punkt bereits resigniert haben und stumm weinen. Wenn das nicht reicht, benutze den Oberarm. Schieb dir den Dickdarm über den Oberarm. Du kommst am Zwölffingerdarm raus. Da musst du aufpassen wegen des Magellaneffektes, lauter Buchten, deswegen heißt er ja Zwölffingerdarm. Nur ein Weg führt durch zum Magen. Steck deine Faust einfach geradeaus durch. Dann bist du im Magen. Wenn der Patient dann behaupten sollte, er sei wegen seines Galleleidens und nicht wegen eines Magendurchbruchs zu dir gekommen – straf ihn, denn er weiß zu viel über seinen Körper. Er ist vermutlich ein Intellektueller. Greif ihm in die Magenwand von innen und kneif zu. Kneif ihn fest. Mach ihm Angst. Sag ihm, er hätte einen Ulcus fünften Grades – weißt du, was das ist? Das ist ein tödliches Geschwür – noch drei Monate zu leben – das wissen solche Typen. Normalerweise geben die Kerle an der Stelle klein bei. Manche sind aber sehr resistent. Solchen suchst du den Mageninhalt ab. Finde bitte etwas Daumengroßes, Unverdautes. Am besten eignen sich Pellkartoffeln. Drück die Pellkartoffel oder das Stück Gulasch, was er zu Abend gesessen hat, in seine Speiseröhre rauf. Dann muss er kotzen. Das heißt in der Fachsprache ›der Patient leidet an einem occulten Ödipuskomplex‹. Die Betonung liegt auf ›occult‹. Lass ihn kotzen. Pass auf, wo du dann gerade sitzt. Die meisten Patienten kotzen spontan und undiszipliniert nach vorn weg. Du sitzt dann besser schon wieder am Schreibtisch und schreibst ihm sein Rezept. Er kotzt vermutlich inzwischen doch in den Mülleimer, denn er ist es gewohnt, Müll zu sortieren. Wenn er wieder Farbe angenommen hat und dich nicht mehr gelb wie ein Chinese anguckt, frag ihn, wie er sich fühlt. Wenn er immer noch mault, dann sag ihm: ›Ziehen Sie sich noch nicht an, ich muss noch eine Kontrolle machen.‹ Du steckst den Finger nochmal rein. Du wirst sehen, du bist kaum bis zum Ellbogen wieder drin und er wird alles zurücknehmen. Als Arzt, sage ich dir, bist du im Vorteil. Sollte der Patient sich wider Erwarten doch schneller erholen, als wir denken, dann kündige ihm bei der Wiedervorstellung an, du müsstest wegen Krebsverdacht auch noch seine Hoden untersuchen. Sein Krebs im Arsch, der leider bereits ertastbar sei, könnte gestreut haben. Dann packst du ihn ohne zu zögern in die Eier und ziehst sie lang. Wenn er schreit, hältst du ihm dein Skalpell unter die Augen und sagst, du würdest nun nur noch eine kleine Resektion vornehmen. Davor haben die Leute Respekt. Die meisten wissen aus dem Fernsehen, dass dieser Schnitt für sie an der Stelle einen Körperteil weniger bedeutet. Du wirst sehen, er wird dich bitten, ihm wenigstens ein Ei zu lassen, denn fast alle Patienten haben ihren Frauen seit Jahren versprochen, dass sie noch dieses Jahr vor Weihnachten wieder Sex haben würden, so wahr ihnen Gott helfe. – Und nun hast du ihn! Du bist Gott. Du schneidest ihm nichts ab. Du kneifst ihm nur anständig in eins der Eier, bis er schreit. Du sagst dann, du hättest eben eine Biopsie entnommen. Bis auf Weiteres könne er nach Hause gehen. Du lässt ihn wochenlang kochen, denn er fürchtet den Hodenkrebs. Dann lässt du ihn nochmal einbestellen und vier bis fünf Stunden warten. Er wird dich danach schwitzend um Rat bitten. Du sagst ihm, dass nur eines seiner zwei Eier befallen ist. Er wird dich umarmen, aber du sagt ihm zugleich, dass du ihm das Arschloch zunähen musst, wenn er deine Rechnung über fünfzehntausend Euro für die Zusatzleistungen nicht unterschreibt. Begreifst du endlich, als Arzt bist du im Vorteil, denn vor dem Tod haben alle Schiss. Pass auf, wenn dir einer mit Durchfall kommt.«

Von Fürchtegoth-Nöthinger schwitzte. Er hatte Rostov zutiefst unterschätzt. Rostov reichte ihm die Papiere, die Autoschlüssel der Rotkreuzambulanz und küsste ihm beide Wangen. Er bat ihn, zu verstehen, dass sie sich ab jetzt nie gekannt hatten. Prof. Dr. hc. mult. Dr. med. habil. Gotthilf von Fürchtegoth-Nöthinger blickte in Rostovs ehrliche Augen und sagte: »Wenn du irgendetwas brauchst, du weißt, wo du mich findest.«

Oh oui je t'aime. Moi non plus. Oh mon amour. 9. November 1989

> *Je t'aime je t'aime*
> *Oh oui je t'aime*
> *Moi non plus*
> *Oh mon amour*
> *Comme la vague irrésolue*
> *Je vais, je vais et je viens*
> *Entre tes reins*
> *Je vais et je viens*
> *Entre tes reins*
> *Et je me retiens*
> (By Serge Gainsbourg)

Dies ist eine private Erwähnung.

Der Tag wollte nicht enden. Er verhielt sich, als wollte er die Mitte der Nacht wieder einmal aufschieben in das kommende Jahrzehnt hinein. Die Nacht der Öffnung der Grenze in Deutschland – war da. Menschen strömten jubelnd und weinend nach Westen, wo sie Fremde umarmten. Ich sah es. Ich sah es von Westen her, wo Umarmungen selten an andere Menschen herangetragen wurden und der Körperkontakt überraschen konnte: Der riecht nach Schweiß, der Verschluss ihres BHs, sein Bauch, ihre Speckwelle oberhalb des Gürtels. Details, die beide verrieten, den der umarmte und den der die Umarmung hinnahm. In der Physik strömt Wärme zu Kälte und nicht Kälte zu Wärme. »Kälte kroch in mich hinein« ist ein falscher Befund; »Wärme strömt aus mir heraus und macht mich kälter«, wäre physikalisch korrekt. »Meine Nerven fühlen mein Erkalten« ist auch nur bedingt richtig. Wir fühlen den plötzlichen Übergang, den Schock, nicht das leise Abflauen oder Ansteigen von Wärme, es sei denn, es würde ein Grenzwert überschritten.

In mir war Ödnis. Meine Familie, meine Frau, meine Kinder, mein Balkon waren Geschichte. Sie hatten begonnen, in mir auszuflocken und zu sedimentieren, nicht mehr war mir möglich bis dahin. Besser nicht anrühren. Zeit kann gnädig sein. Wir müssen geduldig sein.

Ich war in jener Nacht insbesondere nicht auf Frauen aus. Und wie ich diese Eine fand, genau in der Nacht der Öffnung der Grenze, war doch Zufall? Der Name der Frau ist Aysha. Sie und Freunde kamen mir entgegen. Ich wich ihnen zunächst leicht zur Seite hin aus. Das war bei der Siegessäule. Es war eine dunkle, sternenlose Nacht voller Lichter. Es gab Lärm, Klamauk, Gegröle und Gejohle. Die Neue Zeit war gekommen. Aysha ging neben einem Mann, den ich zwar kannte, den ich entfernt kannte, aber den ich nicht meinen Freund nennen würde. Dazu war er zu sehr auf seine Erscheinung bedacht und das andere Land. Sie kamen auf mich zu. Ich sah sie an, ihr Gesicht. Ein solches Gesicht, ich schwöre es bei meiner Mutter, hatte ich nie zuvor gesehen. Ich war damals in einer offenen Verbindung mit einer Frau zusammen. Aus heutiger Sicht war ich in der Verfassung eines allein stehenden Mannes, der auf seiner zu klein gewordenen Terrasse einen der wenigen Nachmittagstees trank angesichts der Gewissheit, dass der Winter bald einfallen würde, nein, dass die Wärme bald abfloss. Schon hatte ich aber nach viel Erfahrung begreifen gelernt, dass es Gott gab. Ich verstand sofort, als ich diese Frau sah. Ich verstand, was kommen würde, wie es weitergehen würde und was zu tun wäre.

Inmitten kurzer Begrüßung und Vorstellung durch den Bekannten sah ich sie weiter an. Sie blickte ihrerseits mich an. Heute weiß ich, dass sie damals bereits wusste, wer ich war: Ich ihr Alles, ich ihr Einziger. Ich ihr Immer. »Es waren deine blauen Augen«, sagte sie später, »die mich in dich hineingezogen haben.«

Sie gingen weiter ohne große Worte.

Beine interessieren mich, Beine von Frauen. Ich sah mich um. Das habe ich nur manchmal getan in meinem Leben, weil die Gelegenheit, schöne Frauenbeine zu sehen, so was von selten ist, dass das einem

Mann weh tut. Ihre Beine waren gerade, nicht dünn, geschweige denn dürr. Ihr Kleid war großzügig genug geschnitten, dass man eigentlich alle körperlichen Konsequenzen hätte ahnen müssen, und doch, das weiß ich heute, hätte man keinen Zutritt erhalten. So war sie. Für wen, für was. Für keinen! Für mich. Und dieser Nebensatz ist für den einen oder anderen: Titten habe ich nicht geguckt. Man stiert nicht auf der Titten von die Frau, denn man ist keine Pferd und sie ist kein Gebärvieh.

Bevor sie, vielleicht auf immer, fortgegangen wäre und sie mich vielleicht nur ein einziges Mal in meinem Leben gestreift hätte, griff ich im Nachgehen ihren Arm. Ich sagte: »Ich möchte Ihnen das ein oder andere gern sagen – ich bin manchmal schwach.« Sie entgegnete: »Morgen vielleicht um fünf, hier. Schwach ist, wenn du keine Liebe hast.« Sie ging weiter. Mein Zögern hätte keine Minute länger dauern dürfen, »Das meine ich nicht«, sagte ich, »ich warte.«

Später, als wir längst eins waren, sagte sie noch diesen Satz in einer jener Stunden: »Schwache Männer neben Frauen, die nicht lieben können, werden durch sie zu Mördern.« Obwohl ich in vieler Hinsicht gesund bin, bin ich doch sicher, dass ich damals an Wärme gewann durch Aysha, meine Frau heute, und sie durch mich. Neben ihr ist Deutschland mir nicht egal, denn wir sind Teile von uns geworden und auch des Landes. Zusammengehörende Teile, ein Einziges aus Bruchstücken gemacht. Wir sind uns alles und jedes in diesem Land gemeinsam. Es schien, als sei Deutschland ohne uns undenkbar.

»Die Wände« von Eduardo del Pinto, 1990

Eduardo del Pinto bewohnte vom 12. September 1973 bis zum 11. März 1990 ein Apartment im Gefängnis »De Puta Madre 69« in Chile. Er hatte in einer Rede den 1973 zur Macht gelangten General Pinochet als »Kommunisten« bezeichnet. Kurz nach der »Wände« in Chile 1990 bezog der Journalist erneut das Staatsgefängnis, diesmal wegen Totschlags an seinem Scheidungsrichter. Del Pinto hatte viel Zeit in Gefängnissen und schrieb noch während der Dicktatur Artikel für eine führende chilenische Tageszeitung unter einem Pseudonym. Neben tagespolitischen Themen in Chile griff er weltpolitische sowie soziologische Themen auf. Wir zitieren aus seinem sorgsam übersetzten Artikel »Zorro, der schwarze Rächer«.

»... dann kam die Übernahme Ost-Deutschlands durch den Rupoldinger Kirchengesangsverein ›UndbewahreunsvorallemÜbelOhHerr‹. Alle in Deutschland bezeichneten das als »Die Wände.« Kein Mensch weiß dort leider, was eine ›Wände‹ ist, denn es gab in Deutschland seit dem Westfälischen Frieden keine echte ›Wände‹ mehr. Es dreht sich bei einer »Wände« um ein Ereignis, das Sie drehen oder ›wänden‹ können, wie Sie wollen, es endet immer mit Freispruch, es sei denn, Sie waren vorher schon schuld. Insofern war das Ende des Weltkriegs Rückrunde eine der erfolgreichsten ›Wänden‹ der Weltgeschichte. Etwas finde ich ganz persönlich bescheuert. In den Zeiten vor solchen ›Wänden‹ durfte man im Namen des Volkes Leute erschießen, aufhängen oder selber foltern und bekam einen Orden. Als ich jedoch in 1990, nachdem der Rupoldinger Kirchengesangsverein schon alle Häuser in Ost-Deutschland gekauft hatte, fast zeitgleich meinen Scheidungsrichter im Stadtgericht von Santiago de Chile erschossen hatte, bekam ich dafür zehn Jahre von seinem Kollegen, und zwar zusätzlich zu den Alimenten und baren Zumutungen, zu denen ich sechs Wochen früher von dem Vorgänger verurteilt worden war. Hätte der Dahingeschiedene sich beschieden und mich nur zu Alimenten verurteilt – er würde heute noch leben. Denn wie kam es zum Ableben des Richters? Durch Unrecht, durch einen Spruch, den er besser erstmal vor dem Spiegel geübt hätte. Warum provozierte er sein Opfer noch? Seinen Spruch ahnte ich bereits und war entsprechend in Rage. Erst beschreibt er, wie meine Ex und unser Kind am Hungertuch nagten ohne mein Geld. Vor aller Augen nimmt er meiner Frau das Hungertuch weg und gibt es mir, damit ich am Hungertuch nagte ohne mein Geld. Dann ließ er mich noch scheinheilig letzte Worte sagen vor seiner Urteilsverkündung. Ich sollte mich kurz fassen, da die Beweislage über meine Fähigkeit, eine Ehe zu führen, erdrückend sei. Also stellte ich drei kurze Fragen:

›Erstens. Meine Frau kriegt nach der Scheidung die Kinder und alles gemeinsame Eigentum, ja oder wahr?‹

›Ja‹, sagte er.« Er wollte noch etwas dazu erklären, aber ich unterbrach ihn, denn ich hatte das Wort. Er nicht. Da war ich noch nicht auf einhundertachtzig.

›Zweitens. Und meine Frau hat nach der Scheidung zweimal die Woche das Recht, meine eheliche Pflicht einzufordern, ja oder wahr?‹

›... bis das letzte Ihrer sieben Kinder achtzehn ist, ja‹, schränkte der Richter ein. (Und ich Blödmann hatte seinerzeit auch noch die Schließer bestechen lassen, damit ich wenigstens hin und wieder etwas anderes ficken konnte außer meiner Matrazen.)

Um in meiner Urteilsfindung ganz sicher zu gehen, fragte ich dann die entscheidende dritte Frage:

›Drittens. Sehen Sie nicht, wie meine Ex aussieht und was sie so in etwa wiegt?‹

›... Ihre Frau darf durch die Scheidung keine Nachteile haben, das ist von Körpergewicht und Aussehen der Dame unabhängig‹, meinte der Richter und schlug den Hammer. Ich soll dem Richter dann ohne Warnung in die Leber geschossen haben. Keiner weiß bis heute, ob er daran gestorben ist oder ob er nicht sowieso daran gestorben wäre. Und dafür sollte ich knapp zehn Jahre sitzen? Ich weiß bis heute nicht, wofür ich so lange gekriegt habe. Hätte ich den Herrn Richter vor seiner Erschießung gefoltert und dann von seinem Leiden erlöst, das wäre Unrecht gewesen. Aber mein Fall? Ein Schuss in die Leber soll letal gewesen sein und ich schuld? Nie im Leben ...«

Jynx torquilla torquilla Germanica, 1991

Der Chefornitheologe der Universidad Eduardo del Pinto in Leipzig griff in seiner Habilitation das Thema »Wände« auf und machte sie unsterblich: »… was aber ist eine ›Wände‹? Sie ist ein Vorgang, bei dem alles von Grund auf verdreht wird. Die Frage jeder ›Wände‹ ist, wie oft nacheinander ›gewändet‹ werden soll. Einmal ›wänden‹ bezeichnet die Fachliteratur als ›Unvollendete‹. Sie ist gleichbedeutend mit einer andauernden Veränderung. Gerade Anzahlen aufeinanderfolgender ›Wänden‹ waren ›vollendete‹. Man kam wieder an, wo man sich auskannte und wo die Leute die Folter und das Vaterunser noch beherrschten. Es gab aber wieder preiswerten Wohnraum und es waren Jobs frei, an die vorher kein Herankommen war. Es wurde zu allen Zeiten ›gewändet‹, vier-, fünfmal die Woche war üblich. Ehemalige Mitglieder der kommunistischen Partei Ost-Deutschlands, ›wändeteten« in der Fastenzeit 1990 täglich jede Viertelstunde. Das konnte sich nur leisten, dem dabei nicht schlecht wurde.«

Der Begriff »Wände« geht auf den Zugvogel »Wändehals« (Jynx torquilla torquilla) zurück. Drehen Sie einem solchen Vogel den Hals um, guckt der Sie auch nach zehn Umdrehungen noch frech an. Zum Vergleich, der gemeine Feldsperling (Passer montanus) ist bei knapp über einer Viertelumdrehung bereit, alles zuzugeben, und schmeißt bei fünf Uhr die Sache hin. Das behaupteten kürzlich seine Fressfeinde, der Sperber (Accipiter nisus), der Waldkauz (Strix aluco), der Mäusebussard (Buteo buteo), der Wanderfalke (Falco subbuteo) sowie der Turmfalke (Falco tinnunculus) unisono auf der Weltkonferenz gegen Euthanasie im Tierreich in Rio de Janeiro. Nach der Übernahme Ost-Deutschlands wurde die Gattung Jynx torquilla torquilla Germanica unter Naturschutz gestellt. Sie vermehrte sich rasant. Der Trend hält an.

Manch erbitterter Rächer am Kommunismus konnte die innerlichen

»Wänden« dieser Vögel nicht verdauen. Wieso denn, fragten die sich, war sein Blockwart damals ein Widerstandskämpfer gewesen und jeder »Schwarzfahrer« eine Hommage freier Menschen an Gleichheit und Dermokratie? Manche mental unbeherrschten Rächer haben sich scheußlich am Jynx torquilla torquilla verletzt. Halsrumdrehen linksrum oder rechtsrum an die zehn Mal nutzte nichts. Einzelne Tierchen guckten einem auch nach zwölf Runden noch frech in die Augen. Ließ man zu früh los, weil man Mitleid bekam, schnurrte deren Kopf zurück. Der bei jeder Umdrehung an Fliehkraft gewinnende Schnabel zerschnitzelte einen Menschen mühelos. Ja, es gab Tote unter den Revolutionären! Bald wurde, um die Gattung zu schützen, eine Verordnung erlassen, wie weit der Jynx torquilla torquilla aufgezogen werden durfte.

Die Zauberin, 1992

Es heißt, es gäbe keine Märchen im richtigen Leben, aber manchen Menschen geschehen sie doch. Bob, der Elch, und Ludger, der alte Naive, hatten im Juni des Jahres 1991 etwa die Mitte der kurischen Nehrung an Polens Küste zur Ostsee erreicht auf dem langen Marsch vom Leipziger Zoo nach Sibirien. Sie rasteten unweit eines Leuchtturms, der auf einer Anhöhe wie eine Nadel aufragte. An dessen Fuß fiel das Land in Sturzbächen aus Fels und Kreide ins Meer. Weiter westlich des Lagerplatzes von Bob und Ludger und weiter östlich davon lag ein Strand, der golden war, insbesondere in der Sonne dieses Tages. Das Wort »golden« ist alt und wird in Märchen verwandt, um Schönheit und Wert auszudrücken. Bob gab dem Wort jedoch einen besonderen Glanz, indem er es verkleidete:

»Ludger, dieser Strand, dieses Land sind gülden.«

»Es ist von Gott gesegnetes, polnisches Land!«

Bob und Ludger drehten sich um und sahen eine schöne Frau etwa in Ludgers Alter mit einem Sommerkleid bekleidet. Sie führte ein Pferd an der Leine und war offenbar im Begriff, den Strand entlang zu reiten.

»Und? Seid ihr Touristen? Oder seid ihr Spanner? Geht weiter. Das Land und die Menschen da unten sind echt, sie mögen nicht, angeglotzt zu werden wie irgendein anderer Fleck Erde oder Typ. Geht dahin und seht euch dort satt, wo ihr herkommt. Ihr seid hier nicht willkommen.«

»Ich bin Bob, wir wollen nicht hierbleiben. Wir rasten nur.«

»Ich heiße Ludger.«

»Ich bin Ana.«

Ludger griff nach Bob, der weglaufen wollte.

»Bob, nicht! Sie ist nicht deine Ana. Sie heißt nur wie sie.«

Das Mädchen verstand die Fremden nicht und wollte es auch nicht.

»Mythika, komm.«

Sie sprang auf ihr Pferd und ritt gen Nordosten, vorbei am Leuchtturm. Bob und Ludger beobachteten, wie sie am Horizont mit der Brandung der Ostsee verschwamm. Sie schauten einander an, als hätten sie eine Erscheinung gesehen – »Ihr seid hier nicht willkommen!« Bob zog die Stirn in Falten und maulte:

»Die Frau hat ein psychologisches Problem. Ihr fehlt ein Mann. Wahrscheinlich gibt es in der Gegend auch keine Paarberatung, denn sie ist frisch geschieden. Hast du gesehen, dass an ihrer rechten Hand der Ring fehlte?«

»Nein.«

»Blieb trotz Sonne weiß, der Streifen. Ansonsten würde eine Schönheit wie die nicht mutterseelenallein am Strand herumjagen und mit ihrem Pferd in der Ostsee Heringe tottreten.«

Ludger wollte etwas erwidern, aber Gescheites fiel ihm nicht ein. Also sagte er nichts.

»Sie hat dich beeindruckt, gib es zu«, stichelte Bob, der ein guter Beobachter war. Ludger bekam einen roten Kopf.

»Sage ich ja, aber denk dran, Katholik, Frauen wollen nicht verstanden und auch nicht bebetet werden. Du musst sie stoßen. Sie riechen, ob du dazu in der Lage bist, wie Ana es bei mir gemocht hat und wie meine Mutter meinen Vater liebte, Gott hab sie selig.«

Ludger beantworte generell keinerlei Provokation, noch dazu die eines Elches. Sie machten Vesper. Ludger schälte eben einen Apfel, als er sie zurückkehren sah. Sie ritt auf sie zu. Sie war patschnass, ihr Pferd schnaufte. Bob trat ihm näher und sprach ein ernstes Wörtchen zu ihm. Ludger verstand in etwa, worum es ging.

»… dass du mit deinen Kräften haushalten musst und nicht alles tun musst, was deine Lady dir einprügelt.«

»Die Lady ist Ana und prügelt nicht. Für die Frau würde ich sterben.«

»So?«

»Ja«

»Ach ja. Ich würde für Ludger auch sterben.«

»Reitet er auf dir?«

»Nein, Ludger würde mich nie benutzen, wir sind Freunde aus alten Zeiten«

»Ach, dann trottet ihr nebeneinander her?«
»So ungefähr. Genauer gesagt, wir trotten nach Sibirien. Wie weit ist es bis zur russischen Grenze? «
»Zwei Stunden, aber heute nicht mehr. Gleich ist hier die Hölle los.«
Ana hatte ohne abzusitzen nur einen Satz gesagt.
»Es gibt ein Gewitter. Ich muss nochmal weg.«
Bob sah sie in den Dünen verschwinden, als es zu blitzen begann. Der Himmel hatte zugezogen. Das Gewitter kam schneller, als Bob und Ludger es je erlebt hatten. Sie kannten Gewitter aus der Stadt und aus belebten Gegenden, wo es Hindernisse gab, wo der Wind erst durch Bäume pfeifen musste, bevor er etwas zerstören konnte. Hier aber schlug er zu und zwar aus heiterem Himmel. Drüben war der Himmel blau, hier war schon die Hölle los. Es war Krieg und sie an der Front. Sie retteten sich in den Leuchtturm. Irgendein Mann hatte ihn gebaut und zwar mit leicht zu öffnender Tür und einem Aufzug, so groß, dass auch Bob hineinpasste. Bob trat misstrauisch ein und Ludger zog die Leine. Es ging nach oben. Zwischendrin öffneten sich Blicke durch kreisrunde Fenster. Bob wurde übel, als er darin die tobende schwarze Ostsee sah, und übergab sich. Ludger zählte die Fensteretagen. Man musste etwa dreißig Meter hoch gefahren sein, als der Fahrstuhl hielt. Sie stiegen aus und fanden die Plattform, oberhalb derer das Leuchtfeuer sich drehte. Sie war menschenleer.
»Das Leuchtfeuer! Sieh mal, da oben.«
Bob blickte hoch und zwar mit Ehrfurcht.
»Feuer, Ludger, ein Leuchtfeuer, wie gewaltig es ist!«
Als sie dann auf der Ebene der Fenster hinaussahen, fanden sie eine Ostsee vor, die so wild tobte, die so schwarz, so schwer, so voller Gischt und Wut und Hass und Widerspruch war. Sie tobte, als hätte sie all das verinnerlicht, was in den vergangenen zweihundert Jahren in Europa geschehen war. Sie war naked, blank und wütend. Auch am Fenster, sogar hier, schlug die Gischt an.
Im Raum fand sich auch nach gründlichem Suchen kein Mensch. Es gab aber Zeichen von Leben; eine kleine Küche, einen Kühlschrank mit Vorräten, ein Bett und, was Bob besonders gefiel, einen Platz für ihn mit viel Heu. Plötzlich erlosch das Licht und mit ihm das Leucht-

feuer. Blitze zogen in kurzen Abständen durch den Raum. Bob verkroch sich. Ludger suchte die Wände ab. Irgendwo musste es einen Schaltkasten geben, in dem die Sicherungen steckten. Das Schlimme für Ludger war nicht, dass in ihrem Raum kein Licht mehr war. Das Schlimme war der Gedanke, dass es kein Leuchtfeuer geben könnte durch die Nacht, dass Schiffe auf den Strand geworfen werden würden, dass Menschen darum sterben mussten. Er war in Panik. Bob, nachdem er sich halbwegs gefangen hatte, knabberte die Wände entlang und biss neben der Tür auf etwas Hartes. Ludger hörte es knirschen.

»Nicht durchbeißen, Bob. Ich komme!«

Ludger fand eine Notlampe und legte die Sicherung um. Das Licht war wieder da. Auch das Leuchtfeuer glühte auf und brach mit voller Wucht durch die Scheiben. Die Motoren drehten es mit leisem Grummeln. Bob fraß sich mit Heu voll und fraß auch aus der Kiste Äpfel. Er maulte zu Bob hinüber: »Hier können wir bleiben, was wollen wir denn in Sibirien? Ich brauche nicht nach Sibirien gehen. Weißt du wie kalt es da ist? Hier ist es viel besser. Du solltest auch was essen, Ludger.«

Sie erwachten bei hellem Sonnenlicht. Das Leuchtfeuer feuerte immer noch. Bob zog den Hebel runter und machte sich gleich wieder an das Heu und die Äpfel.

Am Horizont gab ein Schiff Signale.

»Es dankt«, sagte Ludger.

Jemand kam in den Raum. Bob drehte sich um. Da war die Lady im offenen Fahrstuhl und im Kleid von gestern.

»Das Gewitter kam zu schnell. Wir haben es nicht mehr zurück geschafft in den Turm. Danke.«

Bob vergaß zu kauen. Ludger äußerte: »Wir haben das Notwendige gern getan.«

In der jungen Frau geschah nun etwas, das hauptsächlich Frauen kennen. Sie veränderte sich und schmückte sich innerlich. Sie erkannte Schönheit in Ludger, bis eine Liebe wie gülden durch ihre Pupillen brach und den Mann verzauberte.

Reality TV, 2000

Der Nevada Beach, der sich am Fuße des San Fernando Valley in Los Angeles als feiner Sandstrand gen Osten in die Weiten des pazifischen Ozeans ergießt, ist einer der letzten Nacktbadestrände der USA. Arabische Männer, deutsche Paare und Überbleibsel achtundsechziger Amerikaner, zwanghafte Sex-Freaks aller Art sowie Girls, Girls, Girls liebten den Strand sehr. Es gab Sand, es gab Sonnenöl und es gab sie, die Schönen, bei denen man nicht unter einen schwarzen Vorhang kriechen musste, um was zu sehen zu bekommen. Sie waren alle blond, schön, abwaschbar und rückstandsfrei rezaikelbar. Sie sahen nichts, sie fragten nichts und verschwanden auf Pfiff. Sie waren perfekte »Girls für nebenbei«.

Obwohl es erst früher Nachmittag war, leerte sich der Nevada Beach plötzlich schnell. Männer hupften, ein Bein in der Unterhose, eins draußen, zu ihrem Auto. Frauen, ihre Sachen vor sich haltend, ebenso. Viele schafften es nicht, rechtzeitig wegzukommen, bevor die Polizei auch bei ihnen war. Sie erfasste in der überraschenden Aktion die Personalien der hauptsächlich sich auf Geschäftsreise befindlichen Herren. Die Namen der Frauen und der Girls wurden nicht aufgeschrieben. Die Cops kannten viele von ihnen aus den Downtown-Stripteaseclubs und Pornostudios nebenan, wo natürliche Ganzkörperbräune Berufsbekleidung war. Eine weiße Arschfalte, wie man sie im Sonnenstudio erwarb, war in solchen Berufen unakzeptabel.

Den Cops waren zudem alle ortsässigen Spanner bekannt. Diese waren eine besondere Spezies Mensch. Ihr On/Off-Schalter tickte anders. Standen sie vor einer schönen nackten Frau, die sie zum Ficken aufforderte, hing ihr Pieselchen schlaff wie ein Stück Wäscheleine an ihnen herunter. Wollte die Frau in Ruhe gelassen werden, oder man kam an sowas nicht ran, stand der Pimmel senkrecht.

Eine Sub-Spezies unter den Spannern des Nevada Beach waren die

»Sportler«. Sie waren auffällig braun und schlank. Alle waren sie Profifotografen. Ihre Bilder verkauften sie »FiveforTen« oder »TwelfForTwenty« Dollars. Es traten unter ihnen einzelne Hauptberufe gehäuft auf. Viele waren »Vögelbeobachter«, manche Meereskundler, aber die Mehrheit waren Profi-Rippler. Den Beruf kennt keiner, weil die meisten Menschen entweder eine Frau haben oder Meßdiener sind, bei dem es der Pfarrrer macht. Ein Rippler ist ein männliches Wesen, zwischen dessen Beinen sich am Nacktbadestrand eineinhalbstündlich der Sand zu feinen Sandkügelchen aufkräuselte, aus deren Muster sich seine Zukunft ablesen ließ.

Unabhängig von Beruf oder Leidenschaft verfolgten die Spanner den Flug der Möven. Die Herren benutzten Spezialkameras. Ein langes Teleobjektiv stach zu fünfundvierzig Grad in den Himmel und das kleine unscheinbare Etwas an Linse gleich darunter fokussierte auf die Titten und zwischen die Beine der Girls. Es gab internationale Wettbewerbe für das »Photo of the Day«; the »Month«, the »Year«, the »Century« oder gar den »Millenium.« Sie wurden im Internet »gevotet«. So ein Foto konnte hohe Siegprämien bringen. Großfotos der hinteren Uterusinnenwand einer Bikinischönheit waren die Renner, Preisgelder von mehreren hunderttausend Dollar pro Bild waren drin.

Entsprechend war der Markt umkämpft. Für Newcomer war der Job hart. Profis erkannten sie sofort. In gebügelten Bermudashorts und mit nagelneuen Kameras vom Beachparkplatz kommend traten sie an ein Girl heran und baten um Erlaubnis, von ihrer hinteren Uterusinnenwand ein Foto machen zu dürfen. Die Antwort kam ausnahmslos prompt. Innerhalb von Zehntelsekunden stampften die Girls die Kamera in den Sand und den darunter liegenden Felsen, bis sie zufrieden waren. Dann traten sie dem Boy in die Eier, der im Sand kriechend wenigstens Teile des teuren Objektivs sowie den Halteriemen zu rezaikeln versuchte. Sie kehrten X-beinig die Füße im Sand schlürfend zu ihren Autos zurück und machten sich dort an ihren Saniboxen zu schaffen.

Profis beherrschten fast alle die »Verlorene Brille«. Sie krochen zur Vorbereitung einer Attacke rückwärts auf das Girl zu wie Sandkrabben, Arsch nach unten. In der linken Hand hielten sie die Coke mit

Strohhalm, Ellbogen im Sand. Mit der Rechten tasteten sie den Strand ab. Blind blinzelnd mit Sand im Gesicht krabbelten sie unfehlbar auf die Dame zu und zwischen deren Beine, dabei ständig weiter nach der Brille tastend. Wenn sie denn das Girl versehentlich berührten, hörte man sie sagen: »Oh, so sehr Verzeihung, Verzeihung Madame. Ich bin untröstbar.«

Sie blinzelten in das Gesicht des Girls und wischten sich Sand aus den Ohren.

»Ich wollte Sie keineswegs bei Ihrem Sonnenbad stören. Haben Sie vielleicht meine Brille gesehen? Ich saß dort links unweit vor Ihnen. Vielleicht sahen Sie es, ich hatte meine Brille nur ganz kurz zur Seite gelegt, um ein Foto der blauen »Vulgara Vulgara« zu schießen. Das ist, wie Sie sicher wissen, eine bedrohte Möwenart, von der es nur noch zwei Pärchen und nur hier an diesem Strand gibt. Und dann war meine Brille weg. Ohne Brille sehe ich nichts, rein gar nichts.«

Wenn die hilfsbereite Dame sich dann aufrichtete, die Beine anwinkelte und die Knie spreizte, um ihm suchen zu helfen, stach der Strohhalm aus der Colabüchse zu. Die Prozedur war schnell und schmerzlos. Die Dame merkte nichts. Plötzlich stieß der Herr dann aus: »Ich hab sie, ich hab sie gefunden.«

Er setzte seine Brille auf und ohne die Dame auch nunmehr bebrillt anzusehen – wie könnte er, wer war er denn – bedankte er sich artig und zog auf seinen Platz zurück, nicht ohne von dort noch einmal zurückzuwinken.

Jedoch sanken die erzielbaren Preise wöchentlich. Eine chinesische private Fernsehagentur sendete bald Live-Übertragungen von der hinteren Uterusinnenwand junger Girls in einer weltweit sich durchsetzenden Reality Show im PayTV. Sie machten viel Geld damit, aber auch nur für eine kurze Weile. Der Markt war in Bewegung wie kaum ein anderer. Ein japanischer Spanner namens HokaidoJerkOff hatte bald herausgefunden, dass die Aufnahmen von weiblichen Schweinen, also Säuen, stammten. Die Enthüllung bewirkte ein weltweites Stöhnen, schlimmer als jenes, nachdem seinerzeit alle bildhaften Darstellungen des PämKitzlers vom Surprise Court verboten worden waren. Die Wirkung war prompt. Ab sofort hielt weltweit keiner mehr die preisgekrönten Fotos der Spanner des Nevada Beach für echt. Somit wurden nur noch Fotos zugelassen, bei denen ein zweiter Spanner die Szene seines Mitbruders im Moment des Geschehens fotografisch festhielt und zeitgleich ins Netz setzte.

Bestehjew hatte seine Dreiecksbadehose aus sibirischem Tigerleder ausgezogen und sich unter das Volk gemischt. Er war hier, um den um sich greifenden Sittenverfall Südkaliforniens dem Pentagun zunutze zu machen. Er zeigte den Cops seinen Ausweis und wurde respektvoll umgangen. Er suchte nach Amerikanern mit arabischem Look für ein CIB_Pilotenausbildungsprojekt. Inmitten des Geschehens erschien eine Crew des lokalen Reality TV »Läd Neid in LÄh«. Eine Reporterin, die ihrer Kleidung nach zu urteilen schon anderes gesehen hatte, baute sich mit Mikro vor einem sich hinter ihrem Rücken liebenden männlichen Schwulenpaar auf. Professionell kommentierte sie den feinkörnigen Sand, den göttlichen Strand, den herrlich blauen Himmel, das Meer, die Sonne, die Preise für Beef und die jüngsten Preise von Milestone-Reifen, für die man den Kaufpreis zurückbekam, sofern man einen Achtzigtausend-Dollar-Four-Wheel-Drive-Bück erwarb. Auch der war umsonst, denn die erste Ratenzahlung begann in vierzig Jahren. Die Bodies und das harmonische Ineinandergleiten der beiden Boys hinter ihr setzten ihr zu. Ein Freudscher Versprecher sowie ihre nervösen Seitenblicke verrieten, was sie bewegte: der Blonde der beiden Boys.

Plötzlich zuckte ihr Gesicht, die Stimme versagte und sie zog kommentarlos vor laufenden Kameras die Brüste blank. Das Mikro flog in den Sand und nahm akustisch Wüstenstürme auf. Sie stürzte sich in die Boyszene. Der Regisseur der Sendung, noch nicht völlig betrunken, schaltete sofort auf Werbung um. Werbemäßig ging es bereits in diesem August um Herren- und Damenunterwäsche für den Välentainsday des kommenden Jahres. Auch nach fünfzehn Minuten Werbung waren die drei noch am Machen. Dann krachte es. Bild und Ton waren weg. Die Technik im Übertragungswagen schlug mit den Badelatschen auf die Bildschirme ein, bis die Übertragung wieder lief. Sie krachten die Tür von außen zu und gingen zu Sternbuckel über die Straße für Kaffee und Donuts, das sind handtellergroßer US-amerikanische Lochkrapfen aus Rührteig, das Einzige, was jetzt half. Schon wieder! Wieder diese Schlampe! So ein Skandal – war Gold wert.

Eine Dame des »Läd Kraist Church TV« war nun auf der Szene erschienen, denn die lokale Polizei hatte viele Sponsoren. Die gut aussehende Reporterin, Madame Bechamel, in Fachkreisen als »Miss Eagle« bekannt, war Mutter von vier Kindern. Man erzählte sich über sie, dass bei jeder einzelnen Zeugung ihrer Kinder ihr Mann so sehr gelitten hatte, dass er zur Taufe des vierten Kindes, mit Namen »Wailder«, an Entkräftung verstorben sei. Er soll laut Kirchenzeitung schon kurz nach Betreten der Kraist Church erschöpft in das Weihwasserbecken gefallen und ertrunken sein. Frau Bechamel soll vor Schmerz gestammelt haben »... wir wollten doch ... zusammen ... den Himmel fahren ...«

Madame Bechamel hatte nach dem Unglück ihres Gatten ihren Job beim Fernsehen ausgebaut und arbeitete gegen ihren Schmerz und die Ungläubigen. Sie zerrte ihre Kollegin von »Läd Neid in LÄh« bei laufender Kamera von ihrem Boy herunter. Das da gehörte sich nicht, entrüstete sie sich, das mache kein amerikanischer Mann und schon gar nicht unsere Ladies. Wer tat solch Verwerfliches in aller Öffentlichkeit, nur um für billige und viel zu kurze chinesische T-Shirts zu werben? Wer, angesichts der Hungernden und Waisen dieser Welt und der Political Prisoners in East Börlin, beging einen Dreier vor aller Augen? Wer zeigte sich vor aller Welt so öffentlich in Äktschen? Im Namen von Khraist, der seit zweitausend Jahren in der französischen Hauptstadt Lourdes freitagnachmittags von fünfzehn bis fünfzehnuhrdreißig für die Sünder der Welt verblutete, geschähe das nicht!

»Und Sie, Sie so ein Sowas von Sowas, tun dies?«, schrie sie ihre Kollegin an. Sie machte ein eindeutiges Zeichen für Verkehr, das auch Jugendliche verstanden. Es gelang ihr nicht, die Szene zu entknäueln. Sie hatte die Herkunft der Boys recherchieren lassen. Die Anwaltskanzlei Eaton & Eaton aus LÄh sowie die US-amerikanische Häm-Bürgerschaft würden ihren Skandal bekommen, denn einer der boys war ein Araber. Das änderte alles, denn es bestand von nun an der Verdacht, die Szene könnte sich als eine Vorstufe der Vorstufe des »Nein-

IhLewwen-Terrorismus« herausstellen. Frau Bechamel flüsterte die Nachricht in das Mikro und in die Kanäle ihres Übertragungswagens. Die Brillensucher, die jetzt nah genug dran waren, schossen ganze Serien von Fotos, denn die Girls waren abgelenkt. Frau Bechamel würde aus der amerikanischen TV-Szene nicht mehr wegzudenken sein.

Bestehjew war nur kurzfristig verstört. Als die Police bereits weit den Strand hinaufgezogen war, telefonierte er. Dann zog er zunächst sich und danach Madame Bechamel nackt vor den Kameras des »Läd Kraist Church TV« aus. Sie begriff »in a minute«. Sie half ihm beim Öffnen ihres BH, was die meisten Männer nicht beherrschten. Diese kleine Entkleidungsszene allein brachte bei »Hazel News« hundertfünfzigtausend Dollar. Dann bat Bestehjew Madame Bechamel, sich niederzulegen und die Beine zu spreizen. Die Kamera hielt drauf. Er öffnete nun mit beiden Daumen ihre Schamlippen und zeigte den Spot, wo die Boys gewöhnlich hineinstießen. Das brachte fivehundredhousand Dollars von den »International Arab Entertainment Studios«. Bestehjew kehrte zufrieden über das Ergebnis des Tages in sein Appartment zurück. Während er seine bestellte Pizza verzehrte, kam ihm eine weitere Geschäftsidee. Er telefonierte erneut. Dann rief er sofort Frau Bechamel an. Er bat sie für den kommenden Vormittag abermals an den Strand, um einige Szenen nachzudrehen.

Sie stimmte zu, nachdem Bestehjew ihr das Honorar und die Konditionen mitgeteilt hatte. Sie käme, wollte aber vertraglich fixiert haben, nur um Schlimmeres auf der Welt zu verhindern, gäbe sie sich hin. Das Abscheuliche zu zeigen, ist oft das letzte Mittel, um die Kinder und Jugendlichen der Welt vor deren Untergang zu warnen.

Am Strand begrüßte Frau Bechamel Bestehjew mit Handschlag. Sie war im Bikini. Die frühen Stripperinnen erbleichten. Alle Kameras liefen bereits. Er sprach ein kurzes Gebet und legte sich stellvertetend für die unterdrückte Masse nackt auf Madame Bechamel. Er beschrieb live das abscheuliche Gefühl des Eindringens in Madame Bechamel. Es musste furchtbar für ihn gewesen sein. Plötzlich begann sie zu schreien. Die beiden versuchten, voneinander loszukommen. Dann waren sie sich wieder einig; zog er raus, schob sie nach. Schob er nach, zog sie zurück. Dann fing sie an, um sich zu schlagen. Alles endete in ihrem Schrei, der die ganze amerikanische Fernsehwelt ducheinandergebracht hätte, wäre er live gesendet worden. Nachdem die Sendung dann doch ausgestrahlt worden war, war die amerikanische TV-Welt sprachlos über den Verfall der Sitten in ihrem Land. Kaum konnte man fortan noch eine gestochene Scheibe Ananas essen, ohne an Sünde zu denken. Die Kinder wurden zumindest für die kommenden Wochen vor der Werbung ins Bett geschickt. Die amerikanische Männerwelt jedoch, wenn Amerika friedlich schlief, ribbelte sich wund.

Brief an das Ministeriom für Vertriebene, 2007

Das Ministeriom für Vertriebene der Regierung Deutschlands hielt engen Kontakt zu im Ausland lebenden aus Deutschland vertriebenen Menschen und zahlte jedem eine Rente. Diese war an zwei Bedingungen geknüpft, erstens, dass man blieb, wo man war, und zweitens, dass man über sich und sein erfülltes Leben im Ausland regelmäßig berichtete.

Bob, der Elch, immerhin seinerzeit Mitglied der Regierung Ost-Deutschlands, hatte sofort die Bedeutung eines festen Einkommens erfasst und zum Ministeriom Kontakt aufgenommen. Er berichtete gern, da er sich gern fein ausdrückte, und hatte feierlich in eine selbstentworfenen Urkunde einschreiben lassen, dass sowohl er als auch sein Freund Ludger nie wieder heim ins Reiche zurückkehren würden. Er hatte veranlasst, dass die monatlichen Überweisungen des Ministerioms an die Postadresse des Leuchtturms auf der kurischen Nehrung ging. Von da würde dann eine vierteljährlich verkehrende Karawane bestehend aus Rentieren und sauber bewacht von zehn Eisbären und einem kanadischen Grizzli die Mittel an das Eismeer befördern. Dort ging halbjährlich ein Schiff nach Kamtschatka ab, sobald das Eismeer eisfrei war. Ludger und er siedelten in Bestehjigorsk und dort würden die Mittel, wenn auch um Monate verspätet, in Kamtschatka von ihm sicher in Empfang genommen und an deutschstämmige Hungernde verteilt werden können. Bob hatte dem Ministeriom zuvor deutlich gemacht, dass Geldtransporte mit der transsibirischen Eisenbahn nicht sicher waren und er und Ludger, obwohl nur Poststation, vermutlich Hungers sterben müssten, wenn nicht der von ihm vorgeschlagene Transportweg des Geldes eingeschlagen werde.

Die Überweisung kam monatlich im Leuchtturm an.

Gemessen an dem, was Ana, Ludger und er zum Leben brauchten, reichte sie für eine Einladung an alle Bewohner der kurischen Nehrung an jedem Zweiten eines Monats. Die Feier fand am Fuße des Leuchtturms statt, wo Bob ein Bistrot eingerichtet hatte. Die ersten beiden Runden gingen auf Kosten des Hauses und auf das Ministeriom, aber die weiteren trugen die Gäste gern selbst. Meist waren Ludger und Ana an solchen Tagen beruflich unterwegs und Bob schmiss das Geschäft allein. Bobs Großzügigkeit verdreifachte das Einkommen durch das Ministeriom. Er machte sogar Rücklagen für schlechte Zeiten, zum Beispiel, falls Ost-Deutschland eines Tages etwa noch einmal auferstünde aus Ruinen und sich der Zukunft zuwandte.

Wir können nicht jeden Bericht Bobs an das Ministeriom hier veröffentlichen, denn das würde den anderen Berichten rein seitenmäßig die Bedeutung nehmen. Bob schrieb gern und viel, besonders an den Tagen, nach denen das Geld eingetroffen war, auch mit Kater, wenn es sein musste. Sein ultimatives Schreiben aber, das zur feierlichen Beurkundung der monatlichen Rente für ihn und Ludger geführt hatte, soll hier in Auszügen wiedergegeben werden.

»Herrin, Sie werden sicher keine rassistischen Gedanken hegen, denn ich bin weder Türke, noch Jude, noch pommersch, noch überhaupt in irgendeiner Weise ethnisch gesäubert, sondern ich bin ein Elch, genauer gesagt ein sibirischer Grauhornelch. Ich stehe auf Seite dreihundertzwanzig, Absatz drei unter dem Artenschutzabkommen der UNO. Meine Frau ist bei der Befreiung Ost-Deutschlands eines Todes gestorben. Ich selbst sowie mein Freund Ludger – dieser ist nun wiederum ein Mensch – sind sofort nach der Befreiung und nach langer Flucht vor den Überbleibseln der Kommunisten geflohen. Nach unendlichen bestandenen Gefahren in Polen, wo wir bis auf die Unterhosen beklaut worden sind – ja sogar den Großen Wagen am Nachthimmel haben sie uns eines nachts unter dem Hintern weggezogen. Nach Kämpfen mit den Rossen, die uns ihre Kalöschnikovs anstelle von Brot in den Mund gesteckt haben, sind wir nun am Ort unserer Bestimmung angelangt und haben uns niedergelassen. Es war eine Jahre währende Flucht durch Feindesland immer entlang des Grades, jenseits dessen der Tod für Bürger Deutschlands lauerte. In Bestehjigorsk fanden Ludger und ich zunächst nur einen Gulagbunker vor, aus dem noch die geladenen Waffen der Rossen starrten. Wir feuerten sie alle blind in die Taiga hinein, bis sie leer waren, sodass wir die ersten drei Monate genug zu essen hatten. In den Bunkern tropften Stalinbilder von Mikroben zerfressen von den Wänden auf einen Boden, der mit Tretminenparkett ausgelegt war. Die Rossen, Herrin, sind wahrhafte Erfinder. Entgegen zahlreichen falsch lautenden Berichten verfügten die Rossen keineswegs über Schwarzpulver. Sie benutzten Bretter für ihre Minen. Die bekanntesten Minen sind die ›Donnerbalkenmine‹ und die ›Dobroposchallowatchmine‹, was so viel wie ›Herzlich willkommen, flieg schonmal voraus‹ heißt.

Die Donnerbalkenmine habe ich selbst am eigenen Leibe erfahren müssen, Herrin. Es war Gott-sei-Dank Sommer. Man musste groß, man ging in den Wald, man zog sich die Hose runter und setzte sich auf den Balken, der mit einer Sollbruchstelle versehen war. Doch das wurde regelmäßig wie auch in meinem Fall zu spät bemerkt. Man befand sich Zehntelsekunden später in der größten, entschuldigen Sie, Herrin, das Wort benutze ich nicht. Nun konnte man sich aussuchen, ob man sich die Reinigung und Schande ersparen wollte und solange warten, bis der Sog der matschigen Masse einen nach unten zog. Das war zwar qualvoll, wäre aber angesichts dessen, was wir später an Leiden erfahren mussten, vielleicht zu überlegen gewesen. Ich zog es vor, erhobenen Hauptes auf das Ufer zu klettern und mich in den fünf Grad kalten See zu stürzen, um mich zu reinigen, auch wenn ich danach an Lungenentzündung erkranken sollte, denn Ludger wäre allein und ohne mich gewesen, so ganz ohne Volk also verloren. Wäre es aber Winter gewesen, hätte ich mir sehr wahrscheinlich beim Sturz auf das fünf Meter tiefer liegende Eis der Toilette das Rückgrat gebrochen. Holz und Getier gibt es hier genug, Herrin. Die ganze Gegend besteht aus Wald, Eisbären und Wölfen. Die Bäume für die Donnerbalken werden von domestizierten Eisbären zu Balken verkauft. In einem weiteren Schritt werden sie mittig von Spechten angehämmert und fertig ist die Mine. Herrin, da kann das Militär Deutschlands noch sehr viel Geld sparen.

Ludger indes traf es härter. Er trat auf die Dobroposchallowatchmine. Die perfiden Rossen nutzen dabei die neu entdeckten Hebelgesetze. Bei dieser Waffengattung liegen einsfuffzig lange Bohlen im Hausflur lose auf Balken. Ludger klingelte höflich, um einen gehbehinderten deutschen Kriegsgefangenen zu besuchen. Keiner öffnete, was immer schon ein schlechtes Zeichen ist. Die Haustür war nur angelehnt. Er öffnete, trat in den Flur und, nach vorherbestimmter Absicht der rossischen Erfinder, auf das kurze Ende einer solchen Bohle. Ludger brach in den Keller durch und, kaum unten angekommen, ging das lange Ende der Bohle auf Ludger nieder, und zwar genau auf Schädelmitte, denn es handelt sich um Präzisionswaffen.

Ich hätte meinen Freund verloren, wäre er nicht mit einen Stahlhelm bedecket gewesen.

Herrin, zunächst haben wir uns sodann ein eigenes Klo eingerichtet, damit wir keinerlei Gefahr mehr liefen, beim Verrichten der Notdurft zu versterben. Den Donnerbalken haben wir dank Ihrer großzügigen Hilfe, Herrin, aus einem Edelstahl hergestellt. Dieser hält und ist darum sehr geeignet, denn Mamor, Stein und Eisen bricht, wie Sie wissen. Im Sommer kein Problem. Im Winter friert man allerdings fest. Deshalb gehen Ludger und ich stets gemeinsam aufs Klo und immer mit einer Lötlampe. Ludger hat eine gebrauchte Lötlampe gefunden und lötet uns zur Not runter von der Latrine beziehungsweise ich ihn. Wenn Sie mit der nächsten Post vielleicht Gaskartuschen schicken könnten?

Eines Tages lief uns unser neuer Freund, Herr Doktor Biber-Zahn, zu. Er ist ein emigrierter Zahnarzt aus Börlin. Doktor Biber-Zahn ist sehr gläubig. Er hat zum Beispiel fest geglaubt, dass seine Frau, geborene Zahn, ihm auf ewig treu sein werde. Aber sie hat ihn mit Herrn Dr. Rüssel-Schwein betrogen, der ebenfalls Zahnarzt war. Diese Erkenntnis hat Doktor Biber-Zahn nicht ertragen, und er ist an diesen entlegenen Ort emigriert, um seinen Schmerz zu vergessen, denn jeder Gefrierbruch eines Unterschenkels ist besser als ein Treuebruch in der Liebe. Ludger ist ebenfalls sehr gläubig, genauer gesagt sind Dr. Biber-Zahn und Ludger über den Glauben Freunde geworden. Nach dem Klobau haben wir gemeinsam einen Gebetsschrein eröffnet und darüber die Flagge von Deutschland gehisst. Somit gehört Kamtschatka uns, den Deutschen. Bitte fragen Sie mich in diesen Minuten nicht, wie genau wir zu unserer Flagge kamen. Nur so viel, wir wurden bei dieser Heldentat auf rossischem Boden von sibirischen Wildschweinen verfolgt, von Rotfüchsen bespitzelt und von goldenen Gänsen beschossen. Nicht immer haben wir verloren, wahrlich nicht. Bitte tauschen Sie die zugesagte Beflaggung aus Fallschirmseide für unser Dorf um in Kaugummi und Schokolade, damit wir unsere Nachbarn befrieden können. Unsere erste Flagge hält noch ein paar Jahre. Herrin, wir versichern Ihnen, wir verteidigen hier die Freiheit der Volksgemeinschaft Deutschland.

Herrin, die Nächte im Norden können sehr lang sein, an die zweihundert Tage. Als Ludger zu Beginn unseres Hierseins noch nicht so recht bei den Beleuchtungsverhältnissen durchblickte, hätte er mich, seinen ersten Sekretär, fast verhungern lassen. Frühstück gabs nach Ludgers Regel immer erst nach Sonnenaufgang, aber eine sibirische Nacht nördlich des Polarkreises nimmt kein Ende. Ich hingegen, der die Regeln, die hier oben herrschten, im Blut habe, nahm Ludger ins Gebet und schimpfte, dass das so nicht gehen könne. Ich sagte ihm, ich würde immer dürrer werden und hätte sogar schon von Ana geträumt, die mir als Engel erschienen sei. Ich bin als einfacher Elch spätestens nach vierundzwanzig Stunden wieder hungrig. Ludger, mein Freund und Begleiter, liebt die Schöpfung, insbesondere die Tiere und deren Unterart, die Menschen. Wenn ein Hase Socken braucht, strickt er sie ihm gern, unabhängig davon, ob er grau-braun oder schwarz-weiß gemasert war. Ich bin aber sein einziger Freund für immer. Da wir keine Uhr hatten und die Sonnenuhr nachging, ließ er mich dann doch nach jedem Essen bis sechsundachtzigtausendvierhundert zählen. Dann gabs wieder Essen, egal wie dunkel es war. So ist Ludger, mein Freund. Bitte besuchen Sie uns nicht, auch nicht im Sommer. Es ist hier zu gefährlich für Sie und wir möchten, dass Sie noch lange leben, Herrin.«

Hausschlachtung, 2008

Eine Hausschlachtung ist etwas Heikles. Sie erfolgt in Deutschland am Schwein. Sie wird zwangsläufig und mitleidlos nach monatelanger Fütterung vollstreckt. Das Schwein wird aus dem Tiefschlaf gerissen, da hat es schon den Strick am Bein, und höflich auf den Hof hinaus gebeten. Es ertönt ein Knall. Das Tier bricht senkrecht in sich zusammen. Der Schlachter kommt mit Messer und Bluteimer.

Es gab aber auch Schweine, die waren beim ersten Geräusch hellwach und hauten ab, durch die Beine der Schlächter. Alle bis auf eines wurden vor dem Supermarkt vom Dorfpfarrer abgefangen. Der hatte in Texas auf Pfarrer studiert und beherrschte das Lasso. Nur eines kam jemals durch bis in den Wald und geriet zum Wildschwein. Seit Jahren konnte daher kein Spaziergänger oder ein Pilzsammler sich dorthin trauen. Ein Wildschwein, noch dazu von Menschen erzogen, erweckte nicht nur Angst in Kinderherzen. Auf dem durch Spurensuche abgrenzbaren Territorium des Wildschweins gab es die besten Steinpilze der Gegend. Mancher Fanatiker traute sich dennoch hin zu jenen Stellen in der Hoffnung, ihm würde nichts passieren. Ausnahmslos alle kamen mit zerbissenen Unterhosen wieder und klapperten wie die Mühle am rauschenden Bach. Einem Jungen steckte kürzlich ein Hauerzahn im Hintern. Das wurde im Dorf als Sieg gefeiert, denn nun hatte das Vieh nur noch einen übrig und es würde sich zukünftig sehr wohl überlegen, ob es den anderen auch noch riskierte. Man schöpfte Hoffnung. Doch kein Freiwilliger meldete sich für den ultimativen Test, sich in das Revier zu trauen. Das Vieh wurde unter Bauern beim Bier als Che Guevara aller armen Schweine gehandelt.

Die eingefangenen Hausschweine waren zu Friedensgesprächen bereit, warteten mit erhobenem Haupt auf dem Hof und riefen den Hausherrn hinunter zu Verhandlungen. Auf keinen Fall komme einer von ihnen hinauf, denn sie allein bestimmten den Verhandlungsort.

Der Hausherr schickte einen Kommissär und, paff, lag der Wortführer der Schweine auf den Pflastersteinen. Zwei Stunden später war er Gehacktes, Brat- und Blutwurst oder wurde in Gläsern eingekocht. Gegen elf wurde gefrühstückt. Es gab Schwein in allen Varianten, roh, gekocht, gebraten mit oder ohne Sauerkraut. Der Schlächter begann sich zu besaufen, denn die Hauptarbeit war getan. Blut- und Leberwurst kochten im Kessel.

Die verbliebene Gefolgschaft des Wortführers durfte bis zu den Leberwürsten alles mitansehen. Probieren mochte keiner. Dann wurden sie bei klassischer Musik in ihre Ställe begleitet und gut gefüttert. Auch das Stroh war frisch.

Hüft-OP, 2011

Der Chirurg Prof. Doldinger führte Hüft-OPs seit über dreißig Jahren durch mit nur neun Komplikationen insgesamt. Morgen wäre sein Kollege Prof. Dr. med. Dr. hc. Gotthilf von Fürchtegoth-Nöthinger an der Reihe. Die Krankenakte war recht umfangreich. Bei dem Herrn Kollegen war die Beweglichkeit der Extremitäten unterhalb des Bauchnabels infolge Überbeanspruchung bereits sehr eingeschränkt. Seine Columna vertebralis, das tragende Rückgrat, bestand ausschließlich aus Knorpel, mit einer Konsistenz zwischen der von Radiergummi und Autoreifen. Dies war eine seltene Fehlbildung, die bei eins zu einer Million Patienten leider vorkam. Deswegen werde man das Rückgrat ab unterem Sternum aufwärts a posteriori fixieren, damit er während der OP nicht vom Tisch glitt. Auf Höhe der Articulatio coxae, der Hüftgelenke, müssten drei Probleme angegangen werden, Versorgung beider Hüften sowie die Einführung einer Penis-Ballonprothese. Hüftprothesen waren Standard in seinem Haus, Penisprothesen gab man in Auftrag. Doldinger war kein Fürsprecher dieses Eingriffes, wenn er rein ästhetischer oder gar sexualvulgärer Natur war. Bei seinem werten Kollegen jedoch war das »Genital-induzierte Hüftdefekt-Syndrom« diagnostiziert worden. Dabei war das Acetabular labrum, eine Gelenklippe am Hüftgelenkgenital, affektuiert und strahlte in den Penis aus. Dieses im Volksmund als Plattnasen- oder auch Stummelpimmel-Syndrom bezeichnete Erscheinungsbild war die Folge weit übertriebener Forderungen seines Patienten an dessen Glied. Der frühe Verschleiß war immer begleitet von einer Überfunktion des Hirnum Vulgaris, im linken Hirnlappen loziert, das bei diesen Patienten intern anstelle des Penis anschwoll. Bei versuchter Penetration der Dame wölbten sich bei dem Herrn die Schläfenadern aus, das Gesicht verfärbte sich rot und es trat Kurzatmigkeit ein. So sehr er auch presste, es tat sich nichts. Damen pflegten das eine Weile zu tolerieren, dann schauten sie runter oder fassten hin. Das Schlimmste sei, wie oft hatte Doldinger diese Klage gehört, wenn die Dame dem Herrn im Augenblick der Erkenntnis in die Augen blickte. Und je nachdem, an wen er geraten war, fragte die »Du kannst wohl nicht?« oder sie ließ ihn abrollen, über die Bettkante auf den Fußboden knallen und zog sich an.

Alles fügte sich zu einem schlüssigen Befund zusammen.

Die bei seinem Kollegen diagnostizierte Alopecia genitalis, der Schamhaarausfall, müsse nicht therapiert werden, sei aber ein typisches Begleitsymptom. Der Volksmund bezeichnete dies vulgär als »Eierglatze«. Es stände diesbezüglich eventuell zur endgültigen Abklärung des Befundes die Frage offen, ob er etwa täglich im Genitalbereich eine Tiefenrasur mit anschließendem Peeling vornehmen lasse. Insgesamt führten die Befunde für Doldinger zu dem diagnostischen Gesamtbild und begründeten ausreichend die operativen Eingriffe.

Von Fürchtegoth-Nöthinger saß im Wartezimmer. Er hatte eine Kopie des Befundes verlangt und drehte nach dem Lesen seinen Schädel zur Decke, sodass dieser sich mit der gotischen Fensterlinie des Raumes in Linie befand. Er war stinkwütend. Jedenfalls stand Doldinger jetzt auf seiner Liste. Der Kerl käme in medizinischen Kreisen nicht mehr hoch. Zunächst würde er ihn finanztechnisch ruinieren. Schließlich würde er ein paar Rossen vor Doldingers Privathaus auflaufen lassen ... Doldinger bat in herein.

»Ich habe nur kurze Fragen, Herr Kollege.«

»Bitte.«

»Wie lange muss ich an Reha denken, bis die volle Hüftfunktion wiederhergestellt sein wird?«

»Zwei Monate.«

Herr von Fürchtegoth-Nöthinger konnte auch auf Mitleid machen »Werde ich so weit kommen, dass sich alles wieder regt, auch mein Lebensmut?«

»Normalerweise, sagen die Physiotherapeuten, regt sich der Lebensmut unserer Patienten bereits am Tag nach der OP. Aber rechnen Sie mit zwei, drei Monaten. Bei Patienten, die wegen eines ›Genital Induced Hip Defect‹ zu uns kommen, ist das die Regel nach Versorgung mit dem Hilfsmittel. Bitte drei Monate nach OP keine Frauen. Vergessen Sie nicht die Übungen. Sie sollten Ihre Pumpe aller vier Stunden betätigen und Ihren, hmmm, steifen, damit sich die Gefäße an die Dehnung gewöhnen. Das verfügbare Implantat entspricht leider nicht ganz unseren Anforderungen, aber die Amerikaner liefern nicht mehr. Es gab eine Ausfuhrsperre. Das Memorandum der Jeszusz Kraist Church und deren Unterschriftensammlungen hatten beim Präsidenten Erfolg.«

»Sie, Sie! Es gibt immer eine Lösung ... und in Amerika operieren?«

»... geht für Ausländer nicht, merken die bei der Sicherheitskontrolle vor Ihrem Rückflug nach Deutschland. Ich rate ab.«

Von Fürchtegoth-Nöthinger dachte nur: »Bei der nächsten Hochschulrektorenkonferenz mache ich dich fertig, du rote Socke! Für Dich hättest Du Hitec besorgt ...« Doldinger, Christdemokrat mit Leidenschaft, ahnte den Gedanken, aber er war großväterlicherseits genetisch ausgestattet mit alttestamentlicher Unnachgiebigkeit. Er sinnierte lautlos: »Dann schneiden wir gleich etwas großzügiger ab. Mal sehen, was Natasha dazu sagt.«

Von Fürchtegoth-Nöthinger kannte eine solche Situation bisher nicht. »Verehrter Herr Kollege, unterschätzen Sie nicht das Band des Vertrauens in die Kunst des anderen.« Doldinger: »Ja oder besser nein? Wir sind ein christliches Haus und raten zu Verzicht.«

Bei dieser Äußerung schoss von Fürchtegoth-Nöthinger Blut unter die Gesichtshaut. Doldinger gab ihm ein Glas Wasser: »Trinken Sie, dann geht es weg«, sagte er.

Das Telefon klingelte. »Brell? Wer ist das, ein Patient, achso, er ist gerade bei mir ...« Doldinger blickte von Fürchtegoth-Nöthinger nach, der in der Tür gestanden und alles verstanden hatte.

Staatssekretär Brell hatte bereits zweimal angerufen, ab wann denn mit einer vollständigen Rekonvaleszenz vom Herrn Präsidenten zu rechnen wäre, denn Herr Präsident empfange um den dreizehnten August 2011 eine Delegation rossischer Hospitantinnen und wäre bis dahin gern gänzlich fit. Es sollte sich doch die Kunst der westlichen Medizin von ihrer besten Seite zeigen. Man könne als Präsident einer Eliteuniversität sich keine Schlappe leisten und sei es nur ein Hinken.

Doldingers Patient warf die Tür zu.

Physiotherapie, 2011

Die Physiotherapeutin Frau Fisch trat ein und bat den Patienten, doch einmal aufzustehen. Herr von Fürchtegoth-Nöthinger hatte noch blass von der OP im Bett gelegen. Sie werde ihn jetzt über sein Hilfsmittel aufklären. Er quälte sich hoch und stellte sich hin. Er versuchte, das OP-Hemd vorn zuzuhalten, da jemand es ihm versehentlich verkehrt herum angezogen hatte.

»Herr Professor, vor mir brauchen Sie sich nicht genieren, ich unterliege der Schweigepflicht.«

Unter seinem Bauchnabel trat ein roter Schlauch hervor. Ein Gummiball baumelte vor seiner Scham.

»Gabs die nicht hautfarben? Das Ding sieht aus wie eine Milchpumpe«, fragte er empört.

»Die sind leider alle rot, noch Bestände der Rossen,« sagte Frau Fisch, »aber sehr verlässlich.«

Bei »verlässlich« brach er, noch schwach auf den Beinen, über dem Gummiball zusammen. Paff, da war die Erektion! Frau Fisch beruhigte ihn: »Das passiert vielen beim ersten Mal. Ich helfe Ihnen hoch, kommen Sie. Funktioniert aber. Langsam, Herr Professor. Sie müssen jetzt das Rädchen drehen, dann geht die Luft heraus und sie ist weg. Wollen Sie das Hilfsmittel zwischen den Beinen hängen lassen? Empfehlen wir Therapeuten nicht, wenn sie während einer Sitzung die Beine übereinander schlagen ... Tragen Sie einen Hut? Haben Sie den besser immer am Mann. Wir können den Schlauch für Sie verlängern und legen den Ball unter die Achsel. Was denken Sie? Sie müssten mit dem einen Arm pumpen und sich mit dem anderen abstützen. Trauen Sie sich das zu? Wenn nicht, legen wir den Ball unter Ihren Hut, den müssten Sie dann dabei aufbehalten. Ihre Gattin würde das Hilfsmittel kaum wahrnehmen, wenn Sie das Unterhemd anbehalten und wir den Schlauch hinter dem Ohr verkleben. Die Bedienung des Hilfsmittels haben Sie schnell erlernt. So tun, als ob Sie den Hut zurechtrücken, und ein paarmal leicht andrücken. Sie können Ihre Gattin auch etwas höher auf ihrem Kissen rutschen lassen und Sie drücken Ihren Kopf dann einfach drei- viermal gegen die Wand. Öfter brauchen Sie nicht, dann haben Sie beide Arme frei. Ein Herr Gerichtsassessor lässt das Hilfsmittel von seiner Hausdame bedienen, wenn Sie eine solche Möglichkeit hätten. Der Schlauch darf bis zwei Meter lang sein. Er stellte deshalb sein Ehebett an die Wand neben den Kleiderschrank und sie bedient das Hilfsmittel von innen. Hier ist eine Fibel, da steht nochmal alles drin.«

Von Fürchtegoth-Nöthinger sah im Geiste Natasha wild auf ihm herumturnen und zum ersten Mal verstand er Rostov und dessen Verlangen nach einem U-Boot mit zwei scharf geladenen Torpedorohren …

Noch ein Häppchen und ein Schlückchen,
2011

Noch ein Häppchen und ein Schlückchen.« Rostov hickte. Er saß hinter dem Steuer seines U-Bootes YouOne und schipperte auf Seerohrtiefe gen Osten entlang der kurischen Nehrung. Der rossische U-Boot-Kapitän, der im »Weltkrieg Rückrunde«, die Willhelm Gustloff versenkte, hatte diese Route einst in entgegengesetzter Richtung genommen. Der stockbesoffene Kapitän Alexander Iwanowitsch feuerte damals in etwa von hier aus vier Torpedos auf die Wilhelm Gustloff ab. Ein Torpedo klemmte, drei nicht. Diesen feigen Abschuss galt es heute durch Rostov zu rächen, auch wenn das Land an Steuerbord Polen war und nicht Rossland.

Rostov hatte seit seinen Jugendjahren entscheidend zugenommen, aber sein Aussehen hauptsächlich dadurch grundlegend verbessert, dass er einen Bart trug, der ihm in schwarz-grauen Strähnen bis zum Hemdkragen hinabwallte. Sein ihm aus gemeinsamen Spionagezeiten in Ost-Deutschland verbundener Freund Sergeij hatte ihm das Ein-Mann-Spionage-U-Boot, die YouOne, samt zweier Torpedos überlassen. Sergeij war seinerzeit rossischer U-Boot-Offizier und hatte sich bei der »Wände«, die es auch in Rossland gab, einige Bötchen für schlechte Zeiten zur Seite gelegt. Bei der Übergabe Dollar gegen Boot, beide aus kommunistischen Restbeständen, hatte Sergeij die seltsame Bemerkung geäußert, dass alles in Rostovs Leben letztlich darauf hinauslaufe, sich einen Bart zuzulegen, wie er ihn nun trug.

Die ersten und vielleicht einzigen Torpedos seines Lebens würde Rostov heute auf die kurische Nehrung abfeuern und zwar genau auf den Leuchtturm, den er nach einer neunzig Grad Wende Richtung Steuerbord im Sehrohr hatte. Es handelte sich nicht um Torpedos billiger iranischer Bauart mit Atomantrieb, sondern um solche, die sein amerikanischer Freund Bestehjew vom Pentagun entwickelt hatte.

Man sah und hörte sie nicht kommen, auch nicht mit den empfindlichsten Instrumenten. Es waren »MultyEggTorpedos« Sie schluckten ihren eigenen Schall wie Schwester Ingrid seinerzeit das Sperma von Paternoster Sergeij nach dem Hochamt. Die Blasen hinter dem Heck gingen bei jedem Feind als Sardellenschwärme durch. Das Beste an der Waffe aber war, diese Torpedos legten ihre Sprengladungen ab wie Hühner ihre Eier. Sie glichen darin vor einem Marder flüchtenden Hennen. Flüchtende Hennen drücken an strategischen Punkten Ei für Ei, die beiden Torpedos Sprengkopf für Sprengkopf, ab. Eine Henne in Panik ließ ihre Eier unter Büsche oder in Bodensenken kullern. Das brachte Zeit, denn kein Eier-geiler Marder ließ sich auch nur eines der Dingerchen entgehen. Der so erlangte Vorsprung rettete mancher Henne das Leben. Marder waren zwar Eierfetischisten, fraßen nach der Vorspeise in der Regel aber auch gern die Henne und das wussten die. Eine Henne legt auf der Flucht bis zu drei Eier. Rostovs Torpedos dagegen je vier. Er fühlte sich geehrt, dass ausgerechnet er in den späten Tagen seines Daseins die entscheidenden Fangschüsse gegen Polen würde abgeben dürfen.

Der Landstrich der Nehrung vor Polens Ostseeküste erschien ihm für diesen Schlag geeignet. Hier die Ostsee, dort der Strand, auf dem Felsen der bescheuerte Turm, der schon den Rossen in Weltkrieg Rückrunde geholfen hatte, deutsche U-Boote und Linienschiffe zu versenken. Dahinter lag Stalins Sommerresidenz, dann in gerader Linie die Gedenkstätte für die Opfer des Kommunismus und jenseits des Haffs die denkmalgeschützte katholisch-orthodoxe Kirche des Ortes Potjomkin. Seine Torpedos würden von den Flanken angreifen, ein Ei links des Leuchtturms, eins rechts; eins links von Stalins Gartenlaube, eins rechts davon ... Wenn die Eier gelegt waren – wumm. Die Flugenergie der leeren Torpedohülle war danach noch so groß, dass problemlos der Döner-Grill »Kloppkeppab« des Ahmed von Iran, die italienische Eisdiele »Arive Derci« des Montecarlo di Napoli sowie der gemauerte Grill im Kleingarten des Deutschen Ingobald der Gerechte durch die mechanische Wucht des Flugkörpers zerstört werden konnten.

Normalerweise erlegte Rostov keine Deutschen, aber den Jäger Ingobald hatte er sich vorgenommen. Vor circa zwei Jahren hatte Rostov den Kerl auf seiner Wanderung über die Nehrung getroffen, als er das Terrain erkundete. Man hatte einander vorgestellt. Ingobald wohnte unweit in einer Gartenlaube, während Rostov von Leipzig angereist war, den kleinen Umweg und das U-Boot sparte er aus. Sie hatten sich hingesetzt und gemeinsam das Brot gebrochen. Es war über Wanderziele gesprochen worden. Ingobald wollte mal sehen, ob er heute noch ein oder zwei Rossen erlegen konnte, die sich hier herumtrieben. Rostov dagegen plante heute noch zur Walhalla nach Nürnberg weiter zu wandern.

»Walhalla, was für ein Marsch!« Ingobald hatte Rostov auf die Schultern geklopft.

Rostov, der seit der Wolga und dem Besuch bei Sergeij an paradoxer Diarrhö mit vermindertem Stuhlgewicht litt, hatte Ingobald darauf freundlich gefragt, wie in der Walhalla so die Toiletten seien. Darauf hatte Ingobald ihm die Faust ins Gesicht gehauen.

»Damit du dir das merkst, Rosse, wer sonst heißt denn Rostov. Sei froh, dass ich dich nicht erlege. In der Walhalla wird gebetet. Das ist kein Scheißhaus!«

Das Nasenbein war gebrochen. Rostov doktorierte lange daran herum und auch an der Schmach. Er hatte sich nach dem Vorfall detailliert über die geografische Lage von Ingobalds Gartenlaube erkundigt.

Alles war heute bei gegebener Feuerkraft eine Frage des Abschusswinkels. Rostov stellte sich links seine Snacks zurecht, Häppchen mit Sardellenfilets, Spießchen mit Kebabchici, Lachsschnittchen, Weißbrot mit Butter, daneben frischen Heringssalat, einen halben Hummer, geschnitten mit Spießchen und zwei Scheiben Landbrot mit Blutwurst. Rechts war die Getränketafel, zwei Flaschen Wodka, eine Flasche Raki, drei Bier und zur Verdauung fünf Fläschchen Fernet Branca.

Nicht, dass er ein Säufer wäre. Nur ein Häppchen und ein Schlückchen. Er strich sich den Bart glatt.

Rostov nahm gleich noch ein Häppchen, trank ein Schlückchen, nahm ein Häppchen, trank ein Schlückchen. Im Sehrohr sah er zwei Pferde den Strand nach Osten traben, oder war das eine ein Elch?

Oben im Leuchtturm sah er eine Lady – noch ein Häppchen – alter Schwede! – und ein Schlückchen – ... am offenen Fenster mit nackten Titten. Da kam auch ihr Kerl. Er grapschte sie ...

Rostov stellte schärfer. – Noch ein Häppchen und ein Schlückchen – Rostovs Glied, dem er im Boot freien Lauf ließ, erhob sich. Es drängte sich zwischen die Schaltkästen des rechten und des linken Torpedorohrs. Das geile Luder zog den Slip runter und hob das rechte Bein auf die Fensterbank. Rostov schraubte, schärfer ging nicht! – Noch ein Häppchen und ein Schlückchen –

... der Kerl bedrängte sie ...

»... bestimmt ein Pole, ballern sofort drauflos! Schon mal von Vorspiel gehört ...«, brabbelte Rostov. – Noch ein Häppchen und ein Schlückchen –

Mehr Blut wallte in sein Ding. Es klemmte zwischen den gelben Schaltkästen, Eichel dunkelrot, Spermaspeimäulchen weit offen. An rausziehen war nicht zu denken.

... ficken sofort drauflos ... – Noch ein Häppchen und ein Schlückchen –

Die amerikanische Navy hat kurz nach Weltkrieg Rückrunde entscheidende Fehler gemacht und zwei ihrer mit Battle-Stars ausgezeichneten U-Boote verkauft, wie es hieß, die SS-128 und die SS-135. Laut Pentagun wurde die SS-128 Ziel eines Atombombentests auf dem Bikini-Atoll, diente aber noch Jahrzehnte später der US Navy in der Ostsee. Die SS-135 wurde als Metallschrott an die Rossen verkauft. Das US-Außenhandelsministerium hatte seinerzeit für den Verkauf eine Ausnahmeregelung bemüht, da die Rossen Stein und Bein schwörten, ihnen fehlten noch zwei Kilometer Eisenbahnschienen, um Europa an die sibirischen Gulag-Lager anschließen zu können. Historische Lügen! Beide Schiffe waren mehrfach modernisiert worden und kreisten seit Jahrzehnten in der Ostsee nahe der kurischen Nehrung in friedlicher Absicht einander nach, mal die Rossen hinten, mal die Amis. Zumindest damals im Kalten Krieg beschossen sie einander hin und wieder, damit der Gegner nicht glaubt, der andere wäre heimlich abgetaucht.

»... dauerte ja nicht lange, glaube nicht, dass die gekommen ist ...« – Noch ein Häppchen und ein Schlückchen

Die Lady streckte sich am offenen Fenster und blickte genau in Rostovs Richtung. Der Kerl stand daneben. Sie lächelte blöde, fand Rostov gelb vor Neid. Der Pole grinste, als ob er Weltkrieg Rückrunde gewonnen hätte und nicht wir. Rostovs Ding klemmte fest, er kam nicht weg. Er schüttete eine Flasche Selters darüber, dann noch eine. Erst der Fernet Branca half, schon ein halbes Fläschchen genügte. Es brannte ein wenig, besonders im Spermaspeimäulchen. Das Restschlückchen gönnte er sich dann noch. – Noch ein Häppchen und ein Schlückchen –

Die Lady zeigte in seine Richtung, wobei ihre Titten herrlich ausschwangen. Sie hatte sein Sehrohr entdeckt. »Klar, dass die sowas erkennt, wenn jeden Tag U-Boote hier vorbeikommen.« Jetzt sah der Kerl ihn auch. Er ging in den Raum zurück und kam mit einem Fernrohr und einem Handy wieder.

Rostovs Ding war plötzlich wieder gänzlich frei. Kleinlaut hing es schlaff runter, als wüßte es schon, was käme. Rostov stellte erneut scharf ...was für ein Weib! ...

Er beugte sich weit vornüber, um die hässliche Spiegelung im Gerät abzustellen. Dabei rutschte sein Bart in eine der Aussparungen für die Schaltgestänge und verwickelte sich. Bei dem Gestänge handelte es sich um den Vorwärtsgang.

... wo hatte die denn auf einmal die Schrotflinte her? ...

Der Kapitän der amerkanischen SS-128, Major Tom, hatte einst Mathematik studiert. Sie war und blieb sein Leben. Wenn er morgens die Treppen vom Kommandodeck in die Kombüse hinabstieg, um Milch und Brötchen zu holen, zählte er die Stufen abwärts und auf dem Rückweg aufwärts. Säuberlich trug er das Ergebnis mit Datum in sein Laborbuch ein. Es hatte viele Seiten. Bald würde er ein Neues brauchen. Einmal im Jahr analysierte er den TreppenstufenIstStand. Bereits über dreißig Jahre lang hatte er beweisen können, dass die Anzahl der Treppenstufen runter wie rauf gleich groß war. Er kaute sein Brötchen und trank die Milch aus der Flasche. Sein Blick durch das Sehrohr war routinemäßiger Bestandteil des Frühstücks. – Lag da einer auf der Lauer? Klar lag da einer. Der Rosse war's nicht. Und das Girlie da oben, will die den denn abschießen? Er gab Alarm. Zuerst wurde dem Rossen mit einem Torpedo signalisiert, es solle sich ja nicht weiter zur Küste trauen...

– Noch ein Häppchen und ein Schlückchen –
... die Braut drückte tatsächlich ab ...
Oben klirrte Glas. Rostov sah nichts mehr. Er zerrte an seinem Bart, aber der wollte nicht abschwellen, nicht ein kleines Millimeterchen. Dabei sprang der Schalter um. Das Boot setzte sich in Bewegung Richtung Strand und rammte sich in den Sand. Er stak fest.
... die Lady schoss noch einmal ...
Die YouOne gab Feindalarm. Von Steuerbord schaute eine Unterwasserdrohne in Gestalt eines Herings, den »Star Battered Bagel« in die Unterlippe gepiercet, durch das Bullauge.
»Nicht bewegen. Auftauchen«, blinkte er in internationalem Funkerlatein. Rostov drückte den Notauf-Knopf und versuchte gleichzeitig, sich die Unterhose von den Knien nach oben zu ziehen, damit er halbwegs...
»... Luke auf, Sir ...«
Den Hebel erreichte Rostov leicht. Er bot ein erbärmliches Bild, als Major Tom ihn festnahm, Unterhose in den Knien, Bart eingeklemmt. Nichtmal umsehen konnte er sich, um den Gegner verächtlich ins Antlitz zu spucken.
»Fünf Jahre Guantanamo sind Ihnen sicher Sir, wenn Sie keine mildernden Umstände kriegen.« Major Tom zog den Offizierssäbel und schlug zu. Rostov richtete sich auf. Sein Bart sah im Spiegel des Bullauges gruselig aus. Der Schnitt war von links oben nach rechts unten geführt worden. Trotzdem stieß er einen Seufzer aus: »GottSeiDank, bloß die Amis.« Nach den Toiletten auf Guantanomo wagte er nicht zu fragen.
– Noch ein Häppchen und ein Schlückchen –

Knut, 2011

Herr von Fürchtegoth-Nöthinger war mit aufgeklebtem Oberlippenbart in die Travel Agency »How do you do–Lustreisen, e.V.« gegangen und verlangte nach Knut, dem Geschäftsführer. Knut war ehemaliges Mitglied der Schweinefraktion der Regierung Ost-Deutschlands, war aber als solcher nicht mehr zu erkennen. Er trug Hut und ein Piercing durch die Nase, an dem ein Memorystick baumelte. Der enthielt neben Weiberbildern eine Liste von Leuten, mit denen er noch eine Rechnung offen hatte. Knut ließ den Stick nicht aus den Augen und schielte daher chronisch. Heute, über zwanzig Jahre nach dem Ende Ost-Deutschlands und dem Ende seiner Freiheit, war er ein geachteter Vorstandsvorsitzender der Ortgruppe »FröhlichSein-UndSingen« in Gröfswald an der Ostsee. Als solcher ließ er sich mit Kunden nicht mehr direkt ein. Die sollten warten und anstehen und bitte sagen, was sie wollten, aber ihn sprechen dürfen – nur vielleicht. Denn Knut hatte das nicht mehr nötig. Das Volkseigentum hatte ihm posthum so viel Einkommen eingebracht, wie er es zu kommunistischen Zeiten nie zu träumen gewagt hätte. Knut entschied im weiteren Umkreis seiner Heimatstadt darüber, wem es hier zu leben gefiel und wem nicht. Wenn es einem oder einer nicht gefiel, so was gab es ja, dem sangen seine Freunde und er gerne mal nachts ein Ständchen, um ihn oder sie an deutschen Volksliedern zu erbauen und eventuell doch umzustimmen. Wenn es im Herbst begann, ungemütlich kalt zu werden, machte man hie und da auch ein kleines Feuerchen. Weil die meisten Bäume in der Umgebung kartografiert waren und unter Umweltschutz standen, wurde auch der ein oder andere, dem das Ständchen galt, aufgefordert, Brennholz beizusteuern.
    Gezwungen wurde keiner.
    Manche Aussis oder Kannaken, wie die in der Literatur häufiger bezeichnet werden, warfen oft aus Mitleid mit den Sängern und ohne

Aufforderung ihre Holzmöbel aus dem Fenster. Nicht nur einmal hatte Knut sie aber bitten müssen, dass er ihnen zwar danke, aber sie sollten das Brennholz doch bitte nur fallen lassen und den Sängern nicht an den Kopf werfen. Das würden die Sänger, wenn das öfter geschehe, dann doch missverstehen. Er selbst hatte auch einmal ein Küchenmesser mit Holzgriff zwischen die Beine geworfen bekommen. Nur dank seiner Reaktionsschnelligkeit war verhindert worden, dass das Gewurf einen der Brandbeschleuniger entzündete, die er in seiner Spezialhose für Sondereinsätze in den Oberschenkelinnentaschen aufbewahrte.

Eigentlich immer herrschte an solchen Abenden eine entspannte, fröhliche Atmosphäre: »Ännchen von Tharau«, »Heideröslein«, »Wir lagen vor Madagaskar«, »Auferstanden aus Ruinen«, »Der Winter ist gegangen, es weht des Maien Schein …« – all jenes Liedgut also, bei dem einem jedem das Herz blutet, wurde gesungen.

Von Rührung gerührt, geschah es dann doch dereinst, dass ein Aussi die Deckung verließ, war es denn ein Fitschö, ein Nöger oder meinetwegen auch ein Türke? Kein Schwein errinnert sich heute mehr, macht auch nichts, tolerant is mer ja. Der besagte Aussi, der keine Holzmöbel mehr in der Wohnung übrig hatte, kam raus und spendierte einen Kasten Bier. Der Spender durfte dann mit am Feuer sitzen. Er bekam ein Schwarzbrot mit Schweinemett und Zwiebel zu essen. Die meisten solcher außergewöhnlichen Aussies behaupteteten dann zwar, schon zu Abend gegessen zu haben, aber deren Bescheidenheit war ja bekannt. Keiner, keiner der Sänger hätte es auf sich sitzen lassen, dass er selbst vor den Augen der Aussis getrunken und gegessen hätte, ohne mit dem Aussi geteilt zu haben! Gegessen wurde zusammen und gegessen wurde, was auf den Tisch kam.

»Auch die Zwiebeln?«

»Auch die Zwiebeln.«

Besagter Aussi vertrug nicht genug Bier.

Teilen! Deshalb sang 'mer ja bei der Kälte. Das Brot brechen! Gemeinsam Brot brechen, war mehr als ein Akt der Sättigung. Und Schweinemett? Die Metzger der Gegend führten ausschließlich Schweineprodukte, schon aus historischen Gründen. Etwas anderes aß hier oben kein Mensch. Kein Ami war da, der ein Rindersteak haben wollte. Wie sollte der auch an die Ostsee gekommen sein können? Vielleicht gelangte so einer ja bis an den Stadtrand von Börlin, wo der ein oder andere Deutsche sein Englisch noch nicht vergessen hatte, aber er gelangte nicht hier hoch. Kein Schwein sprach hier Englisch, geschweige denn irgendeine andere Sprache. Auch sprach keiner Deutsch – man war doch kein Rassist. Man wollte doch einem Aussi nicht vorführen, dass er kein Deutsch konnte. Vielmehr wurden Blicke gewechselt. Das reichte beim Bier kaufen. Ging dann doch mal ein Deutscher ins Restaurant und wollte ein Schnitzel haben, zeigte er auf das entsprechende Foto auf der Speisekarte. Sprache war ein Mittel zur Diskriminierung anders Sprechender. Darum schwieg 'mer ja.

Es war einem von Knuts Kameraden letztens vorgekommen, dass ein Aussi in die Dönerbude in der Innenstadt gegange war und »Döner mit viel Tsatsiki und Weißkohl, die Cola bitte nicht zu kalt« verlangt hatte. Zufällig saß besagter Kamerad in der Nähe und bestellte ebenfalls einen Döner, was vor Gericht noch zu beweisen wäre, denn der Restaurantchef sowie alle Gäste hatten nichts gesehen. Er soll den Aussi zur Rede gestellt habe. Er soll Behauptungen zufolge unter die Plastikschachtel des Aussi geschlagen habbe, sodass Döner, Weißkraut, Tsatsiki und was weiß ich denn, wie denne ihre Kartoffelspaghetti häße, durch die Gegend wirbelten und sogar einen Stromausfall bewirkten. Knuts Kamerad soll dann eine einzige, eine allereinzige sprachliche Ausnahme gemacht haben. Er nahm sich den Aussi zur Brust und benutzte die Sprache von Goethe und Schöller: »Sach nochemal watte sache willst, ich hobe nix, aber nix, aber auch gar nix verstanne.«

Ein anderes Mal soll ein Aussi zum Feuer gekommen sein und gesagt haben: »Bitte Freunde, macht nicht so einen Lärm. Unsere Kinder schlafen und sie müssen morgen zur Schule. Können Sie nicht woanders singen?« Daraus hatten Knut und sein Chor eindeutig geschlussfolgert, dass der Kerl erstens undankbar war, dass er hiersein durfte und nicht in der Wallachei, und zweitens, dass er sie, die Ansässigen, zu vertreiben versuchte. Soweit durfte ein Aussi es nicht auf die Spitze treiben. Besonders nicht dieser Spezielle. Er gab sich blond, hatte sich die Augen blau geföunt und gab vor, aus Südafrika zu stammen. So was ließ Knut nicht durchgehen. Wäre man nicht Knut gewesen, hätte man den Kerl glatt verwechseln können mit einem der Ihren. Darum beging man etwas, was man an sich ungern beging, die Schwärzung eines weißen Nögers. Der Sopran und der Bass nahmen das Kerlchen bei der Hand und zogen es ans Feuer. Sie rösteten ihn so weit an, dass er erstens nicht vergaß, mit wem er es zu tun hatte, und zweitens, dass er soweit geschwärzt war, dass man zumindest in etwa ahnte, dass der Mann aus Afrika kam.

Knuts Existenz war bis dato ein harter Weg gewesen. Die ersten Jahre nach Verlust der Regierungsverantwortung im Jahre neunzehnhundertundneunundachtzig in Ost-Deutschland arbeitete er als Koch für die neue Regierung. Er eröffnete in Nebentätigkeit eine private Getränkevertretung in der Regierungskantine und versalzte ab Erteilung der Lizenz jede Mahlzeit. Dies war sein Zeichen von Liebe. Nur verliebte Köche versalzten Mahlzeiten – das hatte schon seine Mutter mit seinem Vater so gemacht. War bei ihr das Nackensteak versalzen, ging's danach ab in die Kiste. So soll der Sage nach auch Knut entstanden sein. Es gab sogar eine entsprechende Anmerkung auf seiner in Holz geschnitzten Geburtsrune. Knut erhöhte die tägliche Dosis an Salz sorgfältig, sodass kaum einer etwas wahrnahm, bis eines Tages die ersten Bluthochdruckkranken der Landesregierung kurz nach »Suppe fassen« zusammenbrachen. Knut ließ sie ambulant entsorgen, denn am Essen konnte es nicht gelegen haben. Die anderen aßen sein Essen ja auch, insbesondere die Vertreter der Opposition. Diese waren beruflich mit so viel Opposition befasst, dass sie in der Mittagspause nicht auch noch wegen des Essens meckern wollten und wegen des bisschen mehr Salzes im Essen schon gar nicht. Andererseits muss man knallhart sehen, dass sich die Opposition sehr wohl im Klaren war, welches Mitglied der Landesregierung Bluthochdruck hatte und welches nicht. Man gab sich politisch entspannt.

Den einen Tag sah man den Ministerpräsidenten kommen, noch immer mit hochrotem Kopf, weil er es der Opposition soeben im Plenarsaal ordentlich gegeben hatte. Kaum jedoch hatte er den ersten Löffel von Knuts Erbsensuppe angedaut, brach der vor einem besorgten Knut in die Knie und bat ihn, einen Arzt zu holen. Knut rief den Notarzt und ließ den Patienten in eine Klinik einweisen. Oft zogen sich derartige Essensteilnehmer erst mal eine Weile von der Regierungsarbeit zurück, was die Opposition zunächst mit Häme begrüßte. Aber als dann deren eigener Fraktionsführer vierzehn Tage später zusammenbrach, blieb es still. Man hegte den Verdacht, da läge ein System drin. Knut rätselte mit ihnen. Am Ende schlug er vor, den GehoamDienst anzurufen, damit die wenigstens eine Akte anlegten.

Die betroffenen Politiker besuchten im Thüringer Wald eine Reha-Klinik und machten auf Kur. Knut kannte dort zwei, drei hervorragende Einrichtungen, die er fast immer empfahl. Er kannte deren Inhaber persönlich und war von der Qualität der täglichen Übungen vollkommen überzeugt. Die gute Luft, die Ruhe, zwei Betablocker zum Frühstück, etwas Apfelsaft gegen zehn, zu Mittag Blutdrucksenker mit Waldmeistergötterspeise und abends drei Tabletten Angiotensininhibitoren, ein modernes Mittel, das den Schlaf und die Verdauung förderte. Zack, man nahm ab, man gewann Respekt und man begann, Knut zu mögen, der jeden Donnerstag in der Klinik herumging und fragte, ob noch einer etwas brauchte. Man war bald wieder fit für die Regierungsarbeit.

Gegen Ende der Neunzigerjahre kamen immer mehr geschändete Mädchen aus Polen und der Ukraine in Knuts Heimatstadt und baten ihn um Unterstützung. Er kündigte seine Kochposition, nicht ohne dem GehoamDienst jedoch mitgeteilt zu haben, dass ab jetzt die inzwischen beträchtlichen Akten über Bluthochdruckerkrankungen von Politikern wieder geschreddert werden können. Er werde sich jetzt caritativen Zwecken, und zwar von nun an gefallenen Mädchen, widmen. Nach Knuts Überzeugung war es vollkommen verständlich, dass der ein oder andere junge Mensch an der neuen Freiheit im Osten zerbrechen musste, insbesondere die Mädchen, denn wer sollte sich um sie kümmern? Alle Eltern waren mit Geldverdienen im ausgebrochenen Kapitalismus beschäftigt. Die Kinder, hauptsächlich aber die Mädchen, saßen zu Hause rum, strickten, sahen fern oder warteten, dass die Eltern von der Arbeit heimkehrten. Manchmal gingen solche Mädchen gegen Mittag auch auf einen der Spielplätze des Viertels sich sonnen und um bei frischer Luft zu entspannen. Dort geschah es dann leider immer wieder, dass den Mädchen die Jungfernhaut abhanden kam. Einfach so. Ein Kerl kam vorbei und plötzlich zog es. An der Stelle solcher ziemlich gleichlautender Berichte heulten die meisten Mädchen. Knut konnte sich das alles nicht erklären, aber die Lage ergriff sein Herz. Er hatte eine Liste der Boys, die sich um die Sache kümmerten, ebenfalls auf seinem Memorystick. Als der Zustrom an Mädchen mit Notbetten in seiner Wohnung nicht mehr aufzufangen war, kaufte er eine alte Kaserne und brachte die Mädchen dort unter, so gut es ging. Zumindest waren sie in Sicherheit. Manchmal schrieb er auch den Eltern einen Brief, »dass sie sich nicht sorgen mussten«. Er selbst habe vier Kinder, wenn da noch eines mehr an seinem Tisch säße, mache dies nichts weiter aus und es sei ihm eine Ehre, etwas von der Ungerechtigkeit in dieser Welt an ihren Kindern wiedergutmachen zu können. Er sei zwar kein Christ, aber er war mal Kommunist, was letztlich von der geschändeten Kreatur her gesehen auf das Gleiche hinauslief, nur dass die einen meinten, Gott wäre Schuld und die anderen, die anderen.

Nicht viel später gründete Knut die Firma »How do you do-Lustreisen, e.V.«. Er erwarb eine kleine Flotte von Booten jeder Art auf Pump und vermietete diese für annehmbare Preise. Viele der angeheuerten Mädchen fuhren gern zur See. Dort, wo sie herkamen, aus der Heimat, gab es oft nur Weizenfelder, Heuwiesen und brackige Teiche voller Karpfen und Frösche. Das Konzept war Knuts eigentliche Lebensleistung. Das Business florierte und es sprach sich rum. Knut befand sich im Zentrum der Bestimmung seines Seins auf dieser Erde. Er war von April bis Oktober ausgebucht.

Alles Menschliche kannte Knut. Ihn wunderte gar nichts mehr, auch nicht dieser Deutsche, der heute draußen im Laden stand und mit seinem Schottenrock wedelte. Knut warf einen unerkannten Blick durch den Vorhang auf das Kerlchen und binnen Zehntelsekunden ging es ihm auf – das da ist Nöthinger! Knut blickte sekundenlang durch den Kerl hindurch. »Dich, Bröderchen, kenne ich von früher,« sabbelte er so heftig, dass ihm sein Memorystick wie ein Propeller um die Nasenlöcher rotierte. Dann trat er hervor.

»Knut.«

»Von Fürchtegoth-Nöthinger.«

Jetzt bist du also ein »Von Fürchtegoth-Nöthinger«. Früher warst du bloß »Von Leipzig Grünau«. Na ja, dann gehört dir hier oben ja fast alles. Ihr rheinländischen Fürchtegoths habt nicht schlecht zugeschlagen, als es Ost-Deutschland für umgerechnet dreißig Euro zu kaufen gab. Wer besaß damals aber schon dreißig Euro? In Ost-Deutschland jedenfalls keiner, in West-Deutschland dagegen lief das auf den Preis eines Mittagessens ohne Getränke hinaus. Die von Fürchtegoths besaßen heuer im Norden ein Schloss, das ein oder andere Landhaus, fast jedes Bürgerhaus im Knut'schen Land und Land, Land, Land. Knuts Haus gehörte von Fürchtegoth-Nöthinger auch. Den Wasserschaden, dessentwegen Knuts halbes Wohnzimmer verschimmelte und weswegen er seit drei Jahren im Schlafzimmer lebte, schlief und kochte, wurde schon seit drei Jahren nicht behoben. Da stand er also, sein adeliger Vermieter, vor ihm und wollte was von ihm.

»Knut. Ich bin Geschäftsführer von ›How do you do-Lustreisen, e.V.‹ – wie kann ich Ihnen helfen? Wichtige Kunden wie Sie, lasse ich nicht von meinem türkischen Mitarbeiter abspeisen.«

Von Fürchtegoth kannte das Gehabe kleiner Leute. Der da war keiner. Er erkannte nun seinerseits Knut an dessen Nase, die trotz Piercing und Memorystick eine Schweineschnauze war. Auch Knut war sich nun endgültig sicher: Einen solchen Flachschädel, so flach, als habe Gott daran die schiefe Ebene geübt, besaß nur einer: Nöthinger. Wie war der Kerl ein von Fürchtegoth geworden?

Knut kannte die Geschichte der Fürchtegoths bis in die X-te Verzweigung ihres Baumstammes. Waren alle Gauner. Der älteste nachweisbare Ahnherr derer von Fürchtegoth war der Raubritter Ignazius von Fürchtegoth im Eichsfeld, Thüringen. Die Gegend hatte sich im Frühmittelalter besonders gut geeignet für das Raubritterwesen, denn sie war trist, einsam und es gab praktisch keine hundert zusammenhängende Meter befestigter Wege. Der Überlieferung nach boten Reisende und Händler, sobald sie von treuen katholischen Rittersleuten aufgebracht worden waren, freiwillig ihr Hab und Gut an, allein dafür, dass ihnen einer aus dem Matsch half. In der Achtundvierziger Revolution,

1493, als die Fürchtegoths immer wieder aufseiten des Fortschrittes standen, hätte die Konterrevolution zuschlagen und die Fürchtegoths beseitigen können. Das tat sie aber nicht, weshalb die Revolution den Beinamen »Die Unvollendete« bekam. Die Fürstendynastie zog mit einem verbündeten polnischen Heer dann den Mittelrhein flussaufwärts, weil dort das Klima besser sein sollte als in den klammen thüringischen Wäldern. Sie eroberten eine Rhein-Burg nach der anderen und ließen sich nieder. Viele Polen blieben auch da und arbeiteten für einen Euro die Stunde als Gärtner. Das erwies sich für sie als gute Entscheidung. Hier wurde römisch-katholisch gebetet und alles auf Latein. Da konnte man sich während des »Vater Unsers« auf polnisch über Weiber unterhalten, denn keiner verstand sowieso nix von allem.

Am Rhein war es schön, es gab guten Wein und richtige Weiber, soweit man die Weinberge hinaufblickte. Nicht zuletzt sah sich der damaligenzeits regierende Fürchtegoth, Siegfried der Befruchter, bald in der Lage, jedem seiner zwölf männlichen Nachfahren sein eigenes Häuschen zu überlassen und einen nach Amerika zu schicken. Den drei Töchtern gab er je ein Kloster mit Land und Wald, soweit das Auge reichte. Am Rhein wurden seither Flussfahrtzölle verhängt und jeder Reinschiffer musste zwischen Bingen und Köln fünfzehn Mal Halt machen, die Rheinhänge hinaufklettern, den Zoll abliefern, zum Schiff zurückkehren, das Boot ablegen, das Boot anlegen etc. Der Fluss war zudem voll von versunkenen Schiffen derer, die gedacht hatten, sich des Nachts durchschleichen zu können, was den Schiffsverkehr gefährlich machte. Eine Wollsocke, die in Basel noch einen Groschen kostete, hatte in Köln den Wert einer Milchkuh und ein Fass »Kölsch«, das in Köln kostenlos als Trinkwasser ausgeschenkt wurde, kostete in Basel so viel wie ein Fass besten Weines. So war die Dynastie Fürchtegoth unendlich reich geworden. Gott war mit ihnen. Gott hab' euch selig.

Knut spuckte sein Kaugummi aus und kannte den Mann nicht mehr. Von Fürchtegoth-Nöthinger kannte Knut seinerseits mitnichten nicht mehr. Er verlangte im Reisebüro, sodass alle es hören konnten:

»Schreiben Sie mit. Ihr bestes Schiff mit Crew und einem fähigen Kapitän. Essen – da lassen Sie sich bei meinem Fernsehkoch beraten – hier ist die Nummer, Champagner für fünf Tage, Wodka vom Fass, Kaviar, und die gehobene Cocktailtheke. Keine bescheuerte Geigerband wie in Buchenwald bitte, keine Handys, keine Fotografen, weiträumige Abschirmung von jeglicher Belästigung. Rock und Pop-Musik und deutsche Volkslieder, eine Kiste Verhüterli. Habe ich noch was vergessen?«

»Die Weiber?«

»Wir ziehen Rossinnen vor. Ich habe in Ihrem Katalog geblättert. Ich will Natasha and Girlfriends.«

»Ich verstehe. Nur, dass Sie es nicht falsch verstehen, das ist der Titel eines unserer Menüs. Auf Natasha, die Sie im Bild gesehen haben, richten wir das Büfett an, sie hat zumindest während des Dinners Sahnemeerrettich zwischen den Beinen, wenn Sie verstehen, was ich meine.«

»Soll das heißen, Sie lassen diese Blüte unter Wurstscheiben mit Meerrettich vergammeln?«

»Wir können auch Olga nehmen, aber Olga ist dicker, da muss mehr Büfett drauf. Das wird dann teurer. Wir können sie ja nicht halb nackt herumliegen lassen. Bei Olga müssen wir auch an eine Versicherung denken. Sie ist bei den letzten drei Einsätzen zweimal mittendrin aufgesprungen und hat den Belag abgeschüttelt. Wissen Sie, was das für ein Schaden ist? Also da gehe ich kein Risiko mehr ein, und wir brauchen einen Ersatz für Olga, falls das wieder passiert. Die Dame müssten wir dann zusätzlich in der Tiefkühltruhe in Reserve halten. Das wären Extrakosten. Ich schlage dafür Tanja vor, die ist aus Novosibirsk. Natasha«, Knuts Stimme bibberte bei der Nennung des Namens, »alle wollen sie Natasha. Andererseits kann ich sie verstehen. Natasha ist eine Schönheit an sich. Die will sich natürlich jeder Gast reinziehen, der sie sich leisten kann, das kann ich verstehen. Trotzdem ist die Olga-Lösung sehr viel teurer.«

»Natasha kommt für das Büfett nicht infrage.«

»Gut, dann Olga.«

»Natasha ist exclusive für mich.«

»Zwei volle Tage lang? Das schaffen Sie nicht.«

»Was wissen Sie denn?«

»Sie überschätzen sich.«

»Was bilden Sie sich ein, Sie Reisefuzzi, in meiner Gegenwart zu behaupten, ich überschätzte mich!«

»Sie ist Natasha, Sie werden sehen.«

»Quatsch, hier ist der Reiseplan. Am ersten Tag fahren wir zu unserem Ankerplatz vor der kurischen Nehrung, erholen uns für die kommende, maritim orientierte professorale Bewerbung. Da ist weiblicherseits nur Frau Specht an Bord, das ist überschaubar, denn wir sind vermutlich geschafft von der Anreise. Am zweiten Tag führen wir die Professorenberufungen durch unter besonderer Berücksichtigung der fortschreitenden Entwicklung der Intellektualität dieser Welt. Danach fällt einem abends nichts mehr ein. Da will man nur noch kurz abmasturbieren und sich schlafen legen. Am dritten und vierten Tag feiern wir. Auf diesem Zettel stehen die Koordinaten der beiden Liegeplätze. Am fünften Tag kehren wir heim ins Reich. Natasha and Girlfriends für den dritten und vierten Tag also fest buchen.«

»Mit oder ohne Skipper?«

Fürchtegoth ahnte, was kam.

»Mit«, denn Fürchtegoth besaß keine Lizenz für das offene Meer.

»Also mich«, sagte Knut, »das heißt, Sie müssen Natasha mit mir teilen. Ich meine, wir können uns absprechen, aber als Kapitän habe ich das Sagen an Bord.«

»In Ordnung, Natasha nach dem Mittagsschlaf zwischen halb drei und drei und vor dem Abendessen zwischen sechs und halb sieben für Sie.«

»Und Olga? Brauchen Sie auch Schläge, Herr von Fürchtegoth-Nöthinger? Ich kann Olga überreden, dass sie Sie entweder feste schlägt oder sanft, je nachdem, wie sie sich nach den Berufungen fühlen werden. Das habe ich in der Hand.«

»Das mache ich selbst, ich geißele mich jeden Abend nach den Nachrichten für fünfzehn Minuten; eine Tracht Prügel verteile ich täglich an Brell und fünfzig Klätsche auf den Arsch gebe ich nach dem Frühstück der Frau Specht. Das machen wir schon seit Jahren so, einfach, damit wir nicht abheben, denn man wird ganz leicht durch Macht und Geld korrumpiert, wie Sie wissen.«

Knut war zufrieden. Er liebte Abmachungen, die klar waren und keine Frage offen ließen. Jetzt musste er dem Grafengesocks nur noch den Endpreis klarmachen. Er wusste schon, dass Fürchtegoth jeden Preis zahlen würde.

»Zweiundvierzigtausend pro Tag.«

Knut hatte die Summe genannt, ohne zu stottern, mit Kaviar, Girls, Boot, Captain, Steuern, Mehrwertsteuern nicht zu vergessen, Soli und Arbeitslosenversicherung und allem – da schuckelt sich ein Sümmchen zusammen.

»Achtundfünfzig, wenn Sie darauf verzichten, Natasha anzufassen.«

Knut war sofort einverstanden, denn er kannte Natasha. Sie wusste, was ein Mann fühlte, wenn er all das sehen würde, was auf seinem Boot geschah. Sie war nach sowas oft abends zu Knut gekommen und hatte gefragt, ob sie bei ihm schlafen könne. Knut verfiel einen Moment in stilles Träumen, »jeder, der Natasha einmal nur anfassen durfte, war danach ein Mann, wenn er männlich gewesen war, oder sie war eine Frau, wenn sie weiblich gewesen war. Natasha kannte ihre Kunst und ihre Magie. Sie war zu haben – für Geld. Sollte sie auf dem Feld arbeiten und ihre Ehre retten? Kein Kerl und keines der Weiber konnten ihr die Ehre nehmen. Dazu waren die viel zu schwach, diese Zwergprofessörchen von Bildungsstätten wie der Hochschulen Kleinzerlang, Bieberburg, Jölichen und wie sie sich alle nannten, jene Ministerialoberräte, von Fürchtegoth-Nöthingers Adjutantin, aber ganz bestimmt dieser Kerl selbst, der hier vor ihm stand, mit – wetten dass? – einem Platteichelpimmel, der mit Sicherheit so platt war wie seine Fresse.

»Wenn Sie einen Moment warten, fertige ich Ihnen sofort die Rechnung aus. Bezahlt wird in Vorkasse, was für eine Karte haben Sie?«

»Alle.«

Knut, nun wieder hinter dem Vorhang, erteilte seinem türkischen Untergebenen Anweisungen.

»Schiffe versenkende Professoren soll er von mir aus vor der kurischen Nehrung berufen, fünf Meilen nördlich vom Leuchtturm. Dann West-Nord-West einhundertfünfzig Meilen. Hier sind die Koordinaten. Am zweiten Stop ist der Sprit alle, verstanden. Hast du mich verstanden? – Wehe, wenn nicht, dann bringe ich dich perrrsönlich

nach Anatolien. Programmier das vor dem Ablegen ein. Ich funke, drei Stunden bevor wir am zweiten Stop sind. Du holst mich mit dem Jetschi ab, wenn's dämmert. Tutto bene?«
»Tamam.«
»Sprich deutsch, Türke, sonst mache ich nachher Döner aus dir!«
»Inschallah.«

Knut trat nach vorn, Zornesfalten im Gesicht.
Von Fürchtegoth-Nöthinger wich zurück.
»Es ist nicht wegen Ihnen, es war wegen dem Kannaken, die werden immer lausiger und vermehren sich wie die Karnickel. Der da hinten zieht vier Balgen von meinem sauer verdienten Geld hoch. Ich halte ihn bloß noch der Leute wegen. Hier steht alles ausgedruckt, die Koordinaten sind eingegeben, Stop eins für die Berufung vor der Nehrung, Stop zwei für Natasha, alles einprogrammiert, obwohl, ich bin ja dabei, nur für alle Fälle.«

Die Berufung, 2011

Der Landesberufungsbeauftragte für professorale Berufungen und Landesregierungsoberdezernent Abteilung Zwei, des Landeswissenschaftsministerioms, Unterabteilung drei, für professorale Berufungen aller Kassen und Vorsteher des Dezernats Personalungelegenheiten, Abteilung vier, für Berufungen zur See in Personalunion mit der Abteilung drei des Landesbestattungsinstitutes, Unterabteilung zwei, Bestattungen zur See in besonderen Fällen, Herr Dr. Johann SS Brell, stellte anatomisch das glatte Gegenteil von Prof. Dr. hc. mult. Dr. med. habil. Gotthilf Fürchtegoth-Nöthinger dar. Er war klein, hatte eine fliehende Stirn und stockartige O-Beine, die er unter weiten Hosenbeinen verbarg. Er trug eine dunkelbraune Hornbrille. Die Herren Brell und von Fürchtegoth-Nöthinger arbeiteten nicht erst seit Kurzem zusammen, sondern bereits Jahrzehnte. Sie kannten sich und ihre Gewohnheiten aus Zeiten in Ost-Deutschland, wo sie beide als Zwangsarbeiter für den Ost-Deutschen Gehhoamdienst gearbeitet hatten, jeder in seinem Fach. Sie hatten seit der Verödigung Deutschlands an die sechshundertfünfzig Universitätsprofessoren ins Amt gehoben, die allesamt nach kurzer Zeit sehr erfolgreich an den Schalt- und Nahtstellen der deutschen Wissenschaft walteten.

Von Fürchtegoth-Nöthinger stand neben Brell und Frau Prof. Dr. Specht an der Reling von Knuts Yacht, die in der östlichen Ostsee vor Anker lag. Sie schauten nach Osten; von Fürchtegoth-Nöthinger zufolge in Richtung Sonnenuntergang. Heute fand an Bord das Vorsingen der Bewerber für eine Professorenposition statt. Man wollte alle Kandidaten noch vor Einbruch der Dunkelheit erledigt haben. Es waren insgesamt fünf Bewerber um die Professur für »Fischfang des Salzherings in maritimen Gewässern« eingeladen worden. Von Fürchtegoth-Nöthinger stand der Kommission vor. Frau Specht schrieb Protokoll und vertrat in Personalunion die Studenten und Mitarbeiter ihrer Fakultät, die an der Berufung ein Mitspracherecht hatten. Sie vertrat sich selbst als Professorin im Berufungsausschuss, aber zugleich auch in Personalunion die Frauenbeauftragte der Universidad Eduardo del Pinto und den Personalrat. Sie hatte in den vergangenen Tagen alle Protokolle angefertigt über Inhalt und Ausgang der heutigen Bewerbungsgespräche und war von drei anwesenden Berufungskommissionsmitgliedern, einschließlich ihrer selbst, die am besten informierte Person. Sie trug ein dunkelblaues Plisseeröckchen mit weißem Höschen darunter und ein Matrosenhemd mit Streifen sowie gebundenem luftigem Tuch.

Von Fürchtegoth-Nöthinger langweilten Berufungen. Er bevorzugte die direkte Art der Bestellung eines Kandidaten für den Job: Man kannte den Kandidaten, man wusste, aus welchem Stall er kam, sogar, wie er roch. Ein solcher machte keine Probleme und man war sich vollkommen im Klaren, dass er nicht mehr wusste als alle anderen Professorenkollegen. Fertig! Und ein klarer Fall. Allerdings interessierte ihn als leidenschaftlichen Angler an der hiesigen Sache, wie die Kerlchen während der Bewerbung zappelten, als ginge es wirklich um ihre Zukunft und nicht um die Bratpfanne. Er freute sich bei solcher Gelegenheit wie ein Kind, dass er nie selbst zu einer Berufungsprozedur als Bewerber genötigt worden war. Kopfschüttelnd wunderte er sich, wie naiv die Kerlchen doch waren und wie sie dennoch meinten, da wäre eine Chance. Dabei hatten die oft schon Kinder, waren selbst fünfundvierzig Jahre alt und sie waren immer noch so naiv? Hatten die niemals zuvor etwas von Verantwortung gehört? Gehörte es sich, Schuldige, auch noch eigene, Kinder in Situationen solcher Ungewissheit über nichts Geringeres als einen Job als Professor hineinzuziehen? Manche Menschen, so schien es ihm, dachten an gar nichts.

In den Berufungsverfahren, denen er regelmäßig beischlief, kamen niemals Frauen vor, so auch heute nicht, außer Frau Specht. Er kannte Frau Specht in- und auswendig. Er hatte sich ihrer sogar heute Morgen noch vergewissert.

Herr Brell, drittes Kommissionsmitglied an Bord als Vertreter des Landesministeriums, hatte am Vorabend in der Spätschicht Zugriff auf Frau Specht haben dürfen. Herr Brell hatte generell uneingeschränktes

Zugriffrecht auf Frau Dr. Specht, es sei denn, sie äußerte Bedenken wegen unloyalen Benehmens. Dann gab es eine Sperre für ein, zwei, manchmal auch drei Spiele. Auch wirkte Herr Brell oft etwas langweilig, weil er in typischer Manier eines Politikers immer erst alles ausdiskutieren wollte. Oft war Frau Specht schon wieder angezogen, wenn er dann doch endlich zum Punkt kommen wollte. Wenn Übereinkunft gefunden werden konnte, fackelte Brell nicht lange. Jede einigermaßen erfahrene Frau weiß, was das heißt. Brell war ein Sohn seiner Klasse, seitliches Lächeln, Haare ohne jeden Schnörkel nach links gezogen und flach, nicht wellig und brünett. Keiner konnte je behaupten, er hätte sich irgendwann zuvor für irgendeine Wellung oder Haarfarbe entschieden. Nein. Brell war, den täglichen Klogang eingenommen, ausschließlich weitgehend jedem Vorwand geneigt; hellblaues Hemd, hellblaue weite Hose, weiße Lederstiefelchen sowie eine Matrosenmütze unterstrichen seine Funktion im Berufungsterzett. Er war der Politiker, der über die akademische Zukunft eines Kandidaten entschied, als wäre sie Wasser.

Nun ist die Berufung eines Professors für ein maritimes Lehr- und Forschungsgebiet immer etwas Besonderes. Warum sonst machte man den Aufwand und lieh sich auf Hochschulkosten eine Yacht, ankerte drei Kilometer vor Polens kurischer Nehrung und tat sich all das an? Natürlich musste man die Kandidaten in ihrem späteren natürlichen Habitat ihrer Forschung anhören. Nur dann war wirklich zu erfahren, ob einer für den Job taugte. Man konnte ja gern behaupten, dass man schwimmen konnte, angeln, tauchen, Ruder setzen, Netze auswerfen und an Bord ziehen, Fische in Döschen sortieren für die spätere Analyse, aber dann? Später in der Fakultät, wenn keine Fische mehr einsortiert wurden, sondern ausgewachsene Kollegen? Was würde dann ein Landgänger noch bedeuten mit vielleicht krummen Beinen und Möhrengeschnetzeltem an den Gummistiefeln? Die See war das Habitat des zukünftigen Kollegen und eine der wichtigsten Fragen, die heute zu klären waren, war, wie lange der Kerl untertauchen konnte, ohne dass ihn einer wahrnahm. Außerdem sollte der Kandidat durchaus Kenntnisse zeigen, wie man mit einem Hai umging, der sich zufällig im Netz verfangen oder dem Kandidaten beim Kielholen ins Bein gebissen hatte. Der Hai konnte zukünftig der Rektor einer anderen Universidad ebenso sein wie ein kleines Scheißerchen von Professor, dem das Pfeiffersche Drüsenfieber suggeriert hat, seine Meinung gelte etwas. Wie versorgte man eine offene Wunde im Salzwasser? Wie ging man mit Frau Specht um, die bei Blut in Ohnmacht fiel, wie mit dem wütenden Herrn von Fürchtegoth-Nöthinger und einem Herrn Brell, der schon beim ersten Anzeichen eines Risikos den Sicherheitsbeauftragten seiner Regierung anfunkte? Es ging folglich heute nicht allein um das akademische Niveau des Kandidaten. Es ging vielmehr darum, inwieweit ein Kandidat in der Lage war, sich von den gewonnenen Erkenntnissen über die Welt und deren Naturgesetze hinwegzusetzen und neue zu erfinden, die noch nie jemand zuvor erfunden hatte. Es ging letztlich um Innovation zur See, wo im Kern alles Leben entstanden war, auch das des Kandidaten, und wo dessen Leben, zumindest sein akademisches, ohne Weiteres heute enden konnte.

»Da!«

Herr Brell hatte ihn zuerst entdeckt. Er erkannte den Mann an dessen Flagge. Es war Dr. Brille. Der Kerl sang schon zum sechsundzwanzigsten Mal vor. Er sang seit fünfzehn Jahren vor für alle Professorenstellen, die auch nur annähernd mit Wasser zu tun hatten, denn dem Sternbild nach war er Wassermann und daran hielt er sich privat wie auch forschungsmäßig strikt, denn er hatte Charakter. Er war dreiundfünfzig Jahre alt und stank Berufungskommissionskreisen zufolge streng nach Fisch. Es zeigte sich, dass der Kerl das Gesetz der Piraten auch diesmal nicht verstanden hatte: Man zeigte erst Flagge, nachdem man gewonnen hatte, aber besser war es, niemals Flagge zu zeigen, alles niederzumetzeln, die Beute einzusacken, zu verschwinden und keiner war's. Er kam auch diesmal mit einem geliehenen Ruderboot. Von Fürchtegoth-Nöthinger erkannte nun auch ohne Brells Hilfe allein am Ruderschlag den Ziehsohn seines Feindes, Professor Rüdiger, der ebenfalls Proktologe war und der berühmt geworden war wegen seiner Anusbasierten Minimalainvasiven Mandeloperationen. Diese war in Fachkreisen als AMM-OP bekannt, eine Abkürzung, die die Offenlegung des Zugangsweges und die Position des Patienten auf dem OP-Tisch vermied.

Der junge Mann half sich an Bord. Kaum dass er der Kommission gewahr wurde, die inzwischen hinter einem Jury-Tisch Platz genommen hatte, rutschte er aus und fiel auf den Hintern. Frau Specht sah ihre Argumentation bedroht, denn der hier gezeigte Teil der Präsentation erweckte Mitleid. Sie hatte ihm bereits attestiert, dass er ein harter »Hund« war, einer, mit dem sich wissenschaftlich nicht diskutieren ließe und der für ihre Fakultät nicht infrage kam. Dass er hier ohne Weiteres umfiel, ohne dass er dazu aufgefordert worden war, verunsicherte sie.

»Können Sie schwimmen?«

Brell fragte das.

Dr. Brille stand auf und rieb sich den Sterz.

»Ziemlich, ich habe aber nichts mit.«

»Frau Dr. Specht, drehen Sie sich bitte um, und Sie ab in die Ostsee! Sie schwimmen eine Runde ums Boot. Die Zeit läuft.« Von Fürchtegoth-Nöthinger drückte eine virtuelle Stoppuhr. Prof. Rüdigers Schützling,zog sich zunächst aus, stellte die Schuhe ordentlich nebeneinander, faltete die Socken, das Hemd, den neuen Anzug, dann die Unterhose zusammen und stapelte alle Kleidung an der Reling. Er war dürr, hatte eine haarlose weiße Haut und seine Schamhaare waren rot. Frau Specht wurde ein weiteres Mal unsicher, denn der Kerl besaß Anstand und Haltung.

»So, ich springe jetzt. Ab jetzt gilt die Zeit, nicht wahr?«

Von Fürchtegoth-Nöthinger nickte und drückte die Reservestoppuhr, die für diesen Fall bereitlag. Die Uhr der Jury hingegen lief seit zwei Uhr morgens, einer Stunde des Tages, da hatte das Bübchen noch nicht einmal seinen Haferschleim verzehrt.

Der Bewerber schwamm in zwanzig Sekunden ums Boot. Brell war verblüfft – wie konnte einer so schnell schwimmen? Der Bewerber half sich an Bord. Von Fürchtegoth Nöthinger schnauzte ihn an:

»Sie sind so was von langsam! Die Zeit hätte nicht mal für das Abitur in Biologie gereicht. In AchtStundenZwölfMinutenundachtunddreißigkommasechsSekunden klappert jedes Treibholz um mein Boot.«

»Acht Stunden? Prof. von Fürchtegoth-Nöthinger? Das war meine persönliche Bestzeit. Ich halte den Zweihundertmeter-Europarekord im Brustschwimmen.«

»Sie sind aber auf dem Rücken geschwommen, ich habe es gesehen, ich habe ganz deutlich Ihren Schniepel im Wasser treiben sehen.«

»Welchen Schniepel? Meinen Sie den? Das ist mein Geschwindigkeitsmesser, den ich unten festmachen musste, weil ich ohne Badehose schwamm. Es kann sein, dass er aussieht wie ein Schniepel, er muss ja Stromlinienform haben, aber das ist ein Sensor. Ich war auf diese Prüfung nicht vorbereitet, zumindest in der Art nicht. Ich hätte Ihnen das alles vorher erklären können. Sobald ich im Wasser bin, löst der Schwimmer sich ab und gleitet auf der Wasseroberfläche, damit die Geschwindigkeitsmessung nicht durch meinen innovativen Hoch-Tief-SchwimmTauchStil verfälscht wird.«

»Es war ihr Schniepel, Brell, haben Sie es auch gesehen?«

»Ehrlich gesagt …« Brell wusste nicht, was er sagen sollte. Die Situation war wie im Parlament.

»Schniepel hin oder her, Sie sind hier in Rossland, kennen Sie eigentlich die Koordinaten des Berufungsortes? Ziehen Sie sich an oder wollen Sie unsere Frau Professor Doktor noch weiter demütigen mit Ihrem Aufzug? Wenn Sie fertig sind, da drüben liegt Ihr Lunchpaket für die Rückreise nach Börlin. Sie erhalten das Ergebnis Ihrer Bewerbung schriftlich.«

Der nächste Bewerber war inzwischen an Bord und ein wahrer Athlet, dreimaliger Triathlongewinner, Kampfsportler, Apnoetaucher, Weltmeister im Skyjumping. Einer der Menschen, denen Sie nichts erklären müssen. Entweder Sie leben mit ihm, oder sie bringen ihn um, wenn Sie können. Er kam aus Leipzig und war aufgrund seines Charakters seinerzeit wie auch heute ein direkter Klient des ehemaligen Ost-Deutschland-GehoamDienstmannes von Fürchtegoth-Nöthinger gewesen. Von Fürchtegoth-Nöthinger erkannte ihn. Er hatte ein Gigabytegedächtnis für seine Feinde und Leute, die ihm gefährlich werden wollten.

Der Bewerber war bereit.

Er begann, nach einem freundlichen »Hallo, Sie sind also die Jury", ohne Aufforderung seine Forschungsinteressen vorzutragen: Sofern er die Stelle antreten könne, wolle er ...

Von Fürchtegoth-Nöthinger unterbrach: »Antreten wollen Sie? Was genau wollten Sie in etwa annähernd damit gemeint haben? Ja, sind Sie denn auf Streit aus? Meinen Sie denn, der Beruf eines Professors wäre ein Fußballspiel und dass es da vielleicht auch noch einen Schiedsrichter gäbe, der Ihnen sagt, ob Sie gewonnen haben oder verloren? Ich sag's Ihnen, Sie haben jetzt schon verloren, sie sind nämlich so gut wie disqualifiziert. Dabei haben wir noch nicht einmal angefangen. Antreten ...«

»Ja! Wahr ist wahr und richtig ist richtig.«

»Wie meinen Sie? Wollen Sie etwa die Kategorie Wahrheit in den Professorenberuf einführen, he?«

Der Mann wußte, welches Kaliber von Fürchtegoth-Nöthinger hatte.

Von Fürchtegoth-Nöthinger zu Brell, der Protokoll führte: »Wir lassen die ersten sechs Übungen weg. Kielholen! Den Mann!«

Frau Specht fand die Diskussion unter aller Sau und warf von Fürchtegoth-Nöthinger einen Blick zu. Der zündete sich darauf eine Zigarette an und Brell holte sich einen Kaffee. Frau Specht führte den Kandidaten unter Deck. Sie kam aber kurz darauf zurück. Brell verschluckte sich am Kaffee und von Fürchtegoth-Nöthinger hustete, weil das unerwartet schnell ging.

»Er bereut nichts, er gibt auch nichts zu«, sagte Frau Specht, »ihr könnt weitermachen.«

Von Fürchtegoth-Nöthinger knüpfte dem Bewerber persönlich die Leinen an, um das Kielholen einzuleiten. Dabei wird nach englischem Seerecht der seinerzeit zu bestrafende Kandidat am Bug ins Wasser geworfen und, mit Leinen an seinen beiden Armen befestigt, von zwei Seemännern unter dem Bootskiel entlang gezogen. Sie schreiten dabei an Steuer- und Backbord zeitgleich zum Heck hin. Dort wird der Kandidat nach oben gebracht, wenn sich die Seile nicht im Kiel verfangen haben. Je nachdem, wie lange sie gebraucht haben, worin sie einen gewissen Ermessensspielraum besaßen, hatte der Kandidat dann noch Lust, ein Interview zu geben oder aber nicht. Meist sahen die überlebenden Kandidaten ihren Fehler ein. Das war zu Zeiten des englischen

Empires so, wo es um Mord- und Totschlag oder auch um Raub ging. Das war bei von Fürchtegoth-Nöthinger so, wo es um die Idee ging.

Von Fürchtegoth-Nöthinger schubste den Athleten am Bug ins Wasser. Das Seil zog an. Nur wenige Sekunden später musste der Kandidat sich unter Kielmitte befinden. Von Fürchtegoth-Nöthinger zählte bis fünf und beorderte dann Frau Specht und Herrn Brell, die zu beiden Seiten des Schiffes an den Seilen zogen, nach unten zur Beratung. Sie verknoteten das Seil an der Reling und folgten. Nach circa fünfzehn Minuten holten sie den Kandidaten an Bord.

Er war blau, er zitterte. Brell gab ihm ein Handtuch und Frau Specht versuchte ihn von unten her warm zu blasen, doch sein Knie rutschte ihm aus und landete auf ihrer Nase. Sie hielt sich Tränen verdrückend ein Taschentuch vor.

Von Fürchtegoth-Nöthinger biss in sein Lachssandwich.

»Stellen Sie sich nicht so an, Frau Specht. Wollen Sie mal anbeißen, Herr Kandidat? ... Sind Sie endlich trocken?«

Frau Specht schluckte und Brell fand, dass dieses Benehmen ein Fall für den Untersuchungsausschuss war, dem von Fürchtegoth-Nöthinger turnusmäßig vorstand.

Die drei beredeten das Verdikt, während der Kandidat sich anzog.

»Sie sind also einverstanden, dass wir den Kandidaten auf Platz eins der Bewerberliste setzten, womit er, daran möchte ich Sie beide, sicher überflüssigerweise, aber dennoch erinnern, die Stelle zu neunundneunzig Prozent kriegen würde?«, fragte von Fürchtegoth-Nöthinger seine Mitglieder der Kommission. Und er setzte nach: »Wenn Brell seinen Scheitel während der entscheidenden Sitzung im Ministrium nicht versaut, kriegt er die Stelle sogar zu hundert Prozent.«

Frau Specht nickte mit dem Kopf, Brell fuhr sich durch die Haare, sein Zeichen äußerster Nervosität.

»Gut, dann soll er uns noch zeigen, ob seine Apnoezeit ausreichend ist, was hieße, wie lange kann der Herr Bewerber die Luft anhalten, ohne aufzutauchen?« Wenn die Zeit nicht signifikant oberhalb des internationalen Durchschnitts läge, der sich in den letzten Jahren inbesondere in China bei etwa fünfundfünfzig Minuten eingepegelt hatte und der regelmässig im Fachblatt NATURE auf der letzten Seite publiziert wurde, dann bestand keine Hoffnung für den Kandidaten. – Das die Chinesen mit einem Reisstrohhalm unterm Arm zum Tauchtest erschienen, spielte dabei keine Rolle.

Von Fürchtegoth-Nöthinger entschied: »EnnGleichFünf.«

Nur Wissenschaftler kennen diese Formel. »Enn« ist die Anzahl der Versuche, »Gleich« heißt, es ist sowieso egal, was rauskommt, und »Fünf« – das machst du jetzt insgesamt fünf Mal, du Kerlchen!

Inzwischen war es Mittag geworden. Der Bewerber stand immer noch da und fragte von Fürchtegoth-Nöthinger, der langsam müde wurde, wann das Bewerbungsgespräch denn endlich losginge. Von Fürchtegoth-Nöthinger gab jedem Angestellten eine halbe Stunde frei, zu essen und sich zu erholen. Den Kandidaten ließ er stehen.

Von Fürchtegoth-Nöthinger wollte nach der Pause den Bewerber ein fünftes Mal über Bord schubsen, denn man war am Vormittag erst bei EnnGleichVier angelangt. Nur wich dieser diesmal aus und hieb von Fürchtegoth-Nöthinger seine Rechte mitten in dessen kreisrundes Gesicht. Man hörte es knacken, Blut tropfte und von Fürchtegoth-Nöthinger ging zu Boden. Er schlitterte auf seinem Gesicht wie auf einem Surfbrett bis zur Kajütentür. Von Fürchtegoth-Nöthinger jedoch war nicht von schlechten Eltern. Er war Bauernsohn, er hielt was aus. Er wischte sich das Gesicht, zog ein paar Holzspäne aus den Oberschenkeln und brüllte: »Komm her, du Arschloch, ich mache dich fertig, was denkst du eigentlich, wer du bist?«

»Ich bin der, den du nicht besiegen kannst, du Arschloch.« Ein weiterer Faustschlag traf von Fürchtegoth-Nöthinger auf seine Knopflochnase. Das schaltete ihn diesmal noch vor der Kajüte des Kapitäns gänzlich ab.

»Und Sie, Specht, glauben Sie denn, dass das ausgetrocknetes Etwas zwischen Ihren ehrgeizigen Beinen etwas wäre, was mich anmachen könnte?«

»Und Sie Brell, Sie Löschpapier der Demokratie, denken Sie wirklich, Sie hätten irgendeinen Einfluss auf mein Leben nehmen können?«

Der Bewerber nahm eine Halbliterflasche Ketchup, die noch vom Lunch rumstand, und drückte sie zuerst über Frau Specht, dann über

Brell und den ganzen halben Rest über von Fürchtegoth-Nöthingers flachem Gesicht aus, das danach aussah wie eine »Pizza in Preparation«.

Der Bewerber ging zur Reling, stieg in sein Kajak und zog davon.

Am Horizont zeigte sich ein Hubschrauber. Der brachte die anderen drei Kandidaten, in ihrer Mitte den einen, der es werden sollte: Privatdozent Dr. med. von Fürchtegoth-Maigrün.

Natasha, 2011

Natasha hatte Titten wie die Ostsee Wellen bei frischem Wind am Abend. Die Wellen schlugen hoch an und alles schien silbern bis rötlich. Das Meer begab sich nach deren Anblick gewöhnlich zur Ruhe. Wäre Gott die Abendsonne gewesen, er hätte auf ihr Platz genommen und wäre den ganzen Sonnenuntergang lang nach unten gefahren. An ihren Nippeln angekommen, hätte er vermutlich das Licht ausgeschaltet und abgehoben, um in ihrem Schoß zu landen. Er würde dann wahrscheinlich zu Natasha sagen, er sei zwar Gott, aber sie solle sich bitte frei fühlen. Er würde weiter sagen: »Wenn du willst, lade ich dich zum Essen ein und zu einem Wein, aber fühle dich frei, denn ich habe es satt, dass sich alles und jeder gezwungen fühlt, sobald ich auftauche. Willst du? Wir trinken Wasser und Wein und wenn du es erlaubst, legen wir uns danach zusammen ins Bett und unterhalten uns. Ich erzähle dir Witze. Ich kenne viele. Die Menschen sind witzig, obwohl viele Menschen auch boshaft sind. Aber ohne die Witze und ohne meine Liebe hätte ich längst verloren. Ich werde nicht verlieren, das schwöre ich dir. Wir können auch ficken, aber stell' dich nicht auf was Langweiliges ein. Das Ficken habe ich studiert und später mit guter Absicht eingeführt für Menschen, die einander glücklich machen wollen.«

Natasha hatte Augen, die waren blau wie der Himmel am Balaton im Sommer. Ihre Beine waren gut und nicht aufdringlich. Sie waren nicht dürr, eher standfest. Natashas Po war ein Kunstwerk und er hätte eines Waffenscheins bedurft, würden weibliche Hintern unter der Rubrik »Waffe« geführt werden. Wir wissen kaum, wie wir ihn beschreiben sollen. Er war edel. Die Haut war fein, zart, die Haare blond und kurz, die Haut straff, braun, leicht mit Poren durchsetzt. Sie roch nach Orient, dem Alten Basar in Istanbul, verführerisch und undefinierbar. Natasha war eine kluge Frau, stark, beherzt, slawischer

Schnitt des Gesichtes. Durch Jahrhunderte hindurch mussten ihre Vor-Mütter die rossischen Winter überlebt haben. Durch Jahrhunderte hindurch mussten diese Frauen Babys aus ihrem Bauch gezaubert haben, die ihren Nachkommen als Frauen das Überleben gesichert und die es auch immer wieder fertiggebracht hatten, die Männer von ihren Wasserpfeifen oder Kriegszügen wegzulocken ins Bett für den nächsten Entwurf Gottes – eine weitere schöne Frau.

Natasha wusste, ohne Ficken und das Gefühl dabei und danach, ohne zu fühlen, Mann und Frau zu sein, gäbe es uns Menschen nicht mehr. Das Leben war schwer, es gab den Tod, es starben Kinder, es starben die Eltern, es gab manchmal kaum etwas zu essen, oder der Mann war nur zwei Tage zu Hause und musste dann wieder weg in den Krieg. Natasha wusste das. Es stand in ihren Augen, ihren Genen und schlug in ihrem Blut. Sie war eine Frau und das andere waren die Männer, ohne die nichts in der Welt ging. Sie fand auch nicht, dass sie ein Opfer von irgendwas war. Sie hatte von Gott die Schönheit geborgt und wusste, dass sie diese wieder würde abgeben müssen, aber heute war diese bei ihr. Natasha war jung, klug, aber vor allem war sie nicht bereit, den anderen diese Welt zu überlassen. Sie fühlte sich stark genug, den Preis dafür zu zahlen.

Gennadi war ein baltischer Pole. Er besaß ein Speedboot, das ab heute von »How do you do-Lustreisen e.V.« für einen Prof. Dr. h.c. mult. Dr. med. habil. Gotthilf von Fürchtegoth-Nöthinger, Präsident der »International Society for Advanced Proctology« gechartert worden war. Finanziell ging das Ganze für von Fürchtegoth-Nöthinger dienstreiserechtlich auf.

An Bord waren fünf nicht gerade unscharfe Rossinnen, eine von ihnen war Natasha. Sie mussten zu einer Yacht auf der Ostsee gebracht werden an einen Punkt, der per Satellit auf den Zentimeter genau definiert war. Für sarkastisch veranlagte Menschen wäre dies ein Treffpunkt am Finnischen Meerbusen in einer Frau. Gennadi sprach perfekt rossisch, weil seine Großmutter Rossin war. Er war früh aufgebrochen. Kim und Hückelkorn, zwei international aufstrebende Proktologen, der eine aus Saarbrücken und der andere aus Seoul, hatten jeder an diesem Morgen schon angefragt, wann sie denn dann da sein würden.

»Knapp drei Stunden«, hatte Gennadi geantwortet, worauf Kim anfing, an Olga herumzufummeln. Gennadi hatte das gesehen und unmittelbar glasklar verboten, dass auf seinem Schiff mit Natasha, Olga und ihren Freundinnen etwas lief, weshalb Kim und Hückelkorn die Gelegenheit nutzten und sich aufs Ohr legten.

Natasha war auf Deck gekommen. Sie trug eine Seidenbluse. Unter dieser drückten sich ihre Nippel ab. Ihre Brüste waren von einer Konsistenz, die nicht allein Männern, sondern auch Frauen die Lust ins Gesicht trieb. Natasha liebte das Gleiten des Seidenstoffes, das wie Küsse war und das sie erregte. Sie liebte Erregung über alles und nicht Geilheit. Geilheit verkaufte sie. Jede Drehung ihres Körpers war wie die Liebkosung durch einen liebenden Mann. Von denen hatte sie noch keinen getroffen. Darum liebte sie manchmal Olga, die ganz besonders zärtlich war, obwohl sie die Domina verkaufte. Die Männer, die Natasha kennengelernt hatte, besonders die aus Deutschland, legten oft das Geld auf den Tisch und benahmen sich von da an, als ob sie Natasha gekauft hatten. Eine Hand an die Titte, die andere zwischen die Beine. Natasha machte denen aber schon im Frühstadium von deren Geilheit klar, dass mit den paar Scheinen sich die Hoheits- und Besitzansprüche in keiner Weise geändert hatten. Einmal hatte sie einen kleinen Dicken, einen Pfarrer aus der Erzdiözese München weggestoßen, worauf der hinfiel, was der aber toll fand, weil sich sein Liebchen so sehr ihm, dem Draufgänger, widersetzte.

Sie fuhr zu ihren Geschäften nie im geilen Dress, denn ihr geilstes Dress war eine schwarze Netzbluse mit großen Maschen, nichts darunter, sowie ein schwarzer Minirock mit ebenfalls nichts darunter und alles andere, was sie sonst nicht anhatte. Dazu kamen »High Heels in Red Colour«. Man sprach in der Preisklasse viel Englisch. Es hatte Männer gegeben, die allein bei ihrem Anblick gekommen waren, meist jüngere. Denen gab sie dann das Geld zurück. Natasha fand es nicht angemessen, sich im Alltag in ihrer Berufsbekleidung zu zeigen. Sie tat das nicht nur wegen ihrer Tochter nicht, die glaubte, sie wäre jetzt an der Arbeit, sondern auch wegen der geilen Gaffer, die in den meisten Fällen noch nie eine richtig stehende Brust gesehen, geschweige denn in der Hand gehabt hatten und denen sie auch kein falsches Zeichen geben wollte.

Die Ostsee lag in leichtem Blau. Dahinein mengte sich das Orange der aufsteigenden, noch schwachen Sonne. Natasha schaute das Meer an, als hätte sich alle Liebe des Universums vor ihr ausgebreitet. Sie war nicht sentimental, aber sie konnte sehr ergriffen sein, so wie in diesem Augenblick. Sie liebte diesen Moment und wusste zugleich, dass ihm Stunden von Hitze, Schweiß, Gestank und Geilheit folgen würden, bevor sie am Abend vielleicht wieder dieses Blau und dieses Orange beobachten können würde.

Gennadi kam, stellte sich neben sie und sagte ohne Übergang etwas, das sie in Panik versetzte, etwas, das sie nie vorher in ihrem Leben je gehört hatte.

»Egal wer Sie sind, für wen Sie arbeiten und was Sie heute tun werden: Sie sind so schön in Ihrer Seele, wie das Meer, denn Sie und das Meer sind von gleichem Blau.«

Natasha riss den Kopf herum und blickte dem Mann ihres Lebens ins Gesicht.

»Können Sie noch eine Zeile?«

»In dir tauche ich auf, um auf deinem Grund zu sehen, wer ich bin.
Sie ist ein Engel.
Sie kam, sah und verlor
sich an mich.«

Gennadi roch nicht nach Schweiß, wie viele Männer, die Natasha ansprachen – er roch nach Meer.

Sie fasste sich.

»Sind Sie etwa Sternbild Fisch?«

»Ich bin ›Widder‹ und ich liebe Sie, schon immer, aber ich habe Sie nicht vorher getroffen.«

»Ach so lange schon?«

»Ist nicht sehr lange, aber es ist schon eine Weile her, zirka dreißig Jahre.«

»Na, ja, ist schon ein Alter«, – Natasha war sechsundzwanzig.

»Ich weiß, was Sie sind und was Sie machen«, sagte Gennadi ruhig.

»Und was bin ich?«

»Für mich? – Für die da unten und die, zu denen wir fahren, die Stunde zweihundertfünfzig.«

»Falsch, ich mache es nie unter fünfhundert Euro die Stunde. Sie sollten mal sehen, wie manche Kerle dann den Schwanz einziehen und kehrt machen. Zusammen mit Olga verlangen wir zwölfhundert die Stunde, weil wir zusammen besser sind als jede von uns allein. Alle Mädchen kosten den Kunden Unsummen Euro, flat. Ihr Boot dazu, kommen die auf mindestens dreißigtausend Euro pro Tag. Ihnen garantiere ich fünftausend Euro als Trinkgeld für die Scheiße mit denen, weil Sie das eben gerade gesagt haben. Die Flüge für uns zahlen die natürlich auch – und was wäre Ihnen die Sache wert?«

»Nichts.« An der Stelle log Gennadi, für die Frau hätte er sein Boot verpfändet.

»Weil Sie jetzt die Preise kennen? – Übrigens würde ich Ihnen kein Angebot machen.«

»Ich hatte so viele Frauen, wie Sie im Leben nie an Freiern zusammenkriegen.«

»Na ja, dann machen Sie mal weiter, aber eins sage ich Ihnen, immer das nächste ›Hurra, ich komme‹ ist das Problem bei euch Männern.«

Gennadi nahm Natasha in den Arm und sie wies ihn nicht zurück. Er zeigte ihr mit seinen Augen und seinem zum Meer hin ausgestreckten Arm, von welchem Blau die Ostsee wirklich war.

»Dieses Blau«, sagte er, »ist nicht richtig blau, wir haben das untersuchen lassen, es hat morgens viel Orange in sich und das macht es zu einem Blau, das ganz merkwürdig ist, so schön wie jetzt. Meistens aber wird dieses Orange aus dem Spektrum weggefiltert durch leichte Nebel und es bleibt nur das Blau des gewöhnlichen Meeres zurück.«

Gennadi ging in den Führerstand nach oben und dann nach unten. »Weggefiltert?«

Natasha war sich sicher, einen verkappten Physiker vor sich zu haben, die nachher immer nachwogen, ob sie mehr oder weniger als beim letzten Mal abgelassen hatten. Biologen waren da anders, die waren zufrieden, wenn sie die Prozentzahl lebender Spermien in ihrem Ejakulat ermitteln konnten und ob das Zeug, was da im Gummi schwamm, wirklich alles von ihnen selbst war. Meist kamen Biologen schon mit dem Mikroskop unter dem Arm zu ihr und Olga. Die nahm schon keine mehr an, auch nicht, wenn sie vorgaben, promoviert zu sein. Natasha und Olga waren nicht naiv.

Jetzt kam der Typ zurück mit seinem Kaffee. Den hätte sie auch gern gehabt. Gennadi reichte ihr den Becher und sagte: »Ich wusste nicht, ob Sie Zucker mögen, deswegen habe ich nur wenig reingetan und etwas Milch. Ich hoffe, das ist gut so?«

Natasha dachte an ihre Tochter, die jetzt zu Hause zur Schule ging.

»Und wie viele Frauen haben Sie auf diese Weise schon rumgekriegt?«

»Keine. Zum Kaffe sind wir nie gekommen, weil die alle schon vorher flach lagen.«

»Ach so. Na ja dann.«

»Wissen Sie, Frauen sind nichts anderes als Männer, nur eben, dass sie Frauen sind.«

Natasha sah den blonden Philosophen neben ihr von der Seite an und war völlig geplättet.

»Haben Sie eben gesagt, wir seien wie Männer«

Gennadi nickte.

»Nur, ihr habt keinen Schwanz und das ist euer Problem.«

Ihm war klar, dass er damit eine Grenze überschritt. Jede andere Frau würde sich hier zurückziehen, aber diese tat es nicht, denn sie kannte auch die Schönheit der Männlichkeit, da war Gennadi sich sicher.

Natasha wurde böse.

»Na ja, dann denken Sie mal weiter. Halten Sie auf unser Ziel zu oder brauchen Sie nördliche Breite und östliche Länge noch mal schriftlich?«

»Ich halte auf gar nichts zu, wenn ich nicht will.«

»Und wenn ich es doch will?«

»Auch nicht. Wenn ich nicht will, dann gehe ich lieber zu einer Hure.«

Natasha drehte sich langsam ihm zu, und zwar in einer Langsamkeit, die beschaffen war wie die Wellen des offenen Meeres. Gennadi stand da und machte nichts. Er sagte: »Gennadi.«

Sie: »Natasha.«

Er zog ihr die Bluse aus und küsste sie. Ihre Nippel standen steif wie kleine Penisse zwischen seinen Fingern. Er ging weiter vor, aber sehr langsam, als wenn sie Ewigkeiten Zeit hätten. Er zitterte auch. Natasha war nicht zum Spotten zumute.

Sie sagte: »Hab keine Angst, wir machen es hier und jetzt und immer.« Sie zog ihren Slip aus und wiederholte: »Hab keine Angst, deine Kinder sollen keine Feiglinge sein.«

Das Blau der Ostsee veränderte seine Farbe, ganz merkwürdig, kaum. Natasha hatte sich leicht über die Reling gebeugt und sie und er blickten beide ins Blau jenes Meeres, das von nichts gezeichnet war, keinem Schiff, keinem Boot, nur von ihrem im Takt gehenden Atem und von einem Himmel und einem Meer und dazwischen einem Horizont. Sie spürte sein Zittern, wie es sich verstärkte und dann abebbte.

Sie kam und kam und kam.

»Natasha«, sagte Gennadi atemlos, »das war kein Fick, nur damit du das weißt.«

Sie war sich sicher, dass sie den Mann zum Urahnen aller Russinnen machen würde, die nie wieder auf der östlichen Ostsee nach Freiern suchen müssten.

»Ich wüsste nicht, dass wir eben gefickt hätten«, antwortete sie.

Das Ganze dauerte Minuten. Sie erschienen Natasha aber als eine Ewigkeit. Gennadi schwor bei sich, dieser Ewigkeit alle Weiteren folgen zu lassen.

Sie brauchten noch etwa eine Stunde Fahrt. Natasha stand neben ihrem Mann und ließ sich jedes einzelne Instrument erklären, als hätte sie Angst, er könnte sich auch nur für Sekunden von ihr lösen. Gennadi wandte seine Kenntnisse auf, um ihr alles zu erklären, als hätte er Angst, sie könne nach unten gehen. Sie berührten sich nicht. Sie standen einfach zweifach nebeneinander. Hin und wieder schaute Gennadi auf ihre Titten, so unauffällig wie möglich. Sie bemerkte das natürlich nicht, liebte es aber sehr.

»Kannst du mich noch einmal halten«, fragte sie unvermittelt.

Gennadi erwiderte: »Aber wie«, so ruhig er konnte.

Sie schlug mit dem Rücken auf den Boden der Kajüte auf, als hätte er sie eben erschlagen, dabei hatte er sie überhaupt nicht angefasst. Sie sagte: »Mach, bevor die unten aufwachen.« Gennadi brachte ihre erste Erregung zur Ruhe. Er spürte jede Welle auf seinen Lippen. Diesmal mischte sich dem Rot der Ostsee nur noch ein ganz leichtes Blau hinzu. Es wurde immer offener. Es mündete schließlich in ein deutlicheres Rot, aber kein Rot von der Art, das die anderen verwandten, sondern ein Rot, dass es nur zwischen ihr und ihm gab.

Ihre Hitze war auf die Temperatur seines Körpers gesunken. Sie lag jetzt auf ihm, fast berührungslos. Ihre Titten berührten die Haare auf seiner Brust. Sie barst vor Erregung und Gier nach diesem Mann. Ihre Haare umgaben sein Gesicht und verbargen es, damit kein anderer Mensch seinen Blick auf ihn richten wollte. Dieser Mann würde gleich zerstäuben in einer Weise, die Natasha kannte, die sie aber in jener Härte nie erwartet hätte. Er drang nicht in sie ein. Sie griff nicht nach seinem Schwanz. Sie küssten sich nicht. Sie lag bloß nackt, mit aufgestützten Armen und ausgestreckt über ihm. Beide blickten sich in die Augen. Ihr Atem strich über seinen Mund. Sein Atem ging mit jedem Zug härter. Als dieser anschlug, nickte sie und sagte: »Jetzt!«

Danach erhob sich Gennadi. Er legte das Ruder um, Richtung nach Hause. Natasha stellte sich neben ihn.

Als sie und ihr Mann abends nackt aus der Ostsee stiegen, als das Wasser von ihren Körpern perlte und man den Eindruck gewann, dass jeder Tropfen im Gegenlicht zu Bernstein wurde, als sie ihn bat, sich mit ihr umzudrehen und das Meer anzusehen, sahen sie beide ein Rot, das sie für immer verbinden würde. Sie sahen eine Weile zu, wie Gott ihnen zulachte. Sie sahen zu, wie Gott IHNEN zulachte. Gott wusste, dass es nicht um ihn ging, sondern um diese beiden Menschen; den Kerl, der vor Kraft nicht wusste, wo er anfassen sollte; dieses Mädchen, welches ihm persönlich in einer Nacht eingefallen war, als er von Gott geträumt hatte. Da war nichts mit Titten, mit Beinen, Muschi oder Augen im Spiel gewesen – das wusste er sicher. Diese Frau war seine zu einem Menschen, einer Frau, gewordene Liebe. Waren diese

Gedanken zu pathetisch? – Gott glaubte das nicht, so wie die beiden schon wieder ineinander verkrallt waren.

Ihre Nägel rissen Fetzen aus seiner Haut. Er würde morgen aussehen wie gefoltert und sich an alles erinnern. Sie wollte, dass er Schmerzen spürte. Sie wollte, dass er jeden Millimeter, den ihre Krallen auf seinem Rücken nach unten glitten, noch in hundert Jahren fühlte und dass Narben blieben, damit die Erinnerung an ihre Liebe nicht ausging.

Der Musiker und seine Sängerin, 2014

Wir hatten alle wesentlichen Texte gelesen, bevor der Musiker in unserem Leben aufkreuzte und alles erneut infrage stellte. Meine heißgeliebte Tochter sang mit ihm unter den Farben des Himmels und zugleich im Schein meiner unsäglichen Lampe. Ich verstehe nichts von Noten, aber ich kann Klänge unterscheiden und die einen in den Himmel wünschen sowie den Rest in den Dreck.

Beide jungen Menschen hatten nichts Besonderes an sich, nur, dass sie eben die Noten und das Singen verstanden. Er trug Jeans und hatte schwarze Lockenhaare. Da musste nichts hinzugefügt werden. Ihre Haare wiederum waren teuer genug geglättet worden. Hätte er jedoch seinen ersten Ton heute Abend anders angeschlagen, wären diese in der Weise und für jedermann sichtbar glatt verblieben.

Er sah sie an, legte seine Finger auf das Klavier und sprach Recht.

Ihre Haare kringelten sich.

Sicher darf man sich darüber unterhalten, ob das Wort »sich kringeln« stark genug ist, um einen Spannungsdurchbruch zu beschreiben, angesichts der Existenz von Sätzen wie »ich habe dich upgedatet« und »du hast mich downgeloadet«.

Diese beiden Kinder verkehrten mit anderen Worten und auch ohne.

Er schlug einen Ton an und versicherte sich, dass dieser nicht nur bei ihr angekommen war, sondern auch von diesem Mädchen angenommen werden konnte.

Sie summte zurück.

An dieser Stelle befinden wir uns nicht in einem Stück der Biene Maja, sondern bei uns zu Hause.

Wir haben uns stets gefragt, was für ein Mensch einer sein musste, der bedeutende Musik komponiert und in die Welt gesetzt haben konnte. Schließlich mussten diese Schöpfer doch auch essen. Sie hatten auch Verlangen nach einer Frau oder Ruhe und Liebe, oder etwa nicht?

Meine Antwort heute ist, dass wir unsere Welten nicht durcheinanderbringen dürfen: Das, was jene Menschen sahen, werden viele von uns nie jemals sehen. Sie werden es nicht einmal vermissen und nicht allein das, sie werden es auch in leichten Fällen für überflüssig erachten und in härteren Fällen bekämpfen. An Knackpunkten werden sie zuschlagen und den Mann umbringen beziehungsweise ihn verhungern lassen oder ihm noch etwas Schrecklicheres antun, nämlich, ihn in ihre Gesellschaft integrieren. Nicht wahr, Betender Bach?

Trotz allem.

Deine Musik, Bach, dazu darf ich nichts sagen, aber sie wurde mir klar, als hättest du mich gebeten, für dich zu kochen. du sagtest, Du nimmst hundert Gramm Mehl, ein Ei, etwas Salz und Wasser. Dann alles gut durchmischen und in das heiße Wasser schaben und DEINE Passion war fertig. Und nach dem Essen kriegtest du es auch noch fertig zu fragen, ob wir denn Nachtisch wollten.

Jedenfalls, der junge Mann trug ein blaues T-Shirt, das Frauchen ein Männerhemd. Die beiden waren gekleidet wie gegeneinander geschlechtlich. Klar soweit, nichts passte zusammen, bis die ersten Töne fielen. Der erste war von ihm in den Raum geworfen worden. Ich sah ihn vor unseren Kamin kullern. Aber da blieb er nicht liegen, denn das Frauchen nahm ihn hoch, wiegte ihn und besang seine Schönheit.

Und er?

Statt darauf zu bestehen, dass dieser Ton von ihm stammte, gewann er ihrem Singen seine Liebe ab.

So war es.

Dass anschließend zuerst ich aus dem Zimmer verwiesen wurde, dann jener Ton in der Ecke landete – davon weiß ich nichts. Ich kann bei einem solchen Verhalten nur aus eigener Erfahrung folgern. Daher weiß ich, dass es danach zwischen den beiden krachte und knallte und dass Bach ihnen in jenen Augenblicken sowas von egal war. Sie hätten in jenem wilden Zustand ihres Daseins auch unter Bachs Orgel weitergemacht.

Let your mind go, let yourself be free.
Freedom. 2014

> *You need me and I need you*
> *without each other there ain't nothing we can do*
> (Aretha Franklin Lyrics)

Ich lege mich besonders heute, in meinem Alter, immer sehr sorgfältig in den Schlaf. Dieses Mal dachte ich jenes und konnte daraufhin nicht mehr einschlafen.

Fritz ist der Name eines Jungen, den dieser von seinem Großvater bekommen hatte. Der Junge war vierzehn Jahre alt. Seine Großmutter und sein Großvater lebten in einem Ort namens Othera. Sein Großvater war Schraubenmacher und seine Großmutter Zigarrenmacherin. Beide lebten in Rente. Fritz machte alles andere, aber auch vernünftige Sachen, hauptsächlich aber Dummheiten oder, wenn die schiefgingen, dann wieder gescheite Sachen, zum Beispiel herauszufinden, wo Westen und wo Osten lagen oder was gut und was falsch war.

Sie lebten fünf Kilometer entfernt von einer Grenze, an der im Kalten Krieg auf Menschen geschossen wurde, die versuchten von Osten her durchzukommen. Jene Grenze lag westlich des Dorfes.

In fast jeder Nacht in diesem Sommer stand er gegen Mitternacht auf. Die Großeltern schliefen gewöhnlich fest. Fritz zog seine Turnschuhe an und schlich nach draußen. Er war zuvor schon oft allein nachts in den Wald gelaufen. Er hatte zwar immer Angst davor gehabt, aber er hatte an einem bestimmten Zeitpunkt seines Lebens entschieden, sich seinen Mut zu beweisen. Er lief gen Westen. Den Ausdruck »Gen« hatte er im Kopf, weil »Gen« so viel wie »Herkunft« hieß und zugleich so viel wie »Zukunft.« Der Großvater war zwar Schraubenmacher, sprach aber oft mit dem Kind. Fritz war ein kluger Junge, er merkte sich alles, auch dessen Sätze.

Nach längerem Lauf war er an der früheren Grenze zu West-Deutschland angekommen. Er war schon oft hier gewesen. Er legte sich auf den Rücken und betrachtete die Sterne. Etwa fünf Minuten später raschelte es. Fritz blieb ungerührt. Nachts raschelte es im Wald und auf der Wiese andauernd irgendwo.

Sein Großvater tauchte auf.

»Was machst du denn da, Junge?«

»Ich will verstehen, was du mit ›Freiheit‹ meinst.«

»Und? – Kannst du sie dir vorstellen?«

»Noch nicht, du hast mich gestört.«

»Ich bin dir nachgegangen, weil ich Angst um dich hatte.«

»Und warum?«

»Für die Freiheit braucht man uns – Alte. Wir wissen, wie es sich anfühlt, wenn du sie nicht hast.«

»Opa, kannst du mir dann erklären, was Freiheit ist?«

»Das kommt auf dich an. Für mich ist Freiheit, hier, auf dieser früher tödlichen Grenze, sitzen zu dürfen, ohne dass mich einer erschießen will und dass ich mit dir über alles sprechen kann, ohne Strafe erwarten zu müssen, wenn du anderen davon erzählst. Für dich ist Freiheit, mit vierzehn Jahren nachts fünf Kilometer in den Wald zu gehen, ohne Angst zu zeigen.«

»Und, was ist nun Freiheit?«

»Ach Junge, was willst du denn wissen?«

»Was Freiheit ist?«

»Ich weiß doch auch nicht, was sie für dich ist. Ich habe immer nur das gemacht, wovon ich dachte, dass es richtig war. Lass dir nichts einreden, Junge, von keinem, denk immer genau darüber nach, was dir gesagt wurde und wer es gesagt hat. Nur eines sage ich dir, egal, ob die Ingenieure, die die Raketen gebaut haben, die da oben rumfliegen, frei waren oder nicht – eines sage ich dir, lerne! Lern' alles, alles was du kannst und du wirst ein freier Mann sein, wenn sie dich nicht vorher erschießen.«

»... erschießen?«

»Keine Angst, Junge, aber es gibt Menschen, denen deine Freiheit unlieb ist. Sie riskieren den Kampf nicht selbst. Sie brauchen es nicht.

Sie setzen sich ins Kino und gucken zu, wie du um dein Leben kämpfst, und wetten Geld auf den Sieg deines Gegners.«

»Du meinst, die machen sich lustig über mich, während ich kämpfe?«

»Genau das.«

»Opa, passiert nicht, schwöre ich dir. Wir können jetzt nach Hause gehen.«